Förderkreis Mediathek Lahr (Hrsg.)

Lahr erzählt

Förderkreis Mediathek Lahr (Hrsg.)

Eine Stadt, ihre Menschen, ihre Geschichten

Lahr erzählt

Das Buch *Lahr erzählt* entstand in enger Kooperation mit:

Sabine Frigge
Paradiesgasse 4
79356 Eichstetten
Telefon +49 (0) 7663 / 605 977
sabine.frigge@gmx.de
www.rombach-biografien.de

Gefördert durch die Regionalstiftung der

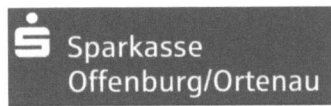

Bibliografische Information der Deutschen Nationalbibliothek:
Die Deutsche Nationalbibliothek verzeichnet diese Publikation in der Deutschen Nationalbibliografie; detaillierte bibliografische Daten sind im Internet über dnb.dnb.de abrufbar.

1. Auflage. Alle Rechte vorbehalten
Umschlag: Bärbel Engler
Layout/Satz: Tiesled Satz & Service, Köln
Herstellung und Verlag: BoD – Books on Demand GmbH, Norderstedt
ISBN: 978–374–607–761–1

Inhalt

Sport bewegt

Über Schutzengel

Alles auf Anfang

Prägungen: Fluch oder Segen?

Teilen kann man immer

Vorwort

Das Buch *Lahr erzählt* ist auf vielfältige Art und Weise etwas ganz Besonderes.

Da ist zum einen seine Entstehungsgeschichte: Hervorgegangen ist dieses Buch aus einer Veranstaltungsreihe mit dem gleichnamigen Titel. In dieser Reihe aus den Jahren 2013 bis 2017 haben Menschen aus Lahr und Umgebung einen Teil ihrer Lebensgeschichte erzählt. Jeder der insgesamt 18 Erzählabende in der Mediathek Lahr war mit einem Thema überschrieben, beispielsweise »Das Abenteuer meines Lebens«, »Wo die Liebe hinfällt« oder auch »Von der Muse geküsst«. Erzählt wurden Geschichten, die das Leben geschrieben hat, Geschichten von Freud und Leid, Geschichten von Erfolgen und Misserfolgen, Geschichten vom Reisen und Ankommen, Geschichten der persönlichen Entwicklung, Geschichten rund um das Zeitgeschehen.

Veranstaltet wurden die Erzählabende von der Geschichtswerkstatt Lahr – einer Gruppe von Lahrerinnen und Lahrern, die sich vor Jahren mit dem Ziel zusammengetan haben, die Erinnerungen der Menschen der Stadt und der Region zu sammeln, zu bewahren und sie an andere weiterzugeben. Wenn sich die Geschichtswerkstatt nicht unermüdlich und mit großem Engagement um das Projekt der Erzählabende gekümmert hätte, gäbe es dieses Buch nicht! Diesen Menschen gilt deshalb ein ganz besonders großes Dankeschön: Waltraud Bothor, Hermann Burger, Birgit König, Hildegard Nebel, Manfred Nebel sowie Maurizio Poggio.

Alle Beteiligten fanden es ausgesprochen schade, dass die Geschichten nur einmal, nämlich während der Erzählveranstaltung, zu hören gewesen waren. Zum Glück aber gab es von fast allen Abenden Tonaufnahmen. Also wurden diese transkribiert – und die Obengenannten sowie weitere Ehrenamtliche machten sich daran, die vorliegenden Texte zu formulieren. Das Ergebnis halten Sie heute in Händen. Ich selbst hatte das große Vergnügen, die Erzählabende als Moderatorin begleiten und der Geschichtswerkstatt in meinem Beruf als Ghostwriterin und Lektorin auch beim Buchprojekt zur Seite stehen zu dürfen. Für die überaus angenehme und professionelle Zusammenarbeit bedanke ich mich sehr.

Im weiteren Sinne an den Erzählabenden und damit an der Entstehung dieses Buches waren außerdem beteiligt: Uwe Baumann, Irma Förschner, Adelheid Höckl, Bettina Schaller, Erika Toulouse, Edwin Fischer von der Stadtmühle Lahr sowie der Seniorenbeirat der Stadt Lahr. Herausgegeben wird das Buch vom Förderkreis Mediathek Lahr, finanzielle Unterstützung kam von der Regionalstiftung der Sparkasse Offenburg/Ortenau. Auch diesen Personen und Institutionen gilt unser Dank.

Sie merken – dieses Buch ist tatsächlich etwas ganz Besonderes. Wir wünschen Ihnen nun viel Vergnügen beim Lesen und Eintauchen in die vielen persönlichen und einzigartigen Erinnerungen der Bürgerinnen und Bürger aus Lahr und Umgebung.

Ihre

Sabine Trigge

Macht der Worte

Wolfgang G. Müller

Im richtigen Moment reden – oder schweigen

Beim Thema »Macht der Worte« habe ich mich gefragt, wann habe ich denn jemals so gesprochen, dass aus dem Wort heraus, aus der Formulierung, aus der Kraft der Rhetorik heraus wirklich etwas erreicht wurde? Ich bin mir sehr bewusst, was Worte bewirken können. Im richtigen Moment das richtige Wort gewählt, im richtigen Moment das vermeintlich richtige Wort vermieden, oder auch im richtigen Moment gar nichts gesagt zu haben. Also: Macht der Worte kann auch heißen »Reden ist Silber, Schweigen ist Gold«. Manchmal empfiehlt es sich, nichts zu sagen. Eher das, was der andere gesagt hat, im Raum stehen und auf alle anderen wirken zu lassen, auch um dadurch den Worten eine gewisse Schwere zu geben oder vielleicht auch eine Sinnentleerung.

Einmal im Monat findet die Sitzung des Gemeinderates unter meinem Vorsitz statt. Dabei muss ich nicht jedes Argument replizieren oder auf alles antworten. Auch in dieser Situation kann gelten: »Reden ist Silber, Schweigen ist Gold«. Nicht alles, was gesagt ist, nicht jede Formulierung, die man benutzt, nicht alles, was verbalisiert wird, ist von vornherein gut oder hilfreich. Das muss man wissen. Trotzdem ist es so, dass mein Alltag und der Großteil meines Lebens sehr stark durch verbale Kommunikation bestimmt sind. Reden ist Teil der Kommunikation, aber Reden alleine macht nicht den Erfolg aus. Es reicht nicht, dass gehaltvoll gesprochen wird. Nein, eine Rede muss auch in der richtigen Art und Weise vorgetragen werden. Lediglich fünf bis zehn Prozent des Inhalts bleiben laut Wissenschaft bei den Zuhörern haften. Also, die Wirkung einer Rede hängt nicht nur davon ab, was gesagt wird, sondern auch davon, wie es gesagt wird. In welchem Kontext, mit welcher Körpersprache, mit welcher Betonung und mit welcher Mimik – das macht die Wirkung der Rede aus. Am 10. November 2015 ist Helmut Schmidt gestorben. Er war ein ganz großer Redner, ein hervorragender Rhetoriker. Während und nach seiner Regierungszeit als Bundeskanzler (1974–1982) sind Anerkennung und Respekt ihm gegenüber ständig gewachsen. Bei ihm war sicherlich nicht jeder Satz gleich bedeutsam, aber die Art und Weise, wie er bei Interviews saß, an seiner Zigarette zog und dann noch einmal und dann sozusagen langsam im Fluss des Rauches den Fluss des Satzes folgen ließ und seine Worte pointierte – das war hohe Kunst. Es gibt sicher eine Reihe von guten Rhetorikern, aber Helmut Schmidt ist für mich ein gelebtes Beispiel starker Worte. Schon als Jungsozialist – ich war ungefähr 18 Jahre alt – begeisterte mich die Art und Weise, wie Helmut Schmidt reden konnte. Natürlich gab es außer ihm noch andere packende Redner. Beispielsweise Franz Josef Strauß oder Herbert Wehner. Bei den Übertragungen der Debatten aus dem Deutschen Bundestag saßen wir vor dem Fernseher und haben uns immer gefreut, wenn »unser Schmidt« gepunktet hat.

Von Strauß stammt die Formulierung: »Kompliziert denken und einfach sprechen.« Schwierige Sachverhalte in klaren, griffigen Worten darzustellen ist wichtig, wenn man politische Wirkung erzielen will: In der Politik gilt es, zu überzeugen und Mehrheiten zu finden, kommunalpolitisch im Gemeinderat und auch bei der Bevölkerung.

Wenn wir uns heute die Politik und die weltweiten Krisenherde ansehen, dann kann man eigentlich nicht von einer Macht des Wortes sprechen, sondern eher von einer Ohnmacht. Wie viele Generationen von Außenpolitikern sind schon in den Nahen Osten oder früher auf den Balkan gepilgert? Ich möchte noch einmal auf Helmut Schmidt zurückkommen, weil eine Begegnung mit ihm mich besonders beeindruckt hat. Er war 1990 nach Brasilien gekommen, um die neue Regierung politisch zu beraten. In dieser Zeit arbeitete ich als Wirtschaftsattaché an der Deutschen Botschaft in Brasilia. In dieser Eigenschaft musste ich nicht nur sicher mit meiner Muttersprache umgehen können, sondern auch in der Landessprache jedes Wort genau abwägen und die Kultur des Landes kennen. Helmut Schmidt kam in die Botschaft und sollte ganz aktuell über die Lage in Brasilien und die letzten Tagesaktualitäten informiert werden. Ich war für die wirtschaftspolitische Berichterstattung zuständig. Wir waren zu dritt, der Botschafter, Helmut Schmidt und ich. Damals war die Balkankrise, neben dem, was in Brasilien aktuell war, das Thema beim Mittagessen. Es ging um Lösungsansätze. Da sagte Schmidt zu mir – und ich hoffe, er hatte nicht recht: »Ihr jungen Leute, ihr müsst lernen, dass man bestimmte Dinge nicht lösen kann, sie sind nicht lösbar und die Menschen schlagen sich alle 50 Jahre die Köpfe ein.« Er rauchte und trank Cola. 1990 war er über 70 Jahre alt. Nach dem Essen meinten wir, wir hätten ein Zimmer vorbereitet und er könnte sich dort noch bis zum Termin beim Präsidenten ausruhen. Da sagte er: »Ja, sind Sie, junger Mann, denn schon müde?« Während meiner beruflichen Laufbahn und auch jetzt als Oberbürgermeister treffe ich so manchen Politiker, aber Helmut Schmidt war derjenige, der mich von seiner Art und Weise am meisten beeindruckt hat.

Ich bin mit großer Sprachverbundenheit aufgewachsen, übrigens im nordbadischen Dialekt. Ich stamme nämlich aus Bruchsal. Im Jahr 1953 zogen wir nach Karlsruhe. Viele Kinder im Kindergarten und in der Schule sprachen dort ganz anders als ich, sodass ich dachte, Hochdeutsch sprechen zu müssen. Meine Mutter meinte also, wenn ich Hochdeutsch sprechen möchte, dann sprechen wir ab jetzt nur noch Hochdeutsch. So rief ich einmal klagend, als meine Schwester Elisabeth und ich im Hof spielten, und meine Mutter zum Fenster heraus schaute: »Mutti, Mutti, die Elisabeth ist da hinein gedappt.« Sehr weit her war es mit meinem Hochdeutsch also nicht. Wenn ich heute von Lahr mit dem Regionalzug nach Bruchsal oder von einer Reise von Frankfurt kommend mit den Nahverkehrszügen fahre, ist es schön zu hören, wie sich die Sprache der Zusteigenden von Station zu Station ändert und man sich mehr und mehr zuhause fühlt. Das ist eben die Kunst und die Macht des Wortes, dass sie nicht nur auf den Kopf zielt, sondern auch auf das Herz und damit auf die Emotionen. Darin besteht die große Kraft des Dialektes, der wir uns nicht entziehen können, weil sie uns das Gefühl der Heimat gibt und uns an die Kindheit erinnert.

Jetzt komme ich auf Helmut Kohl zu sprechen: Er kam 1991 auf eine zweiwöchige Reise nach Brasilien und Chile. Man kann es sich heute nicht mehr vorstellen, dass Spitzenpolitiker für so lange Zeit Deutschland verlassen und ins Ausland reisen. Damals war es möglich! Auf Wunsch der brasilianischen Regierung besuchte Kohl einen Kindergarten mit Ganztagsbetreuung. Der Termin war mit dem Kindergarten natürlich vorher vereinbart und die Kinder waren entsprechend herausgeputzt worden. Der damalige Staatspräsident Fernando Collor war mit dabei, außerdem Helmut Kohl und der kleine Müller, der als Adjutant irgendwie seine Funktion erfüllte. Staatspräsident Collor stand einfach nur so herum und sprach weder mit den Erzieherinnen noch mit den Kindern. Er hat sich nur mit anderen Politikern unterhalten, nichts anderes interessierte ihn. Was aber machte Helmut Kohl? Er ging in den Raum und fing an, mit den Erzieherinnen zu sprechen. Natürlich war ein Dolmetscher dabei. Dann sprach er mit den Kindern und schrieb seinen Namen an die Tafel. Er hat sich und die Kinder unterhalten, ohne dass er die Sprache konnte. Helmut Kohl hat eine Brücke gebaut und er hat die Herzen der Menschen angesprochen. Das ist auch eine Gabe. Wenn es um die Macht der Worte geht, dann muss Sprache auch empathisch sein, eingebunden in Gesten.

Ein Beispiel für die Macht der Worte spürte ich 1997 in Lahr. Ich kandidierte als Oberbürgermeister und galt nicht unbedingt als Favorit. Es war eine Vorstellung der Kandidaten in der Stadthalle organisiert worden und alle Kandidaten hatten großen Respekt davor. Man selbst weiß nicht, was die Mitbewerber sagen, weil man unten in den Katakomben der Stadthalle sitzt und auf seinen Auftritt wartet. Dann folgte eine Diskussionsrunde. Nun kann man vorher schlecht Parteifreunde darum bitten, einen dies oder jenes zu fragen. Jeder in der Stadthalle würde das sofort merken und es würde nur schaden. Die Frage eines Bürgers wurde für mich aber zu einem Glücksfall, denn er fragte mich: »Sie sind da in Bonn. Wie viele Leute schaffen da unter Ihnen?« Ich war Regierungsdirektor im Wirtschaftsministerium, hatte eine Sekretärin mit einer Halbtagsstelle und einen Beamten des gehobenen Dienstes als Mitarbeiter. Das war also sehr überschaubar. Dagegen hatte der favorisierte Mitbewerber sehr viele Mitarbeiter, denn er war Bürgermeister in Freiburg. Ich antwortete spontan: »Unter mir arbeiten keine Menschen, sondern ich arbeite mit Menschen zusammen.« Wenn ich meine Lahrer Zeit rückblickend betrachte, war dies der Moment, wo die Welle anfing, mich zu tragen. Eine Rede kann jeder vorbereiten, aber eine solche Situation kann man nicht planen. Sie ergibt sich im besten Fall von selbst. Damit stand eine empathische Aussage im Raum, wie ich künftig mit den Menschen in der Stadt und insbesondere mit denen in der Verwaltung umgehen wollte.

Es gibt weitere Beispiele, bei denen ich glaube, dass die Macht der Worte und Argumente geholfen haben, Richtungsänderungen herbeizuführen: Eines der großen politischen Themen in der Stadt war die Nutzung des Flughafens und dessen Organisation. Ein bedeutsamer Teilaspekt war der Ausstieg der Stadt aus der Betreibergesellschaft des Flughafens und damit deren komplette Privatisierung. Ich befürwortete dies uneingeschränkt, obwohl die Stadt zwei Jahre zuvor – 1996, noch unter meinem Vorgänger – der Gesellschaft erst beigetreten war. Zunächst wollte ein großer Teil des Gemeinderates diesen Weg nicht mitgehen, da man den Einfluss der Stadt in der Betreibergesellschaft nicht aufgeben wollte. Ein Teil des Gemeinderates befürwortete den Ausstieg, weil damit die Stadt auch aus der Kostenträgerschaft ausscheiden würde. Andere unterstützten diesen Schritt, weil sie sich darin in ihrer kritischen Haltung zur Fliegerei bestätigt sahen und den Rückzug begrüßten. Für jemanden, der sich für die Fliegerei in Lahr engagiert einsetzte, was ich bis zum heutigen Tage tue, war dieser Vorschlag hoch kontrovers und konnte missverstanden werden. Eine politische Gratwanderung gleich im ersten Amtsjahr! Mit den entsprechenden Argumenten und der aufgezeigten, absoluten Überzeugung, das Richtige zu tun, ist sie jedoch gelungen. Also nicht nur die Argumente allein, sondern eben auch die Gewichtung und damit die Macht der Worte in Beratungen des Gemeinderates haben ihr Übriges getan. Wir haben schließlich mit einer sehr deutlichen Mehrheit des Gemeinderates den Ausstieg beschlossen und so neue Konstellationen ermöglicht.

Ein weiteres heikles Thema war die Entscheidung, das Kasernenareal nicht zu erwerben. Viele Jahre stand die Frage im Raum, ob die Stadt Lahr das Kasernenareal kaufen solle. Ein Landtagsabgeordneter vertrat die These, man könne daran, ob es gelänge, das Gelände zu kaufen, die politische Handlungskompetenz der Stadtverwaltung und des neuen Oberbürgermeisters messen. Diese Meinung wurde angesichts des zunehmenden Verfalls der leerstehenden Gebäude auch immer stärker im Gemeinderat und in der Bevölkerung vertreten. Wir haben über Jahre verhandelt. Die Stadt Lahr wollte das Areal durchaus erwerben, aber zu einem Preis, den wir als vernünftig angesehen haben. Zu diesem Preis wollte es uns der Bund jedoch nicht verkaufen. Es folgten lange Debatten im Gemeinderat. Im Kern ging es angesichts der sehr umfangreichen Konversionsaufgaben darum, wo die Stadt mit welchem Finanzaufwand und welchem Risiko einsteigen sollte. Mein Votum war: Nicht erwerben, nicht zu diesem Preis, nicht mit diesen altlastenbedingten Unwägbarkeiten – gerade weil wir so viele Konversionsaufgaben zu stemmen hatten und uns danach die Altlasten am Flughafen große Schwierigkeiten bereiteten.

Schließlich erhielt ich nach intensiver Überzeugungsarbeit für diese Position eine mehrheitliche Unterstützung des Gemeinderates. 2007, rund zwei Jahre später, kaufte ein privater Interessent das gesamte Areal für einen (!) Euro. Wir hätten dafür rund drei Millionen Euro bezahlen sollen und hätten dazu noch die Entwicklung finanzieren müssen. Es war also eine richtige Entscheidung und wir gewannen finanzielle Spielräume. Heute ziert das ehemalige Kasernenareal die Stadt als ein modernes Wohngebiet für rund 1 000 Menschen. Auch hier kamen die Kraft und das Gewicht der Worte mit den richtigen Begründungen zur rechten Zeit zum Tragen.

Noch etwas zu Sprechgewohnheiten. Da gibt es Erlebnisse, die zum Thema gut passen, denn sie hängen mit Sprache zusammen. Für gewöhnlich benutzen wir in Deutschland das »Sie« als erste Form der Ansprache. Sozialdemokraten aber duzen sich üblicherweise. Im Prinzip duzen sich also alle Sozialdemokraten sofort. Ich bringe dies nicht fertig. Ich habe auch Helmut Schmidt nicht geduzt. Auch den Bundestagsabgeordneten Fritz Rinderspacher, der mich im Wahlkampf unterstützte, habe ich zunächst gesiezt. Doch als wir in Dinglingen eine Wahlkampfveranstaltung hatten und ich ihn öffentlich siezte, schob er mir einen Zettel zu, auf dem stand: »Der Genosse Rinderspacher bittet um das Genossen-Du.« Als Gerhard Schröder erstmals in Lahr war, sagte unser Bundestagsabgeordneter Peter Dreßen zu ihm: »Der OB von Lahr ist auch bei uns in der SPD.« Darauf fragte Schröder: »Warum duzt er mich dann nicht?«, ich hatte ihn nämlich gesiezt. Das »Du« wollte ich nicht so unvermittelt beim ersten Kontakt. Mit dem »Du« transportieren wir sehr viel und wir schaffen damit unmittelbar und ohne Vorlauf eine sehr große Vertrautheit. Auch das hat etwas mit der Macht der Sprache zu tun.

Darüber hinaus eine weitere Geschichte: 1975 – also 30 Jahre nach dem Krieg – war ich im Sommer mit zwei Freunden in Polen. Wir waren in Danzig und man bot uns die Wohnung einer Frau an, die auf einer Wallfahrt war. Wir übernachteten dort und gaben den Nachbarn dafür ein paar Westmark. Das war eine tolle Sache. Im Morgengrauen klingelte es plötzlich. Draußen stand ein Mann in Uniform. Sieht mich und zieht seine Pistole. Ich spreche kein Polnisch, mir fiel nur ein einziges russisches Wort ein: »Druschba«, was Freundschaft heißt. Daran, wie ich es sagte, muss er wohl gemerkt haben, dass ich weder ein Pole noch ein Russe bin, sondern ein Deutscher. Dann fragte er: »Wo ist meine Oma?« Ich sagte: »Die Oma ist auf Wallfahrt und die Nachbarschaft hat uns die Wohnung für zwei Tage gegeben.« Man stelle sich vor: Er wollte seine Großmutter besuchen und traf dabei in ihrer Wohnung auf einen jungen Deutschen im Schlafanzug. Ein einziges Wort kann eine brenzlige Situation in Wohlgefallen auflösen. Auch das gehört zur Macht der Worte. Die Situation war gerettet und ging über in eine deutsch-polnische Frühstücksrunde.

DR. WOLFGANG G. MÜLLER wurde 1951 in Bruchsal geboren. Er studierte Politik- und Verwaltungswissenschaften in Konstanz und wurde 1981 zum Doktor der Sozialwissenschaften promoviert. Während seiner beruflichen Laufbahn war Müller unter anderem in den Bereichen Forschung und Lehre, im Bundeswirtschaftsministerium in Bonn und als Wirtschaftsattaché an der Deutschen Botschaft in Brasilia tätig. Darüber hinaus leitete er als Vorsitzender den Ausschuss für Handel, Industrie und Unternehmerentwicklung der Wirtschaftskommission für Europa der Vereinten Nationen (ECE/UN) in Genf. Seit 1997 ist er Oberbürgermeister der Stadt Lahr.

Ulrike Derndinger

Der Weg zum eigenen Wort

Mein Vater brauchte für jedes Wort eine halbe Ewigkeit. Wenn er etwas aufschrieb, dann mit Kreide auf die Saustalltür. Darauf notierte er, wann die Säue gedeckt wurden und wann sie geferkelt haben. Er war der Sohn eines Bauern aus Kürzell und wurde selber Landwirt auf dem Hof, auf dem er aufgewachsen war. Über die Stalltür hinaus füllte er noch landwirtschaftliche Anträge aus und ab und zu setzte er seinen »Servus« unter mein Schulzeugnis. Oft genug sagte er dabei: »Gib's der Mutter, die kann das besser.« Mein Vater ist vor drei Jahren gestorben. Meine Mutter ist noch quicklebendig, aber schreiben mag sie ebenso wenig wie mein Vater es mochte. Dabei fand ich ihre großen runden Buchstaben als Kind wunderschön. Sie selbst war der Meinung, sie habe eine Sauklaue und deshalb zu Recht in Schönschreiben schlechte Noten bekommen. Sie sagt oft, sie habe lieber gerechnet. Und gelesen hat sie gern. Aber auch das hat seine Tücken. Sie findet, dass Lesen einen von den wichtigen Dingen des Lebens abhält. Zum Beispiel vom »Schaffe«.

Über meine Eltern hatte das Wort wenig Macht. Ich hingegen war von Sprache fasziniert. Im Kindergarten lernte ich Lieder und Gedichte schnell auswendig. Meine Mutter erzählte mir, wie ich mit vier Jahren mit dem Dreirad auf dem Trottwar entlanggefahren war und unserer Nachbarin ein Lied vorgesungen habe. Sie meinte später zu meiner Mutter: Sie habe ja gar nicht gewusst, dass das Lied so viele Strophen hat!

Die Erzieherin im Kindergarten hieß Vroni. Wir sagten »Tante« zu ihr. Tante Vroni sagte zu meiner Mutter: »Man meint immer, die Ulrike hört nicht zu, wenn wir ein Gedicht lernen. Aber am Ende kann sie es doch als Erste auswendig.« Ich mochte Worte, aber nicht Stillsitzen. Ich redete lieber, machte Faxen und hörte gleichzeitig zu.

Als Grundschulkind fand ich die drei Enkelsöhne unserer Nachbarin spannend. Gespielt haben die Buben eines evangelischen Pfarrers und einer Grundschullehrerin immer ganz pädagogische Sachen, es durfte nicht gebrüllt und es musste immer »Danke« gesagt werden. Aber ihre Sprache, die war interessant. Sie wohnten in Berlin und konnten aus meiner Sicht reinstes Schriftdeutsch. Wenn sie zu Besuch da waren und ich zum Spielen durch den Garten rüberhopste, stellte ich mit diesem Sprung auf Hochdeutsch um. Einmal fragte mich die Mutter, die ursprünglich aus Norddeutschland stammte, erstaunt: »Ulrike, wo hast du denn so gut Hochdeutsch gelernt?« Ich wusste es selber nicht und sagte so was wie: »Ich kann's halt. Aus dem Radio oder dem Fernseher.«

Ich wollte Deutschlehrerin werden. Jedenfalls habe ich mich darauf in meinem Kinderzimmer vorbereitet. Ich hielt Schulstunden ab und benutzte den Kleiderschrank als Tafel, auf die ich mit Kreide Wörter schrieb. Meine Schüler spielte ich mit verstellten Stimmen, lobte und tadelte sie. Manchmal rief meine Mutter in Richtung Kinderzimmer: »Uli, isch ebber bi der?« »Nein, nein, ich halt Schuel.« Noch heute lachen wir darüber.

Auf unserem Tabakacker spielte ich die Alleinunterhalterin, machte »Radiosendungen«. Als Jüngste in der Familie musste ich noch keinen Tabak gebückt ernten, sondern ihn auf dem Pritschenwagen stehend entgegennehmen und Stapel für Stapel »setze«. Zur Unterhaltung moderierte ich die Ernte wie ein Fußballspiel: »Jetzt kommt ein großer Haufen mit Tabakblättern!« Bei »Toooor!« klatschte ich den Haufen hin. Anschließend verkündete ich das Wetter: »Es bleibt kalt, das ist gut, denn dann fliegen die Bremsen nicht so arg.« Zwischendurch sang ich ein Lied. Wie im richtigen Radio halt.

In der Grundschule machte ich meine ersten Erfahrungen mit dem Schreiben von Dialekt. Ich schrieb: »Mama hat einen Schurz an.« Die Lehrerin schrieb an den Rand: »Eine Schürze.« Da fiel es mir wie Schuppen von den Augen: Es gibt einen Unterschied zwischen Dialekt und Hochdeutsch.

Meine Liebe zum Wort und zur Bühne wurde in meiner Kindheit von der Kirche geprägt. Ich war Ministrantin, Lektorin und sang im Kirchenchor – nicht, weil ich so gern gesungen hätte, sondern weil ich unbedingt beim Kirchenchortheater mitspielen wollte. Viele Leute freuten sich darüber, dass sie endlich mal was verstanden hatten. Wir hatten keine Mikrofone auf der Bühne und die Zuschauer meinten, dass ich Gottseidank schön laut gesprochen habe. Ich war stolz über die guten Kritiken.

Nach der Realschule durfte ich, wie meine ältere Schwester, Abitur machen. Danach beschloss ich, mich an der Freiburger Universität einzuschreiben. Oft wurde ich gefragt: »Warum Theologie – und dann auch noch katholische?« Das sei doch wahnsinnig, als Frau. Heute weiß ich: Ich habe es getan, weil ich mich mit Kirche auskannte und der kirchliche Dienst eine Jobgarantie bot. Der Beruf der Pastoralreferentin war konkret und ich musste nicht fürchten, eines Tages als arbeitslose Geisteswissenschaftlerin Taxi zu fahren. Ich war die Erste in der Familie, die an der Universität studieren durfte, also wollte ich meinen Eltern Sicherheit bieten.

Im Studium stieß ich erneut auf die Macht der Worte. Im Gymnasium hatte ich Englisch und Französisch gelernt. Für das Theologiestudium brauchte ich Latein, Griechisch und Hebräisch. Ohne die Sprachen kein Studium. Es war hart, aber gefiel mir auch.

2003 habe ich den Abschluss als Diplomtheologin gemacht. Damit kam ich in einen Zwiespalt. Schon im Studium, nach ein paar Semestern, war mir klar geworden, dass ich doch nicht für die Kirche arbeiten will. Das Wort – mit all seiner Macht – von der Kanzel verkünden? Ich zweifelte, ob ich wirklich Alles mit Feuer und Flamme glauben und predigen konnte.

Doch was tun? Ich hatte meiner Mutter versprochen, Pastoralreferentin zu werden. Es kostete mich Überwindung, ihr zu sagen, dass nichts daraus wird. Offenbar hatte ich meine Mutter unterschätzt, denn sie antwortete: »Gott sei Dank! Du wärsch sowisso mit em Pfarrer hintrefiir kumme!« Sprich: Du hättest dich sowieso mit dem Pfarrer überworfen.

Mit der Pflege von alten Leuten im Pflegeheim hatte ich mein Studium finanziert, also arbeitete ich zunächst dort weiter. Übrigens herrscht auch dort die Macht der Worte. Meine Kollegen aus allen Ländern der Welt konnten keinen Dialekt. Viele alte Menschen vermissten ihre Sprache und freuten sich, wenn sie auf Alemannisch angesprochen wurden.

Durch Zufall erfuhr ich von einem Aufbaustudium »Journalismus für Theologen«. Dazu muss man wissen, dass ich bereits nach dem Abitur drei Praktika gemacht hatte, bei der Lokalzeitung, beim Burda-Verlag und eins beim Lokalradio. Danach dachte ich, dass ich als einfaches Bauernkind aus praktisch bücherfreiem Haus ohnehin keine Chance als Journalistin habe und schrieb mich für Theologie ein.

Im Aufbaustudium kehrte ich nun, einige Jahre älter, zum Journalismus zurück. Ich machte ein Praktikum bei der *Badischen Zeitung*, arbeitete als freie Mitarbeiterin und wurde Volontärin. Für die Ausbildung zur Redakteurin bewarb ich mich mit einem Anschreiben in meinem Dialekt, auf Alemannisch. Für die Nichtdialektschwätzer übersetzte ich den Text auf Hochdeutsch. Ich glaubte nicht so recht daran, dass man mich nehmen würde. Aber die (Dialekt-) Worte waren wohl mächtig genug.

Seit einigen Jahren arbeite ich nun als Redakteurin bei der *Badischen Zeitung* in Lahr. Schon in der ersten Woche in der Redaktion bekam ich zu spüren, welche Macht meine Worte in der Zeitung haben. Ich musste über einen Konflikt in einer katholischen Kirchengemeinde berichten, der ausgerechnet in meinem Heimatdorf spielte. Es ging um einen Pfarrer, der das Dorf in Gegner und Befürworter gespalten hatte. Ich schrieb mehrere Artikel und Kommentare. Die Befürworter des Pfarrers nahmen es mir übel, dass ich das Thema aufgegriffen hatte: »Mensch Ulrike, du bist doch Ministrantin gewesen und hast Theologie studiert. Jetzt schreib doch nicht über uns!« Sie redeten mir schwer ins Gewissen. Damit lernte ich gleich eine wichtige Lektion des Lokaljournalismus: »Nah dran sein, aber Abstand halten.«

Seit mehr als zehn Jahren bin ich zudem Dialektautorin. 2003 habe ich einen Mundartpreis gewonnen. Die Geschichte, die prämiert wurde, handelt davon, wie die letzte Kuh eines Bauernhofs den Stall verlässt. Der Text berührt bei Lesungen viele Menschen, weil er sie an ihre eigene Geschichte erinnert. Mich selbst berührte der Preis, weil er etwas adelte, was ich mir überhaupt nicht vorstellen konnte: Ich, das Bauernmädchen, habe ausgerechnet mit dem Thema »Bauernhof« Erfolg. Hier hat sich für mich ein Kreis geschlossen.

*****

ULRIKE DERNDINGER, geboren 1977 in Lahr, wuchs auf einem Bauernhof in Meißenheim-Kürzell auf und wurde Journalistin. Seit 2007 ist sie Lokalredakteurin der *Badischen Zeitung* in Lahr. Mit ihren Mundarttexten tritt sie mit ihrem Mann Heinz Siebold auf den Kleinkunstbühnen der Region auf. Sie lebt mit ihm in Lahr.

Ludwig Hillenbrand

Die Magie der Wörter

Was soll man erzählen zum Thema »Macht der Worte«?
Wie erlebt man den Umgang mit der Sprache, welche Er-
lebnisse, welche Erfahrungen hat man gemacht? Welche
Bedeutung hat das Wort im Leben gehabt?

Was mich betrifft, so muss ich biografisch weit zurückgehen. Ich habe mich gefragt, wie kommt es, dass ein Bub
wie ich, der im Dorf aufgewachsen ist und Mundart spricht,
dass so einer dann Deutschlehrer wird? Wie kommt es, dass
ein Deutschlehrer, der den Kindern richtiges Hochdeutsch
vermitteln soll, dann später in Mundart schreibt und veröffentlicht? Wie passt das zusammen? Welches Verhältnis
zum Wort steckt dahinter? Ich versuche im Rückblick zu
erklären, wie ich dazu gekommen bin.

Ich bin in einem Dorf aufgewachsen. Meine Eltern hatten eine Gastwirtschaft, eine Bäckerei sowie eine kleine
Landwirtschaft. Das Umfeld war also nicht gerade durch
eloquente Rhetorik gekennzeichnet, sondern eher durch
Wortkargheit und Nüchternheit. Man sprach nur das Nötigste, und das nur in Mundart.

Aus dieser Zeit gibt es etwas, das mich nachhaltig beeinflusst hat – es waren einfache Kinderverse, Schlaflie-
der und Schlafverse. So banal das vielleicht klingen mag:
Sie haben mich, wie andere Kinder auch, fasziniert und
sind mir in Erinnerung geblieben. Beispielsweise:

> Nina Bubbele
> Koch em Kind a Suppele,
> schlag em auch a Gaggele dran.
> Dass es besser schlofe kaan.

Oder der bekannte Trostvers bei Schmerzen:

> Heile, heile Sege,
> drei Tag Rege,

drei Tag Schnee
dann duet's em Kindli nimmi weh.

Über diese Verse hat man eine Ahnung bekommen, dass Worte eine Wirkung haben, dass sie trösten, beruhigen, heilen können. Aber auch, dass man mit Worten spielen kann und dass Worte auch Spielmaterial selbst darstellen. Der Sinn der Worte spielt gar keine so große Rolle, sondern vor allem der Klang der Worte, ihre Ausstrahlung. Man hat ein Gefühl bekommen für Reime und den Rhythmus von Versen, die ja Vorstufen von Lyrik sind.

Ich höre heute noch den fast magischen Klang der Verse, die mein Vater zum Rhythmus des Dengelns der Sense vor sich hingesprochen hat:

De Litz de Latz de Läderlitz,
Er leit im Bett un schwitzt,
Er streckt de Arm zum Fenster nuss
Un said, er het e Hitz.

Noch heut putze ich im Rhythmus dieser Nonsensverse meine Schuhe.

Oder hier ein Wörterspiel, bei dem man die Anzahl der hinter dem Rücken aufgezeigten Finger erraten musste:

Rumbili bumbili Holderstock
Wie viel Hörner het de Bock?
Wie viel Fingern stehn?

Wie auch Eugen Gomringer, der als Begründer der Konkreten Poesie gilt, einmal gesagt hat: »Worte sind Spiele und Spiele werden Worte.« Das war in solchen Kinderversen der Fall. Sie waren gleichsam »Zungenspäße«, in ihnen habe ich erstmals den Zauber, die Magie von Wörtern verspürt.

Vielleicht kam auch noch hinzu, dass mein Vater gerne in Mundart geschrieben hat. Er war ein Könner auf dem Gebiet der sogenannten Schnitzelbank. Er ging an Fasnacht in die Bütt und hat wunderbare, lustige, witzige Verse gedrechselt und geschnitzt, deshalb Schnitzelbank.

Ich habe das als Bub auch versucht und schon damals gemerkt, dass es einen besonderen Reiz hat, Verse in Mundart zu schreiben.

Später als Lehrer habe ich immer sehr gerne Gedichte behandelt, denn in Gedichten sind die Worte eben »verdichtet«. Gedichte sind verdichtete Texte und man erkennt in diesem Klangpotenzial von Wörtern die verschiedenen Abtönungen, die verschiedenen Bedeutungsnuancen. Gerne nahm ich mir im Unterricht Nonsensgedichte vor. Und ich habe Ringelnatz, Morgenstern, Jandl und Hugo Ball häufig behandelt.

Gerade in der Unterstufe war es immer wieder faszinierend, wenn ich in die Klasse kam und einfach anfing mit:

> Der Flügelflagel gaustert
> durchs Wiruwaruwolz
> die rote Fingur plaustert
> und grausig gutzt der Golz.

Da haben die Schüler große Augen gemacht, als wollten sie fragen: »Was soll das?« Wenn man das aber richtig vorgetragen hat, dann haben die Schüler bald erkannt, dass es einen gruselt, obwohl man vom Inhalt fast nichts versteht. Aber man spürt die Stimmung. Das Gedicht ist das *Gruselett* von Christian Morgenstern.

Ich bin überzeugt, dass ich bei vielen Schülern noch in Erinnerung bin, weil ich in verschiedenen Klassen in Vertretungsstunden oft das Gedicht *Der Zipferlake* von Lewis Carrol in einer Übersetzung von Christian Enzensberger vortrug, das mit diesen Zeilen begann:

> Verdaustig war's, und glasse Wieben
> rotterten gorkicht im Gemank.
> Gar elump war der Pluckerwank,
> und die gabben Schweisel frieben.

Vielleicht hat solch ein Gedicht die Kinder gerade deshalb fasziniert, weil der Sinn verborgen blieb und nur aus Wortklängen bestand.

Goethes Mephisto sagt einmal: »Gewöhnlich meint der Mensch, wenn er nur Worte hört, es müsse sich dabei doch auch was denken lassen.«

Viele Jahre, nachdem ich die Schule verlassen hatte, wurde ich immer wieder auf den *Zipferlake* angesprochen und viele konnten das ganze Gedicht noch auswendig. Vor einiger Zeit hat mir eine Studentin eine DVD zugeschickt, sie hat Medientechnik studiert und als Zwischenprüfung mussten sie eine CD erstellen und da hat sie den *Zipferlake* vertont. Auch bei dieser Studentin wirkte die Macht des Wortes offensichtlich noch lange nach.

Gerade auch als Mundartschreiber habe ich gemerkt, dass man mit Worten und Klangfärbungen sehr schön spielen kann und auch mit Kontrasten zwischen Hochsprache und dem Englischen. Hier ein Beispiel: Meine Tochter wollte die Schillerstraße hochfahren, da habe ich in meiner Mundart gesagt: »D'Schillerstroß derfsch nit hochfahre, die isch da obe gsperrt.« Meine siebenjährige Enkelin fragte gleich: »Opa, was sind das für Dschiller?« Ich habe zuerst gar nicht verstanden, was sie meinte. Erst als sie nachhakte: »Wer tut da oben dschille?«, verstand ich, dass sie das englische Wort »chillen« meinte und wissen wollte, wer da oben in der Schillerstraße wohl »chille«.

Einmal kam eine aus Norddeutschland stammende Lehrerin zu mir und sagte: »Sie können doch gut Dialekt sprechen. Wissen Sie was Ziegsii ist?« Ich antwortete: »Ziegsii, Ziegsii, das weiß ich jetzt nicht. In welchem Zusammenhang haben Sie es gehört?« Sie hätte nachmittags einen Schüler aus Schweighausen getroffen und sie hat ihn gefragt, was er denn noch in Lahr mache. Er sagte: »Wir gehen morgen ins Landheim und jetzt kauf ich noch Ziegs ii.« Solche Wortspiele wirken eben nur in der Mundart.

Man wird dann richtig hellhörig für solche Wortspiele. Ein weiteres Beispiel für ein sprachlich bedingtes Missverständnis zwischen einem »Hochsprachler« und Mundartsprecher: Als wir einmal mit der Sportgruppe abends beim Italiener saßen, hat ein norddeutscher Sportskamerad gesagt: »Ich esse einen Krabbensalat.« Unser Landwirt aus

Hugsweier antwortete empört: »Oh jee, gege die Krabbe mueß mr jetzt endlich ebbs undernämme, die fresse jo alli Äcker leer.« Der Norddeutsche war natürlich völlig konsterniert, weil er überhaupt nicht kapiert hat, was das Wort »Krabben« im Alemannischen bedeutet. Bei uns sind das nämlich die Saatkrähen.

Ich kann keine lyrischen Gedichte schreiben, versuche mich aber mit Wortspielereien wie beim »Selleriesalat«: Selli, von sellem – said – sellere; Sellerie wär gsund, selldrum sodd seller meh Sellerie esse. Sell wär nit verkehrt. Aber seller Sellerie von sellere schmeckt sellenem besser wie seller Sellerie von sellere. Mit solchen Mundartwörtern kann man wunderbar spielen.

Die Macht des Wortes und damit die Faszination des Wortes sind letzlich immer in dessen Klangfarben, Klangabtönungen, im Satzrhythmus, in seiner Klangmagie begründet, also in der Ästhetik der Sprache.

Nochmals ein Schritt zurück in meinen biografischen Erinnerungen. Was könnte mich noch motiviert haben, mich mit Sprache auseinanderzusetzen? Wie kommt man als Dorfbub zur Literatur, zur Philologie?

Ich möchte zwei Lehrer erwähnen. In der »Volksschule« Fessenbach war es unser Lehrer Albert Braunstein. (In der Region ist vielleicht noch die Braunsteindynastie bekannt.) Albert Braunstein konnte herrliche Geschichten erzählen und er hat sie uns sehr spannend und anschaulich geschildert. Er hat mir damit die Welt der Märchen eröffnet.

Der zweite Lehrer war unser Deutschlehrer Klein am Schiller-Gymnasium in Offenburg. Er hat uns in Vertretungsstunden ganze Fortsetzungsromane sehr anschaulich erzählt. Durch die Macht des Erzählens, durch die Macht der Sprache, hat er mich zum Lesen gebracht. Ich habe wahnsinnig viel gelesen, alle griechischen und deutschen Sagen. Das *Nibelungenlied* habe ich bestimmt zehn Mal gelesen. Das alles ist mir später im Studium der mittelhochdeutschen Literatur zu Gute gekommen, weil ich mit den Inhalten der Sagen schon vertraut war.

Lesen war für mich sehr wichtig. Ich hätte natürlich in der Bäckerei, in der Wirtschaft, in der Landwirtschaft oder in den Reben arbeiten und mithelfen müssen, aber ich sagte immer, ich hätte viele Hausaufgaben auf. Ich hatte immer heimlich ein Buch bei mir. Diese Einstellung – lieber lesen und Hausaufgaben machen als körperlich schaffen – hätte ich mir später als Lehrer von manchen Schülern auch gewünscht. Und meine Frau meint, dass sich diese Eigenschaft bis heute bei mir erhalten hat…

So wurde ich schon in den Schülerjahren zur Literatur hingeführt. Literatur und Sprache haben mich schon früh fasziniert, und deshalb habe ich dann Deutsch und Englisch studiert. Aber als Mundartsprecher Deutsch zu studieren, war an der Uni mit Problemen verbunden. Zwar waren wir südbadischen Kommilitonen mit unserer alemannischen Klangfärbung der deutschen Sprache mächtig, aber mit unserem entschleunigten Sprechtempo waren wir den sprachgewandten und flink formulierenden norddeutschen Studenten weit unterlegen. Selbstzweifel haben sich bei uns Alemannen eingestellt, Zweifel an der eigenen Sprechfähigkeit. Ich muss ehrlich gestehen, in den ersten sechs bis sieben Semestern habe ich in den Seminaren kaum ein Wort gesprochen, aus lauter Angst, mich zu blamieren.

Damals in den 1950er- und 60er-Jahren nämlich hatte die Mundart einen sehr schlechten Ruf; sie war als minderwertig verpönt. Gestützt auf angeblich wissenschaftlich begründete Theorien, die aus den USA herübergeschwappt waren, galt die Mundart als eine degenerierte Sprachform. Man müsse daher den Dialektsprechern kompensatorischen Sprachunterricht anbieten, so die Forderung. Das heißt, man muss ihnen den Dialekt und die Mundart abgewöhnen wie das Nasenbohren oder Nägelkauen. Das war die damals gültige wissenschaftliche Auffassung von Mundart.

Zum Glück gab es aber die Professoren, die Mittel- und Althochdeutsch und Sprachgeschichte unterrichtet haben und mir bald die Augen öffneten: Maurer, Besch, Basler. Und so erkannte ich, Dialekt ist ja gar keine degenerierte Sprachform, sondern eine sehr alte Sprachform!

Als wir mittelhochdeutsche Texte gelesen haben, haben wir plötzlich entdeckt, das ist ja unsere Mundart! Zum Beispiel das älteste deutsche Liebesgedicht: »Ich bin diin, du bist miin, des sollt du gewiss siin« usw. Das klingt ja ganz alemannisch!

Wir Alemannen durften dann die mittelhochdeutschen Texte vorlesen. Das konnten wir besser als die norddeutschen Studenten und wir verstanden die Texte auch schneller als die anderen. So holten wir uns in Alt- und Mittelhochdeutsch unser Selbstbewusstsein zurück und wir lernten, auf die Kraft unserer Sprache zu vertrauen. Wir erkannten, unser Alemannisch hat uralte geschichtliche Wurzeln. Und unsere Muttersprache ist ein ganz wesentlicher Aspekt unserer Identität.

*****

LUDWIG HILLENBRAND wurde 1939 in Offenburg geboren. Nach dem Lehramtsstudium Deutsch und Englisch, erhielt er seine erste Stelle als Lehrer am Max-Planck-Gymnasium in Lahr. Von 1986 bis 2003 war er dort auch Schulleiter. Seit seiner Pensionierung veröffentlichte er mehrere Mundartbücher.

Das Abenteuer

meines Lebens

Hermann Burger

Abenteuer in zwei Ländern

Während des Fluges von Mimi nach Cali hatte ich aus dem kleinen Fenster der Propellermaschine geblickt und teils interessiert, teils besorgt zwei, drei »tanzende« Schrauben auf den Flügeln betrachtet. Jetzt war ich an meinem Ziel in Kolumbien angekommen. War dieser »Schraubentanz« symbolisch für das Abenteuer, auf das ich mich eingelassen hatte?

Eine Bewerbung und einige Briefe waren per Luftpost zwischen Kolumbien und dem Badischen hin und her gewandert, seit ich das etwas außergewöhnliche Inserat in der Fachzeitschrift gelesen hatte:

Schweizer Geschäftsmann sucht für seine Konditorei mit Filialen in der Millionenstadt Cali in Kolumbien einen interessierten, tüchtigen Konditor als Backstubenleiter.

Und wie interessiert ich war! War diese Offerte nicht die Herausforderung, die ich mit meinen 22 Jahren gerade brauchte? Wenn die »alten« Männer in meiner Kinder- und Jugendzeit von ihren großen Abenteuern in fernen Ländern erzählt hatten, dann berichteten sie meist von Kriegsgeschichten. Auch ich träumte von fernen Ländern, jedoch ganz ohne Krieg.

Nach dreijähriger Bäckerlehre, der ich noch zwei Jahre einer Ausbildung zum Konditor angeschlossen hatte, hatte ich in der Schweiz und in Deutschland in guten Häusern gearbeitet und war überzeugt, eine sehr gut ausgebildete Fachkraft zu sein. Dass ich nicht besonders viel verdiente, aber sehr viel arbeiten musste, verstimmte mich nur von Zeit zu Zeit, denn ich liebte meinen Beruf. Ich fühlte mich ganz gut aufgehoben mit meinen vielen Freunden und hatte auch eine nette Freundin, doch wollte ich um Himmelswillen noch nicht geheiratet werden.

Meine Freundin brach in Tränen aus, als ich ihr am Neujahrsmorgen 1964 nach einer feuchtfröhlichen Silvesterfeier von meinem Vorhaben berichtete. Und plötzlich fiel es auch mir gar nicht mehr so leicht, all das Vertraute aufzugeben, auch die Nähe zu meiner Mutter und zu meinen beiden Geschwistern nicht. Kolumbien war weit. Telefonieren so gut wie unmöglich, der Flug für Kleinverdiener fast unerschwinglich, per Schiff war man mehr als 14 Tage unterwegs.

Die Briefe aus Übersee, die ich aufgrund meiner Bewerbung erhalten hatte, klangen sehr seriös. Dies wurde durch eine Schweizer Adresse eines Rechtsanwalts noch untermauert, der mich um ein Treffen in Basel mit meinem zukünftigen Chef Frederico Huber bat.

Meine Freundin hatte sich in ihrer Sorge um mich an den Raffael-Verein, einen in Hamburg ansässigen Verein für Auswanderer, gewandt, um Auskunft über die Situation und die Arbeitsbedingungen in diesem »fremden« Land einzuholen. Die Experten des Vereins beurteilten das Unterfangen bei einem ordentlichen Arbeitsvertrag als machbar. Auch mein damaliger Chef einer kleinen, feinen Konditorei in Gaggenau und der erstaunlich weitblickende Großvater meiner Freundin rieten mir, den Sprung ins kalte Wasser zu wagen.

Dann ging alles ganz schnell: Mit dem Arbeitsvertrag erhielt ich ein Flugticket. Schulfreunde und ein Begleittross der Familie fuhren mich zum Flughafen Zürich. Die doch länger als ursprünglich gedachte Anreise sowie die für mich ungewohnte Situation bei der Abfertigung verkürzten unseren gegenseitigen Abschiedsschmerz erheblich. Es war Februar, es war kalt und in meinem dicken Mantel aus Tweed erklomm ich die Gangway eines der ersten Jets der Swissair.

Ein Zwischenstopp brachte mich nach New York, wo es 20 Grad minus hatte. Drei Tage wollte ich mir die Metropole anschauen. Im Flughafen in New York beobachtete ich einen außergewöhnlichen Menschenauflauf. Später stellte sich heraus, dass die Beatles angekommen und zu ihrer ersten Tournee von rund

5 000 Fans und etwa 200 Journalisten begrüßt worden waren.

Als ich in Panama umstieg, war es heiß. Tropisch heiß und schwül. Unter dem Riesenpropeller einer Kühlmaschine stehend, konnten mich nur zwei schwarzgekleidete, tiefverschleierte Nonnen davon überzeugen, dass man diese Temperaturen und vor allem diese Luftfeuchtigkeit überleben konnte.

Endlich kam ich in Cali im Südwesten Kolumbiens an. In einer Stadt in rund 1 000 Metern Höhe gelegen, die mich mit sehr angenehmen 26 Grad empfing. Mein Chef Frederico Huber, er wird um die 50 Jahre alt gewesen sein, holte mich vom Flughafen ab, was mich sehr erleichterte, denn geradezu schockartig stand ich in einem neuen Leben und in dieser neuen Welt. Diese Vielfalt und Lebendigkeit, diese Fülle an Farben, diese laute Geschäftigkeit und Fröhlichkeit und diese hupende Unordnung im Straßenverkehr. Alles war neu, alles war anders.

Zu meinem Erstaunen bewohnte er mit seiner liebenswerten französischen Frau eine große Wohnung in einem Hotelbau. Das war nicht nur angenehm, sondern auch eine der größtmöglichen Sicherheiten: Im Lauf der nächsten Jahre erfuhr und erlebte ich viele Entführungen und Erpressungen, die nicht immer gut ausgingen.

Nun war ich natürlich neugierig auf die Konditorei, meinen Arbeitsplatz und meine Aufgaben, denn ich war ja, wie ich wusste, der einzige Fachmann im Betrieb. Vor mir lag eine große Herausforderung. Es handelte sich um einen Betrieb mit zwei weiteren Filialen und ich trug die Verantwortung für rund 15 Mitarbeiter, die mir in der Backstube unterstellt waren. Meine Mannschaft war ein bunt zusammengewürfeltes Völkchen, fast alle Hautfarben waren vertreten. Zum größten Teil waren es Analphabeten, aber sie waren nicht nur angenehm im Umgang, sondern auch sehr willig und geschickt. Und sie hatten natürlich einen ganz anderen Arbeitsrhythmus und eine andere Arbeitsmentalität. Dazu sprachen sie alle Spanisch und ich nicht. Nach anfänglichem heftigem Gestikulieren wurde die Verständigung von Tag zu Tag erträglicher, es half mir schließlich ein Spanisch-Crash-Kurs, zu dem mich meine Chefin verdonnerte. Die Öfen und Maschinen waren monströs und zum Teil technisch gesehen eher vorsintflutlich. Jeden Tag nötigten sie mir Improvisation und Reparaturen ab. Hinzu kamen die mir fremden Rohstoffe oder das komplette Fehlen von wichtigen und kostbaren Zutaten, die ich bisher gewohnt war.

Zum Beispiel konnte man damals in Kolumbien so gut wie keine Mandeln bekommen. Zufällig ergatterte ich einmal einen Sack, aber bei genauem Hinschauen merkte ich, dass die Mandeln von Maden befallen waren. Es war ein fast unersetzlicher Schaden. Ein Insider rettete mich: Er gab mir den Tipp, eine Straße mit Blattschneiderameisen durch den befallenen Sack zu führen. Ein Wunder geschah: Innerhalb kurzer Zeit hatten die Ameisen ganze Arbeit geleistet. Nach entsprechendem Waschen und Rösten der Mandeln hatte ich die Katastrophe abgewandt. Mein Projekt – ich wollte unbedingt Zimtsterne backen – war gerettet.

Trotz vieler Stromausfälle und oft fehlender Kühlmöglichkeiten war unsere Produktion sehr umfangreich und unser Sortiment erstaunlich vielfältig. An den Feiertagen wie Ostern, Weihnachten oder Muttertag verlangten die Kunden nach vielen hunderten von Torten, mehrstöckig und reichverziert. Oft führte mich die viele Arbeit bis an meine Schmerz- und Belastungsgrenze. Dennoch fühlte ich mich in meinem Beruf so richtig wohl und angekommen.

Von meinem Chef-Ehepaar war ich rasch akzeptiert und wie ein Familienmitglied des Hauses Huber angenommen. Sie führten mich auch in den Schweizer Club in Cali ein, was eine große Auszeichnung für mich war. Da meine Mutter aus der Nähe der Schweiz stammte und ich zwei Jahre dort gearbeitet hatte, sprach ich nahezu astreines Schwitzerdütsch, was mir sicherlich einen großen Sympathievorsprung verschaffte. Ich gehörte dazu. Ich feierte mit ihnen Karneval, nahm an Jassturnieren teil, einem Kartenspiel aus dem alemannischen Sprachraum, und wurde regelmäßig zu Exkursionen, Ausflügen oder zu Picknicks auf den schönen Fincas eingeladen. Als junger Mensch und Jungspund durfte ich an den interessanten Gesprächen von Menschen aus Gesellschaft und Wirtschaft teilhaben und ich bewunderte ihr großzügiges und weitblickendes Denken.

Da ich immer dort, wo ich gelebt hatte, in Gesangsvereinen mitgesungen hatte, trat ich einem deutschen Chor bei, der ein erstaunlich hohes Niveau hatte. Auf einer unserer kleineren Konzertreisen lernte ich auch die Hauptstadt Bogotá kennen und erlebte dort einen unvergesslichen Abend mit dem Bischof und zwei fast schon verwegen aussehenden Missionaren. Diese berichteten mir von ihrer Arbeit für die Kirche und für die ihnen anvertrauten Menschen, über ihre beschwerlichen Reisen durch den Dschungel und den oft skurrilen Situationen. Über dem Erzählen vergaß man ganz, mir eine Schlafstätte zu richten. Am Ende landete ich im Bett des Bischofs, der dann in seiner großen südamerikanischen Gastfreundschaft mit dem Sofa vorliebnahm.

Im Laufe der Zeit fand ich ein paar interessante Freunde, Junggesellen wie ich. Sie waren Kaufleute oder Außendienstmitarbeiter großer europäischer Firmen, fröhliche Typen. Mit ihnen zog ich ab und zu durch die Straßen der Viertel, in denen nur Einheimische lebten. Das war nicht ungefährlich und besonders meine Chefin sah das gar nicht gern. Wir ritten in die wilden Berge, wir besuchten die Märkte in den kleinen, malerischen Dörfern auf denen exotische Früchte und verschiedene Knollen und Gemüsesorten von Frauen in bunten Trachten angeboten wurden oder wir machten Ausflüge in ihrem alten amerikanischen Ford.

Das populärste Verkehrsmittel in Kolumbien war und ist aber der Bus. Es sind bunte offene Fahrzeuge, ständig überfüllt. Mensch und Tier finden auch auf dem Dach Platz und so werden die waghalsigsten Touren in die Berge unternommen. Vieles war gewöhnungsbedürftig, so etwa der Transport von Hühnern, die auf dem Markt verkauft werden sollten. Die Tiere wurden nicht geschlachtet, sondern an den Füßen zusammengebunden und lebend transportiert. Auch im Flugzeug. Der Grund hierfür war: Wenn sie nicht verkauft wurden, konnte man sie in der folgenden Woche wieder anbieten.

Einmal bekam ich eine schwere Lungenentzündung und der Arzt riet mir zu einem Erholungsaufenthalt am Meer. Ein Schweizer Freund lud mich generös an die Ostküste Kolumbiens am Atlantik ein. In Cartagena, dem ehemaligen Umschlagsplatz für Sklaven, sowie in Barranquilla und Santa Marta, wunderbar geschichtsträchtige und alte Orte, verlebte ich ein paar herrliche Tage. Eine weitere Reise führte mich nach Quito in Ecuador, denn um meine Aufenthaltsgenehmigung zu verlängern, musste ich Kolumbien verlassen.

Nur zu Hause in Deutschland war ich nie. Dabei waren jetzt schon mehr als drei Jahre vergangen und ich war hin- und hergerissen zwischen der Überlegung, in Kolumbien zu bleiben oder in Deutschland die Meisterprüfung zu machen. Beides ging nicht. Bodenständig, wie ich offensichtlich geblieben war, entschloss ich mich zur Heimreise und verließ das herrliche Land der Freiheit und Farbigkeit.

Mein letztes Abenteuer in Kolumbien wollte ich mit dem Schiff, einem Frachtschiff, erleben. Ich hatte mir für meine vielen Souvenirs von einem Schreiner einen riesigen Überseekoffer anfertigen lassen. Mit diesem und vielen weiteren Gepäckstücken fuhr ich per Taxi über die Kordilleren nach Buenaventura am Pazifik. Das Klima schweißtreibend, die Situation unsicher. Ich war zu einer unbequemen Wartezeit verurteilt, denn mein Frachtschiff konnte den vorgesehenen Kaffee aufgrund der regnerischen und feuchten Witterung nicht laden. So saß ich in einem kleinen Hotel im Hafenviertel gewissermaßen auf Abruf auf den Koffern. Meine Behausung entbehrte jeglichen Komforts, selbst die Schlösser an den Türen fehlten und das Publikum um mich herum war wenig vertrauenswürdig. Endlich war die Ladung an Bord und via Panamakanal ging es Deutschland entgegen. 16 Tage auf bewegter See und eine lange Zugfahrt brachten mich nach Hause »zu Muttern«. Im Nachhinein betrachtet, fiel es mir viel schwerer, mich wieder in der Heimat einzugewöhnen, als umgekehrt.

Als ich mich am Tag meiner Rückkehr ordnungsgemäß in der kleinen Amtsstube im Bürgermeisteramt meldete und als letzten Aufenthaltsort »Cali, Kolumbien« angab, fragte mich der Mann am Schalter: »Cali, Kolumbien, ist das Ausland?« Und als ich für meine Meisterprüfung den mir eigentlich zustehenden Zuschuss beantragen wollte, musste ich mich von dem zuständigen Beamten fragen lassen, ob ich vielleicht meine ganzen Ersparnisse versoffen hätte. Jetzt wusste ich endgültig, dass ich in meiner damals noch sehr engen, bürokratischen Heimat angekommen war.

Es war Winter, es war kalt, fast vier Jahre hatte ich nicht mehr gefroren – das Abenteuer Deutschland hatte begonnen.

Noch eine kleine Ergänzung zum Schluss: Meine damalige Freundin und ich feiern in Kürze Goldene Hochzeit.

*****

HERMANN BURGER wurde 1941 in Emmendingen geboren. Er machte eine Ausbildung zum Bäcker und zum Konditor. 1979 kamen Hannelore und Hermann Burger nach Lahr und gründeten dort das Café Burger. Hermann Burger gehört seit 1994 der Gemeinderatsfraktion der CDU in der Stadt Lahr an.

Guido Schöneboom

Kurz vor und kurz nach
der Wiedervereinigung

Ich versuche, einen weiten Bogen zu spannen und hoffe, dass es mir gelingt. Ich will Sie mitnehmen auf eine Reise zurück in das Jahr 1989, als nicht nur aus westdeutscher Perspektive auf Leipzig geschaut wurde – ganz Europa und wahrscheinlich die ganze Welt blickten auf diese Stadt.

Ich bin in einem behüteten Elternhaus groß geworden, die DDR war *mein* Land. Im kritischen Rückblick sehe ich das heute differenzierter, aber meine Schulzeit verlief normal, obwohl ich nicht zum Abitur zugelassen wurde. Meine Eltern hatten sich gegen eine Offizierslaufbahn für mich entschieden und kannten die Konsequenzen. Auch wir Schüler wussten, dass die Schulleitungen verpflichtet waren, einen gewissen Prozentsatz jeden Jahrgangs für die Volksarmee zu werben, das war Ende der 1970er-, Anfang der 1980er-Jahre ganz normal. Die Nichtzulassung zum Abitur machte mir keine Probleme, nur stand jetzt die Frage im Raum, wie es mit mir weitergehen sollte. Da meine Mutter meinte, dass ich gut mit Kindern umgehen könne, begann ich mit 16 Jahren ein Studium am Institut für Lehrerausbildung in meiner Heimatstadt. Schon mit 20 – das kann man sich heute nicht mehr vorstellen – stand ich als Lehrer vor einer Schulklasse und musste Verantwortung übernehmen. Nach drei Jahren in einer Kleinstadt ging es zurück nach Leipzig, wo ich ab 1987 ein für mich ganz normales Leben führte. Ich hatte schon eine Familie, spielte Handball, war stolz auf meinen zusammengesparten gebrauchten Trabant und verfügte über einen engen Freundeskreis. Der Wochenablauf war strukturiert durch die Arbeit und die Freizeit, die ich am Wochenende mit der Familie oder dem Sport verbrachte. Die Politik spielte im Alltag – wie es heute so oft unterstellt wird – nicht die entscheidende Rolle. Außerdem war das Leben in der DDR in den 1980er-Jahren schon etwas liberaler geworden. Die Menschen haben wahrgenommen, wie bizarr manche Dinge abliefen, wie der Spagat zwischen Anspruch und Wirklichkeit immer größer wurde. Auch wir realisierten das und sprachen im Freundeskreis darüber, aber niemand dachte zu diesem Zeitpunkt auch nur ansatzweise an eine Wiedervereinigung beider deutscher Staaten. Die Vorgänge in Polen, dann die in der Tschechoslowakei nahm man mit Interesse wahr und man fragte sich, was da wohl gerade vor sich ging.

Im Jahr 1989 überschlugen sich die Ereignisse. Im Juni erlebten wir, wie brutal die Staatsmacht in Peking gegen die eigenen Bürger vorging, wie Panzer Menschen auf dem Platz des Himmlischen Friedens überrollten. Das konnte uns nicht kalt lassen. Im August beobachteten wir, was in Ungarn passierte und wir sahen, wie die ersten Grenzzäune zwischen Ungarn und Österreich zerschnitten wurden. Wir konnten es nicht glauben. Meine Frau sagte: »Komm, wir fahren dahin!« Ich wollte aber damals die DDR nicht verlassen. Außerdem sorgten wir uns um unsere zwei kleinen Kinder. In Leipzig hatten inzwischen die Montagsdemonstrationen rund um die Nikolaikirche angefangen. Zuerst trafen sich Friedens- und Umweltgruppen zum Montagsgebet, dann aber breitete sich die Bewegung immer weiter aus. Das blieb uns nicht verborgen. Man nahm die Regelmäßigkeit wahr und vor allem auch, dass sich Montag für Montag immer mehr Menschen beteiligten. Ende September/Anfang Oktober ließen sich auch Freunde aus unserem Kreis dort sehen. Für mich als Lehrer war dies eine schwierige Situation, denn von der Schulleitung war die Anweisung ergangen: »Keiner von euch geht dahin. Eine sozialistische Lehrerpersönlichkeit hat dort nichts zu suchen und das gilt auch für alle Freunde und Bekannten!«

Als am 7. Oktober in Berlin mit großem Pomp der 40. Jahrestag der Deutschen Demokratischen Republik gefeiert wurde, saßen meine Frau und ich fassungslos vor dem Fernseher und fragten uns, wie das zusammenpasste: in Berlin die Feierlichkeiten – und im Land herrschten Bewegung und Aufruhr. Gorbatschow und Honecker küssten sich – in Leipzig wollten die Bürger das Staatssystem verändern. Eine verdrehte Situation.

Meine Frau fasste den Entschluss, am Montag, den 9. Oktober, zur ersten großen Demonstration in die Stadt zu gehen. Ich blieb bei den Kindern zu Hause. Nach Schätzungen waren wohl 70 000 Menschen auf der Straße, und die Stimmung war sehr aufgeheizt. Tagelang hatte es vor dem 9. Oktober schon Verbote, aber auch gezielte Gerüchte gegeben, dass nämlich Polikliniken und Krankenhäuser für Verletzte frei geräumt worden seien. Militäreinheiten rund um Leipzig waren herangezogen worden und zusätzlich wurden bewaffnete Einheiten aus Betrieben mobilisiert. Man hatte Angst, dass sich Väter und Söhne feindlich gegenüberstehen könnten.

Sowohl am 9. als auch bei der nächsten Demonstration am 16. Oktober herrschte eine bedrückende Atmosphäre. Es ist glücklicherweise nichts passiert, die Demonstrationen verliefen friedlich. Angesehene Persönlichkeiten des gesellschaftlichen Lebens, darunter Kurt Masur, der damalige Dirigent des Leipziger Gewandhausorchesters, hatten den Aufruf »Keine Gewalt!« verfasst. Dieser wurde stündlich über den Leipziger Stadtfunk gesendet. Der Appell war an beide Seiten gerichtet, sowohl an die Staatsmacht als auch an die Demonstranten. Es sollte kein Vorwand für den Gebrauch von Schusswaffen geliefert werden.

Am Montag, dem 16. Oktober, fuhr ich dann selbst mit meinem Trabant in die Innenstadt. Ich suchte mir einen Parkplatz und weiß noch heute die Stelle, an der ich auf den Leipziger Ring stieß. Ich hatte ein mulmiges Gefühl, ich fühlte mich beobachtet. So ging es sicher Tausenden, die an diesem Tag demonstrierten. Wenn man heute von einer »freudigen Demonstrationskultur« berichtet, von Vätern mit Kindern auf den Schultern und von Frauen mit Blumen in der Hand, dann entspricht das nicht der

Wahrheit. Die Stimmung war angstvoll und ungewiss, man wusste nicht, ob nicht doch etwas Schlimmes passieren würde.

Ich musste außerdem befürchten, am nächsten Tag zur Rechenschaft gezogen zu werden. Ich hatte mit der Teilnahme an der Demonstration den Staat kritisiert, war nicht mehr einverstanden mit dieser Politik. In diesen Wochen merkte man aber bereits, dass es die Masse mittlerweile verstand, mit ihrer »Macht« umzugehen. Es gab Sprechchöre wie: »Stasi in den Tagebau.« Das hatte man früher vielleicht gedacht, aber nie gewagt, auszusprechen. Dann hörte man später den kraftvollen Slogan: »Wir sind das Volk.« Aus den Fahnen war das DDR-Emblem herausgeschnitten. Jeder spürte das Neue, die Menschen trauten sich etwas zu. Da es bei den großen Demonstrationen friedlich geblieben war, befürchtete niemand mehr gewaltsame Auseinandersetzungen. Die Menschen wirkten befreit.

Ein krampfhafter Versuch, Erich Honecker durch Egon Krenz abzulösen, konnte den Lauf der Dinge nicht mehr aufhalten. Allerdings dachten zu diesem Zeitpunkt die wenigsten an die Wiedervereinigung; das Hauptziel war, das Land zu reformieren, es nach demokratischen Grundsätzen umzugestalten und ein demokratisches Parteiensystem zu schaffen.

Der 9. November, ein Donnerstag, war ein unglaublicher Tag für uns. Als Günter Schabowski am Abend auf einer Pressekonferenz verkündete, dass neue großzügige Regelungen für Reisen ins westliche Ausland eingeführt werden und diese unverzüglich galten, gab es kein Halten mehr.

Am Samstag war eigentlich Schulpflicht, aber nur noch ein Drittel der Schüler erschien, die anderen waren schon am Freitag mit ihren Eltern aufgebrochen. Wir hielten den Unterricht tatsächlich noch bis zur fünften Stunde mit ein paar vor uns sitzenden »Versprengten« ab, dann ging es los. Vor uns kroch eine Autoschlange von Wartburg, Schiguli und Trabant – meiner darunter – gen Westberlin. Die ersten Minuten im Westen waren bunt und aufregend, es roch anders als zu Hause, wir fühlten eine erfrischende Atmosphäre. Man erkannte uns an der Kleidung, alle waren freundlich. Mich aber störte, dass sich viele aus der DDR wie Bittsteller benahmen und beispielsweise frei verteilte Coladosen und Kaffee in Plastiktüten stopften. Das wollte ich nicht, ich wollte den Menschen auf Augenhöhe begegnen. Ich kaufte mir vom »Begrüßungsgeld« für zwei Mark Süßigkeiten – grüne »Frösche« – und bummelte mit meiner Tüte über den Kurfürstendamm. Wir sahen uns alles an und gingen ins Kino. Welchen Film haben wir gesehen? *Der Exorzist*! So etwas vergisst man nicht. Nette Westberliner, von der Situation ganz überwältigt, luden uns schließlich zum Essen ein. Wir unterhielten uns lange und intensiv. Sie wollten unbedingt wissen, was in uns vorgeht. Sie wollten einen Eindruck davon bekommen, wie wir die ungewöhnliche Situation empfanden. Es waren sehr nette Menschen, und im Nachhinein bedauere ich, dass wir uns nicht noch intensiver ausgetauscht haben und später den Kontakt zueinander nicht halten konnten. Im Trabant zu schlafen war nicht möglich, es war zu kalt. Also fuhren wir über die Autobahn zurück. 35 Kilometer vor Leipzig verabschiedete sich der Motor und in den darauffolgenden Tagen war ich nur damit beschäftigt, das Auto zu reparieren.

Es wurde sehr schnell klar, dass sich unser Leben mit dem Mauerfall radikal verändern würde. In der Phase zwischen November 1989 und April 1990 wurden unterschiedliche Konzepte gegeneinander abgewogen, und es fanden die ersten freien Wahlen statt. Die Frage der Wiedervereinigung stand zwar schon auf der Tagesordnung, wurde aber in der DDR anders diskutiert als im Westen. Eine der politischen Kräfte, das »Neue Forum«, formulierte es folgendermaßen:

Wir wollen das Bewährte erhalten und doch Platz für Erneuerungen schaffen. Es kommt in der jetzigen gesellschaftlichen Entwicklung darauf an, dass eine größere Anzahl von Menschen am gesellschaftlichen Reformpro-

zess mitwirkt. Wir rufen alle Bürger und Bürgerinnen der DDR, die an einer Umgestaltung unserer Gesellschaft mitwirken wollen, dazu auf, Mitglieder des Neuen Forums zu werden.

Viele Menschen waren emotional noch stark bewegt und machten sich – wie auch ich – Gedanken über einen neuen zweiten deutschen Staat. Das Ergebnis kennen wir: Am 1. Juli 1990 kam die Währungsunion und am 3. Oktober die Wiedervereinigung. Von diesem Moment an war mein Leben wirklich spannend und abenteuerlich. Welche persönlichen Zukunftsperspektiven gab es? Der Freistaat Sachsen bekam eine von der CDU dominierte Landesregierung, die eine Zweidrittelmehrheit hatte. Das Schulgesetz wurde neu geregelt und mit meiner Ausbildung hätte ich nicht am Gymnasium unterrichten können. Im Leben spielen Zufälle eine große Rolle: Es besuchte mich ein Kollege, ein ehemaliger Lehrer und guter Freund, der quasi über Nacht Amtsleiter in der Landkreisbehörde geworden war. In seinem Amt suchte man nach Abteilungsleitern, da viele frühere Funktionsträger aufgrund ihrer Nähe zur Staatssicherheit und zur SED entlassen worden waren. Man brauchte also neue Mitarbeiter und als man mich fragte, ob ich Abteilungsleiter im Pass- und Meldewesen werden wolle, sagte ich zu.

An einem Montag trat ich vor meine Klasse, die sich auch schon in Auflösung befand, und wir verabschiedeten uns tränenreich. Wenige Stunden später saß ich zur Vereidigung vor dem stellvertretenden Landrat. Ich war 25 Jahre alt und hatte von Verwaltung keine Ahnung. Dann gab er mir 40 Kaderakten von Polizisten der ehemaligen DDR und sagte: »Die Kreisverwaltung übernimmt davon 26. Wie Sie die auswählen, ist Ihr Problem.« Ich bekam einen Dienstraum und studierte die Lebensläufe der Polizisten, alle im Alter meiner Eltern, und suchte nach Auswahlkriterien. An diese ersten Tage erinnere ich mich noch sehr genau, denn ich stand vor einer schweren Herausforderung: Wie sollte ich als junger Mann über das Wohl und Wehe dieser Menschen, die ihr gesamtes Arbeitsleben in der DDR verbracht hatten, entscheiden und darüber, ob sie einen Platz in der neuen Gesellschaftsform finden sollten?

In der Pass- und Meldestelle gab es einen irrsinnigen Andrang, eine übergroße Anzahl von Bürgerinnen und Bürgern wollte sich ganz schnell vom DDR-Ausweis trennen und die neuen bundesdeutschen Dokumente in den Händen halten. Den ersten Schwung musste ich für 70 000 DM bei der Bundesdruckerei in Berlin bestellen. Nächtelang konnte ich nicht schlafen, weil ich nicht wusste, ob ich das überhaupt unterschreiben durfte, und ob diese große Summe angemessen war. Aber die von mir bestellte Menge reichte nicht einmal aus, bald musste ich nachordern. Es dauerte Wochen und Monate, bis sich die Lage einigermaßen normalisierte. Unglaublich, was wir in dieser Zeit erlebten.

Ein Jahr später ergab sich eine weitere schwierige Situation, die nicht vorhersehbar war: Die DDR hatte sich nach dem Zweiten Weltkrieg nicht als Rechtsnachfolger des faschistischen Deutschlands gesehen und Vertriebene nicht entschädigt. Ein Lastenausgleich wie in der Bundesrepublik hatte nicht stattgefunden. Für die 1,2 Millionen Antragsberechtigten in der ehemaligen DDR wurde 1991 ein Gesetz mit einer Einmalzahlung von 4 000 DM geschaffen. Die Vertriebenen in den fünf neuen Bundesländern waren enttäuscht, denn sie waren von ganz anderen Summen ausgegangen. Innerhalb einer Woche hatten wir 12 000 Anträge vorliegen und das ohne ausreichende Mitarbeiter. Stundenlang hörten wir uns Geschichten von der Vertreibung dieser Menschen an, die 80 Jahre und älter waren.

In der kurzen Zeit von Anfang August 1989 bis Anfang 1990 mussten wir uns komplett umorientieren. Plötzlich waren wir in einer »neuen« Welt angekommen. Ich hatte das Glück – wie ich es heute sehe – der »späten Geburt«. Mit 25 Jahren kann man sich schneller umstellen, aber in meiner eigenen Familie konnte ich selbst miterleben, wie schwierig dieses neue »Leben« mitunter sein konnte. Meine Mutter war, wie viele andere auch, sehr früh in den 1990er-Jahren arbeitslos geworden. Den Wert der Freiheit beurteilte sie ganz anders: Sie war von der Arbeitswelt ausgeschlossen und fühlte sich gesellschaftlich isoliert, die Abhängigkeit als Leistungsempfängerin hat ihr persönlich zugesetzt. Wir haben immer versucht, mit den vielen positiven Veränderungen argumentativ dagegenzuhalten, aber das hat sie damals nicht überzeugt. Heute sieht sie die Gesamtentwicklung der letzten 20 Jahre durchaus positiv. Für uns, die jüngere Generation, war die Wiedervereinigung ein Segen, ein großes Geschenk, für das ich noch heute sehr dankbar bin.

GUIDO SCHÖNEBOOM wurde 1965 in Leipzig geboren. Dem Schulbesuch schlossen sich von 1981 bis 1985 ein Pädagogikstudium und die Arbeit als Lehrer in Sachsen an. Berufsbegleitend studierte er von 1991 bis 1994 an der Verwaltungs- und Wirtschaftsakademie Halle. Seit Juni 2010 ist Guido Schöneboom Erster Bürgermeister der Stadt Lahr.

Richard Stihler

Das Leben ist mehr als eine abenteuerliche Bergbesteigung

Von Kindheit an liebte ich die Berge: Da mein Vater Mineraliensammler war, verbrachte unsere Familie den Urlaub immer in den Alpen. Das Meer bekam ich in meiner Kindheit selten zu Gesicht. Im Gegensatz zu meinem Vater interessierte ich mich aber mehr für die Gipfel als für das Gestein. Vor allem, nachdem ich mir beim Steineklopfen zwei Finger gequetscht hatte.

Nach dem Abitur musste ich zur Bundeswehr. Was lag näher, als zu den Gebirgsjägern zu gehen? Ich war in Mittenwald im Karwendelgebirge stationiert, bei einer Spezialeinheit. Es war eine abenteuerliche Zeit, denn bei dieser Truppe lernten wir im Freien zu biwakieren, Forellen mit den bloßen Händen zu fangen und Fallen zu stellen. Dann lieh sich einer meiner Kameraden an einem Wochenende aus der Hochgebirgskammer, in der die Ausrüstung gelagert wurde, Pickel, Skier und Steigeisen. Die Fotos der Besteigung seines ersten Dreitausenders zeigte er uns voller Stolz. Die Aufnahmen und seine Erzählungen beeindruckten mich sehr – und ein bisschen Neid war sicher auch mit im Spiel. Also lieh auch ich mir die nötige Ausrüstung, stieg auf einen in der Nähe liegenden Dreitausender und präsentierte danach *meine* Fotos. Das wiederum spornte ihn an – vier Wochen später kam er mit Bildern seines ersten Viertausenders. Natürlich wollte ich mithalten und in der folgenden Zeit versuchten wir, uns gegenseitig zu überbieten. Daraus entstand schließlich eine Wette: Ich kündigte an, dass ich es schaffen würde, alle 61 Viertausender der Alpen zu besteigen! Ob ich die Wetter gewonnen habe? Man wird sehen …

Nach der Bundeswehr begann ich mit einem Maschinenbaustudium, denn ich sollte die Firma meines Vaters übernehmen. Das ungeliebte Studium hielt ich leider nicht lange durch. Da mein Herz für die Baukunst schlug, studierte ich in Karlsruhe Architektur. Als ich noch während meiner Studienzeit ein paar Wettbewerbe gewann, ermöglichten mir die Preisgelder ein wirkliches Abenteuer: Ich schloss mich einer Reisegruppe nach Südamerika an, um den fast 7000 Meter hohen Aconcagua, den höchsten Berg Südamerikas, zu besteigen. Dieser Berg ist technisch relativ einfach zu erklimmen, die Schwierigkeit liegt in der Höhe! Nachdem mir die Besteigung gelungen war, wusste ich, dass ich es auch mit noch höheren Bergen aufnehmen konnte.

Neben dem Bergsteigen hatte ich ein weiteres Hobby: Ich ging klettern – und ich hatte einen »wilden« Freund, der bereit war, sehr hohe Risiken einzugehen. Das Abenteuer und das dabei entstandene Foto eines Profikletterers hatte es uns besonders angetan. Der Profi hatte ein Seil zwischen einer Autobahnbrücke und einer Hängebrücke gespannt, war dann von der Autobahnbrücke heruntergesprungen und hatte in die 400 Meter tiefe Schlucht hinein fotografiert. Wir mit unseren knapp 20 Jahren wollten diese spektakuläre Aktion nachahmen. In der Fabrikhalle meines Vaters brachten wir zwei 50 Tonnen-Kräne in die richtige Position. An der einen Seite hängten wir das Seil ein, an der anderen Seite hingen wir, fuhren uns hoch und stürzten in ein vorbereitetes Loch im Hallenboden. Das war unser Training. Eine Woche später sprangen wir an Seilen von einer Autobahnbrücke. Wir wussten nicht einmal, ob die Seile, die uns mein Vater geschenkt hatte, halten würden. Wir wussten eigentlich gar nichts. Es war eine wilde Zeit im Alter zwischen 18 und 26 Jahren. Ich bin meinem Schutzengel sehr dankbar, dass nie etwas passiert ist. Mein Kletter-Freund kam später leider bei einer seiner Unternehmungen ums Leben.

Mit 27 Jahren erhielt ich die Gelegenheit, mit dem in Bühl im Schwarzwald lebenden Extrembergsteiger, Bergführer und Expeditionsleiter Ralf Dujmovits nach Tibet zu reisen, um einen Achttausender zu besteigen. Kaum waren wir an der tibetischen Grenze, brach die Kommunikation ab – kein Telefon, kein Wetterbericht – nichts. Es war sehr kalt und ich übernachtete in einem sehr dünnen Schlafsack bei 43 Grad minus. Den Gipfel bestieg ich in Rekordzeit und so war ich tatsächlich zwei Wochen früher als geplant wieder zu Hause. Das erfuhren Ärzte, die gerade an einer Studie arbeiteten, in der der Zusammenhang zwischen den Genen und der Verträglichkeit mit dem Aufenthalt in großen Höhen untersucht wurde. Gerne beteiligte ich mich an der Studie und erfuhr letztendlich, dass ich das Glück habe, dass meine Gene gut mit großen Höhen »umgehen« können.

Ein paar Jahre später fragte mich Ralf Dujmovits, ob ich gemeinsam mit ihm die in Papua-Neuguinea gelegene Carstensz-Pyramide, den mit rund 4 800 Metern höchsten Berg Ozeaniens, besteigen wolle. Man muss sich das in etwa so vorstellen: Der Berg befindet sich, von ein wenig Hochland umgeben, mitten in einem Dschungelgebiet. Nachdem man sich einige Tage durch Dschungel und Hochland gekämpft hat, steigt eine rund 800 Meter hohe und senkrecht aufsteigende Kalkwand vor einem auf. Hat man diese aber bezwungen, liegen einem zwei Ozeane zu Füßen. Ohne lange nachzudenken sagte ich zu. Nach unzähligen Flügen landeten wir schließlich mit einem Buschflieger in einer holländischen Missionarssiedlung – und wurden gleich verhaftet. Wir waren mitten in einer Krisenzeit angekommen und durften drei Tage lang unser Zelt nicht verlassen. Mit jedem Tag aber ließ die Bewachung nach und so packten wir am vierten Tag unsere Sachen, liefen weg und marschierten zu einer anderen Siedlung. Dort konnten wir einen Buschpiloten davon überzeugen, uns auszufliegen. Da der Pilot nur vier von uns mitnehmen konnte, musste ich einen weiteren Tag ausharren. Die Carstensz-Pyramide habe ich bei alldem nicht einmal gesehen. Aber das kann bei einem Abenteuer eben auch einmal vorkommen.

2001 wollte ich mit Freunden den Elbrus, Europas höchsten Berg, besteigen. Für den Flug nach Moskau war für unsere Ausrüstung eine Gebühr für Übergepäck fällig. Weil uns das Geld dafür fehlte, zogen wir unsere Skischuhe schon während des Fluges an und so liefen wir in Skischuhen durch Moskau – das Bild werde ich nie vergessen. Von einem kleinen Flughafen außerhalb Moskaus flog man uns schließlich in den Kaukasus. Wir wussten nicht, dass dort zwei Tage zuvor ein Bombenattentat stattgefunden hatte. Glück im Unglück war für uns, dass sich deshalb kein Bergsteiger in der Nähe des Elbrus aufhielt. Drei Wochen blieben wir im Kaukasus, bestiegen den Elbrus, den wir ganz alleine genießen konnten, und überquerten einmal verbotenerweise auch die Grenze zu Georgien. Auf dem Rückflug verpackten wir die Skischuhe dann doch lieber im Koffer.

Nach der Besteigung des Elbrus nahm ich mir vor, mit Skiern und allein den höchsten Berg Nordamerikas, den Mount McKinley in Alaska, zu besteigen. In Amerika angekommen, wurde ich auf dem Flughafen verhaftet, weil ich zwei Eispickel in meinem Gepäck hatte und die Flughafenbehörde diese als Waffen ansah. Es kostete mich einen ganzen Tag, bis ich wieder frei kam. Am Fuß des Mount McKinley angekommen, wurde klar, dass es aufgrund des Wetters nur ein sehr begrenztes Zeitfenster für die Besteigung des Gipfels geben würde. So ging ich in einer Rekordzeit von 14 Stunden auf den Gipfel und wieder hinunter zum Lager 2.

Aber nicht jeder Gipfelsturm war erfolgreich. 2005 blies im Himalaya eine Lawine im höchsten Lager unterhalb des Manaslu unser Hochlager weg. Der Rucksack, den ich noch bei mir hatte, ging dann auf dem Rückflug in Dubai verloren, sodass ich von dieser Expedition gerade einmal mit einer Plastiktüte – aber gesund – nach Hause kam.

2006 wurde meine Freundin schwanger und obwohl ich mich sehr auf das Kind freute, bekam ich doch ein bisschen Angst, mein abenteuerliches Leben in dieser Form nicht weiterführen zu können. Ich flüchtete in jeder freien Minute in die Berge und bestieg in diesem Jahr an die 70 Gipfel. Auch den Kilimandscharo, den höchsten Berg Afrikas, erklomm ich noch vor der Geburt meines Sohnes. Als mein Sohn drei Monate alt war, rief mich Ralf Dujmovits an. »Ich habe eine Genehmigung für die Besteigung des Manaslu erhalten«, meinte er. Mit diesem Achttausender hatte ich noch eine Rechnung offen, denn den Gipfel hatten wir aufgrund des Lawinenunglücks ja damals nicht erreicht. Der Vorschlag, es gemeinsam noch einmal zu versuchen, reizte mich sehr, allerdings hatte ich gegenüber meiner Freundin und meinem Sohn ein schlechtes Gewissen. Ich war meiner Freundin sehr dankbar, dass sie mich mit der Erklärung, ich könne dem Kleinen ohnehin keine Muttermilch geben, in meinem Vorhaben bestärkte. Sieben Wochen kämpften wir am Manaslu immer wieder mit Neuschnee, bis uns der Aufstieg auf den Gipfel glückte. Es war die schönste Expedition, die ich je mitgemacht habe, weil ein erster Misserfolg diesen Erfolg umso wichtiger für mich machte. Als ich heimkam, war mein Sohn fünf Zentimeter gewachsen.

Im November 2010 meinte Ralf Dujmovits, dass er es noch einmal mit der Carstensz-Pyramide probieren wolle. Er wusste genau, dass ich mitgehen würde. Und auch diese Besteigung gelang. In Papua-Neuguinea traf ich einen alten Freund wieder und er fragte mich, ob ich nicht mit ihm auf den Mount Everest gehen würde. Dieser Berg hatte mich nie gereizt, weil ich den Tourismus dort verabscheue – ich bin lieber allein unterwegs. Dem Freund zuliebe wollte ich mich aber auf das Abenteuer einlassen. Wir trainierten viel, doch dann sagte mir mein Freund plötzlich, dass er nicht mitkönne. Seine Frau hatte ihm mit der Scheidung gedroht, wenn er ginge. Also beschloss ich, es allein zu versuchen.

Im Basislager wartete ein Schock auf mich. Etwa 1 500 Menschen aus 60 Nationen waren dort, um den höchsten Berg der Erde zu besteigen. Da sich durch die Wetterlage lediglich ein Tag zur Gipfelbesteigung

anbot, gab es Konkurrenz und Streit unter den Berg-
steigergruppen. Ich war alleine mit nur einem Sherpa
unterwegs, also konnte ich nicht viel Gepäck mitnehmen, darunter waren auch nur zwei Sauerstofffla-
schen. Deshalb nahm ich nicht wie die meisten ab einer Höhe von 6 000 Metern zusätzlichen Sauerstoff zu
mir, sondern erst ab 8 000 Metern. Vom letzten Lager
bis zum Gipfel rechnen erfahrene Bergsteiger mit neun
Stunden. Da es nur ein Fixseil gab, kam es zu einem
größeren Stau der Aufsteigenden. Einige waren schon
dort nicht mehr in der Lage, richtig zu gehen. Gestar-
tet war ich im Basislager um 20:30 Uhr, ich lief und
stand die ganze Nacht und war nach 13,5 Stunden auf
dem Gipfel. Der Abstieg war eine Katastrophe, denn
am entscheidenden Grat wurde die Strecke durch die
Auf- und Absteigenden blockiert. In einer Höhe von
8 800 Metern wartete ich zwei Stunden – und das im
Sturm. Der Wind blies mit bis zu 70 Kilometern pro
Stunde und durch das Warten erfror mir ein Finger,
fünf Fingerkuppen waren angefroren. Ohne Sauerstoff
hätte ich jetzt wohl gar keine Finger mehr.

Da ich ein guter Kletterer bin, beschloss ich, den Stau
zu verlassen, mich aus dem Seil zu lösen und frei nach
unten zu klettern. Beim Abstieg bat ich meinen Sherpa,
einer höhenkranken Französin zu helfen. Allein ging ich
bis ins Basislager. Dort angekommen erfuhr ich, dass ein
Rückflug nach Kathmandu in zwei Tagen möglich sei
oder erst wieder in zehn Tagen. So verzichtete ich auf
eine Erholungsphase und lief weiter, um den Buschflieger noch rechtzeitig zu erreichen. Es war schön nach
Hause zu kommen, mein Sohn war in den zwei Monaten
meiner Abwesenheit sichtlich gewachsen und ich genoss
das Abenteuer Vaterschaft.

58 Viertausender habe ich bis heute bestiegen, für das
Einlösen meiner Wette fehlen mir also nur noch drei Gipfel. Einige Ziele habe ich also noch vor mir. Ebenso wichtig ist es mir aber, mit meiner Familie Zeit zu verbringen
und mit ihnen in die Berge zu gehen.

Die kenianischen Läufer haben ein Sprichwort, das übersetzt so viel heißt wie: »Das Beste kommt erst.« Das ist auch mein Motto und ich hoffe, dass ich auch in Zukunft immer danach leben kann.

*****

RICHARD STIHLER ist 1968 in Lahr geboren, wo er 1998 auch sein Architekturbüro RST gründete.

Vom Schicksal bestimmt?

Erwin Bothor

»Bub, ich bring dich rüber«

Ich wurde im Mai 1930 in Oppeln geboren und war der erste Oberschlesier, der auf die Reichsschule der NSDAP in Feldafing am Starnberger See kam. Mit zehn Jahren lebte ich rund 1 000 Kilometer von meiner Heimatstadt entfernt. Fast fünf Jahre lang besuchte ich diese Schule, die mein Zuhause wurde. Meine Klassenkameraden waren wie Brüder für mich.

Meinen Vater – meine Mutter war schon 1936 gestorben – sah ich zum letzten Mal an Weihnachten 1944. Als ich nach dem Fest nach Bayern zurückkam, wurde auch dort die Lage immer ungemütlicher. Ende März 1945 rief man uns sogenannte Jungmannen, das heißt die Schüler der Schule, zusammen und erklärte uns, dass wir noch einmal zu einem Kurzurlaub nach Hause fahren konnten. Danach sollten sich alle 15-Jährigen und die älteren Schüler wieder in Feldafing zum Sondereinsatz melden.

Zu dieser Zeit befand sich Schlesien schon in russischer Hand, und ich hatte nichts mehr von meiner Familie gehört. Wohin sollte ich also fahren? Mein Freund Maxi, ein Klassenkamerad, sagte zu mir: »Erwin, komm mit mir nach Lienz und in einer Woche sind wir wieder hier.« Das kleine Marschgepäck wurde gepackt, aber so einfach war das Reisen nach Lienz in Tirol nicht mehr: Wir brauchten drei Tage – heute fährt man diese Strecke in rund drei Stunden. Der Zug wurde immer wieder von Fliegerbombern angegriffen, wir mussten aussteigen, uns neben die Gleise auf den Boden werfen, dann ging es weiter. Wir kamen in zerschossene Bahnhöfe, in denen der Zug lange stehenblieb, dann wieder Luftangriffe. Gegen Kriegsende gehörte das zum Alltag.

In Lienz angekommen, war die Mutter von Maxi zwar froh, ihren Sohn wiederzusehen, aber über einen weiteren Esser im Haus war sie nicht so begeistert, denn alles war knapp. Maxis Mutter war Kriegerwitwe und hatte noch zwei jüngere Kinder zu versorgen. Nach Bayern zurückzukehren war aber nicht mehr möglich, denn ein paar Tage nach unserer Ankunft besetzten zunächst die US-amerikanischen und dann die englischen Truppen Lienz. Maxi und ich hatten nun die Aufgabe, die Familie irgendwie mit Nahrungsmitteln über Wasser zu halten, was nicht einfach und auch nicht immer legal zu bewerkstelligen war. Da wir ganz gut Englisch sprechen konnten, dolmetschten wir manchmal für die Soldaten, die uns mit Zigaretten entlohnten – das beste Zahlungsmittel überhaupt! Wir klapperten die Gegend ab, bekamen bei Bauern oder netten Sennerinnen Brot, Butter und Käse, »fanden« in den Gärten Mieten mit eingelagerten Kartoffeln und Karotten oder wir »fingen« Fische, indem wir Handgranaten in den Tristacher See warfen und die Fische von der Oberfläche einsammelten.

Handgranaten? Ja, die fand man überall, zusammen mit anderen Waffen, weggeworfen von den zurückströmenden deutschen Soldaten auf dem Weg in die Gefangenschaft. Wir Buben waren begeistert und fühlten uns als echte Helden. Auf einmal gab es auch in den Metzgereien alles, es gab Fleisch und Wurst – alles vom Pferd.

Um das zu erklären, muss ich von einer Tragödie erzählen, die sich damals in Lienz abspielte und die von der Zeitgeschichte lange verschwiegen wurde: In der Nähe gab es ein großes Kosakenzeltlager, das wir Buben uns oft ansahen. Es wurde von Kosaken bevölkert, die auf deutscher Seite gegen Russland gekämpft hatten. Die Engländer mussten sich um diese Truppen, die übrigens auch Frauen und Kinder dabei hatten, kümmern, denn sie waren ja nun Kriegsgefangene. Man informierte sie über die weitere Vorgehensweise: Sie sollten freiwillig ihre Waffen abliefern und anschließend in englische Kriegsgefangenenlager kommen. Noch heute sehe ich sie vor mir, die stolzen, schwer bewaffneten Kosaken in ihren malerischen Uniformen. Der General ritt hoch zu Ross voraus. In einem langen Zug zogen sie an uns vorbei bis zum

Bahnhofsvorplatz, wo sich ihre Waffen auf einem großen Haufen stapelten. Auf den Gleisen standen Güterzüge, in die sie hineingetrieben wurden. Die Züge fuhren keineswegs nach Westen in ein englisches Lager, sondern direkt nach Osten, wo die Gefangenen den Russen übergeben wurden. Nur wenige von ihnen haben die Fahrt und den Aufenthalt im Lager überlebt. Erst seit dem Jahr 2015 gibt es in Lienz eine Gedenkstätte. Zur Einweihung reisten Kosaken aus aller Welt zu Hunderten an.

Nach dem Abtransport der Kosaken wurden die leeren Zelte für die Bevölkerung freigegeben. Jeder konnte nach Brauchbarem suchen und Maxi und ich fanden die kleinen zurückgelassenen Kosakenpferde, mit denen wir Jungen für einige Zeit – bis es eben Wurst und Fleisch in den Metzgereien gab – »Wilder Westen« spielten. Wir ritten wie die Cowboys und Indianer auf den ungesattelten Pferden, wobei wir oft stürzten und einige blaue Flecke davontrugen. Wir genossen dies sehr, und als ich in der Ecke eines Zeltes einen Sack voll »Heu« fand, das in Wirklichkeit Tee war, fühlten wir uns reich. Tee war, wie Kaffee und Zigaretten, bei unseren Tauschgeschäften viel mehr wert als Geld.

Mittlerweile ging es auf den Winter zu, und Maxis Mutter meinte, es sei an der Zeit, dass wir wieder in die Schule gingen. In der Schule empfing uns ein Herr mit weißroter Armbinde, wie sie zu meinem Erstaunen sofort nach der Besatzung von sehr vielen Österreichern getragen wurde. Alle waren anscheinend Widerstandskämpfer gewesen. Er erklärte uns, dass wir als Schüler einer Eliteschule der Nazis zunächst in ein Internierungslager geschickt werden würden. »Dort werdet ihr umgeschult«, meinte er. Es gab übrigens auch in Deutschland das Gesetz, dass Schüler der nationalpolitischen Erziehungsanstalten kein Gymnasium mehr besuchen durften. Auch dies sollte mich, der ich ohne Beziehungen war, später noch betreffen.

Nach dieser Begegnung stand für mich fest, dass ich nicht in ein Internierungslager gehen würde; ich wollte zurück nach Deutschland und sagte das auch meiner

Gastfamilie. Ein netter Eisenbahner gab mir die Auskunft, dass zwischen Österreich und Deutschland eigentlich keine Züge verkehrten, dass aber am 2. Januar 1946 ein Flüchtlingstransport zusammengestellt würde. Ich sollte doch versuchen, mich in den Zug zu schmuggeln. In der Nacht zum 2. Januar verabschiedete ich mich also von Maxi und seiner Mutter und verließ das Haus mit ein wenig Essen, das ich in einer Aktentasche bei mir trug. Auf einem Nebengleis stand der Güterzug. Eine Tür nach der anderen versuchte ich aufzuschieben und zum Glück fand ich eine, die offen war. Es war eisig kalt. Ich kletterte schnell in den Waggon und versteckte mich hinter Kisten, Koffern und ein paar Ballen Stroh.

Gegen Morgen wurden die Türen aufgeschoben, Menschen kamen in den Waggon, und der Zug setzte sich langsam in Bewegung. Ich kroch aus meinem Versteck und stellte mich vor als Flüchtling, der nach Deutschland wollte, ohne Pass und ohne Geld. Sofort bildeten sich in der Gruppe – es handelte sich vor allem um Frauen mit ihren Kindern – zwei Parteien: »Der Junge muss sofort beim nächsten Halt aussteigen, er gefährdet uns alle!«, war die eine Meinung. »Den kriegen wir durch«, hieß es aus der anderen Richtung. Es entstand ein richtiger Streit. Dann erklärte eine kleine Frau energisch: »Ich nehme ihn mit als mein Kind!« Ich atmete auf und sah sie dankbar an. Diese Frau, sie hieß Thyrolf, sollte für mein zukünftiges Schicksal von großer Bedeutung sein.

Frau Thyrolf und ihre kleinen Töchter, die fünfjährige Signe und die zweieinhalbjährige Hilli, waren meine Rettung, und ich werde dieser mutigen Frau mein Leben lang dankbar sein. Sie wollte alles von mir wissen und erzählte dann, wie sie in diesen Zug gekommen war. Ihr Mann, ein hoher Offizier, mit dem sie in Meran gelebt hatte, hatte sie gegen Kriegsende in ein kleines österreichisches Dorf nahe Lienz zu Bauern gebracht. Als Deutsche durfte sie nun nicht länger in Österreich bleiben und so wollte sie versuchen, nach Mosbach in Baden zu ihrem Vater zu gelangen. »Bub, ich bring dich rüber, obwohl ich nicht weiß, wie. Ob mein Elternhaus noch steht und mein Vater noch lebt, weiß ich nicht, aber wir werden es schaffen«, sagte sie. Ähnliche Schicksale verbinden und so verspürte ich eine gewisse Seelenverwandtschaft. Wir wurden und blieben eine Familie und eine Notgemeinschaft, die bis an das Lebensende von Frau Thyrolf bestand. Noch heute sind ihre Töchter meine »Schwestern« und wir halten die enge Verbindung auch in der nächsten Generation.

Doch zurück zur Zugfahrt: Frau Thyrolf kannte den für die Flüchtlinge verantwortlichen Zugführer. Als der Zug in Spital hielt, holte sie ihn in unseren Wagen und erklärte ihm unsere Lage. Er sagte zu mir: »Wenn ich dir helfen soll, musst du auch mir helfen.« Und drückte mir eine Pistole in die Hand, die ich verstecken sollte. Was mit mir passiert wäre, wenn man die Waffe bei einer Kontrolle bei mir gefunden hätte, darüber machte er sich offensichtlich keine Gedanken.

Nun kam ich auf die Liste der Menschen in unserem Wagen und zwar unter dem Namen Signe Thyrolf. Signe war ein sehr seltener, fast unbekannter Name, also gingen wir davon aus, dass ein Junge mit diesem Mädchennamen nicht auffallen würde. Die fünfjährige Signe wurde zu Hilli und die eigentliche Hilli wurde bei jeder Kontrolle versteckt und durfte sich nicht mucksen. Dieser Plan hat tatsächlich bei drei gründlichen Kontrollen durch die Engländer und Amerikaner hervorragend geklappt!

Wir erlebten eine abenteuerliche »Reise« bei klirrender Kälte im Güterwaggon, in dem wir nur einen Ofen aus einer umfunktionierten Blechkiste hatten. Einmal klauten wir Kohlen von einem anderen Zug. Ein anderes Mal konnten wir in der Nacht ein offenes Feuer gerade noch rechtzeitig löschen. Verwunderlich ging es bei den Kontrollen zu, denn wir fuhren durch den Tauerntunnel in die amerikanische Zone, wo der Zug wegen »menschenunwürdiger Zustände« von den Amerikanern nicht hereingelassen wurde. Also landeten wir auf einem Abstellgleis in Villach und fuhren nach einem Tag Aufenthalt wieder zurück durch den Tunnel zu den Engländern. Für uns war das eine Katastrophe: Wir befanden uns wieder in Österreich und verbrachten dort noch einmal eine Woche auf einem Abstellgleis. Es war rund 20 Grad minus kalt und wir hatten nichts zu essen. Dreimal am Tag gab es von den Engländern heißen Tee und dazu harte »Überlebenskekse«. Alles, was nicht niet-und nagelfest war, wurde verheizt. Ringsum die Zäune vom Bahnhofsgelände mussten dran glauben und auch ein paar Bretterbuden. Es gab aber auch einen menschenfreundlichen Bauern, der abends mit einer Milchkanne kam, überall anklopfte und die Kinder in den Waggons mit Milch versorgte.

Endlich setzte sich der Zug wieder in Bewegung, und tatsächlich nahmen uns nun die Amerikaner auf der anderen Seite in Empfang. Allerdings nicht, ohne uns vorher gründlich entlaust zu haben. Wir erhielten Identitätskarten, auf denen die Namen standen, und bei mir war natürlich Signe Thyrolf vermerkt. Nun war ich legal in Deutschland angekommen.

Wir fuhren weiter, der Zug wurde schließlich in München aufgelöst. Wohin mit mir? Frau Thyrolf, meine Retterin, nahm mich in den Arm und sagte: »Bub, du kommst mit mir nach Mosbach.« Dort kamen wir völlig übermüdet und halb verhungert am 15. Januar 1946 an, nach 13 Tagen entbehrungsreicher Fahrt im Güterzug.

ERWIN BOTHOR, 1930 geboren, gelangte nach Ende des Zweiten Weltkriegs nach Mosbach in Baden. Dort machte er eine Ausbildung zum Bäcker und anschließend zum Kaufmännischen Angestellten bei der Firma BAMA. Über den Sport, sein großes Hobby, lernte er seine spätere Ehefrau Waltraud Bothor, geborene Brian, kennen. Beruflich bedingt zog die Familie 1959 nach Lahr.

Alexander Marker

Bin ich ein Deutscher oder bin ich ein Russe?

Schon der Ort, an dem ich zur Welt kam, ist sehr ungewöhnlich: Ich wurde in Sibirien geboren. Bekanntlich ist
es dort im Winter sehr kalt. Für Deutsche wurde die Le-
benssituation dadurch erschwert, dass man nicht in der
Stadt wohnen durfte, sondern nur in einem Dorf. Und
dies wurde auch kontrolliert. Meine Eltern hatten einen
Keller, der eigentlich nur aus einem Erdloch bestand.
Dieses Loch, in dem die Kartoffelernte lagerte, war etwa
zweieinhalb Meter tief und ebenso breit. Am Tag meiner
Geburt stieg meine Mutter in den »Keller«. Mein Vater
stand oben und zog den mit Kartoffeln beladenen Eimer
mit einem Seil nach oben. Auf einmal rief meine Mutter aus dem Keller: »Heinrich, wahrscheinlich kommt da
jemand!« Und das war ich. Nachdem mein Vater meine
Mutter über die Leiter mühsam nach oben transportiert
hatte, schloss er die Klappe und legte eine Decke darauf. So kam ich auf der Klappe eines Winterkellers am
13. Mai 1959 zur Welt. Da der 13. jedoch als Unglückstag
gilt, wurde mein Geburtsdatum einfach auf den 12. Mai
vordatiert.

Nach der Grundschule ging ich auf die Realschule. Da
ich ein sportlicher Typ war, wollte ich alle Sportarten
ausprobieren und landete auf einem Sportinternat. Nach
dem Schulabschluss gab es für mich dann nur eins: ein
Sportstudium, das ich als Diplom-Volleyballtrainer abschloss. Im Verlauf meines Studiums musste ich im Alter
von 18 Jahren außerdem meinen Militärdienst antreten.
Das erste halbe Jahr verbrachte ich in Usbekistan. Als wir
am 28. Oktober mit dem Zug in Sibirien losfuhren, hatten
wir dort 30 Grad minus. Natürlich trugen wir Pelzmützen
und Mäntel. In Usbekistan aber zeigte das Thermometer

30 Grad plus. Ein älterer Herr sprach uns an – er war kein Usbeke, sondern vermutlich ein Russe – und fragte uns, ob wir ihm eine Pelzmütze schenken könnten. Wir waren sehr froh, die Mützen loszuwerden. Es kamen damals 180 Soldaten aus Sibirien nach Usbekistan, sodass dieser ältere Herr sicher eine Menge Mützen zusammenbekam.

Als in Afghanistan der Krieg ausbrach, wurde auch unsere Einheit dorthin verlegt. Da ich ein Deutscher war, entschied man sich dazu, dass ich nicht am Kriegseinsatz teilnehmen sollte. Insgesamt war ich zwei Jahre beim Militär. Anschließend studierte ich zu Ende und arbeitete dann in Russland 20 Jahre lang als Diplom-Volleyballtrainer und Sportlehrer.

Von Sibirien aus machte ich einmal eine Reise in das Dorf an der Wolga, in dem mein Großvater und mein Vater früher gelebt hatten. Mein Großvater erzählte immer, dort hätte es ganz große Wassermelonen, ganz große Birnen und ganz große Äpfel gegeben. Davon war nichts mehr zu sehen, die Obstbäume waren verwildert, alles andere auch. Das Haus meines Vaters war inzwischen in vier Wohnungen aufgeteilt. Ich klopfte an einer Wohnungstür und fragte, ob ich mir das Haus ansehen dürfe. Die Antwort lautete: »Nein.« Ich ging zur nächsten Wohnung und erhielt eine ähnlich abweisende Antwort: »Nein, und machen Sie kein Foto!« Selbst die Grabsteine auf dem Friedhof mit deutschen Namen sind alle zerschlagen worden. An den Betonwänden stand mit großen schwarzen Buchstaben: »Kein Faschismus an die Wolga!« Wenn man so etwas liest, fragt man sich schon: Wer bist du, was erwartet dich als Mensch, bist du ein Deutscher oder bist du ein Russe?

Lange gab es an der Wolga ein deutschbesiedeltes Gebiet. Die Siedler, die überwiegend aus Bayern, Baden, Hessen, der Pfalz und dem Rheinland stammten, hatten sich auf Einladung der deutschstämmigen Zarin Katharina II. zwischen 1763 und 1767 dort angesiedelt. Zwischen 1924 und 1941 waren die Wolgadeutschen innerhalb der Sowjetunion in der Autonomen Sozialistischen Sowjetrepublik der Wolgadeutschen organisiert. Nach dem

Überfall durch die Wehrmacht auf die Sowjetunion ließ Stalin die etwa 400 000 verbliebenen Wolgadeutschen nach Sibirien und Zentralasien deportieren. Darunter waren auch meine Eltern und Großeltern – und sie überlebten trotz der furchtbaren Bedingungen. Meine Mutter sprach kein Russisch, sie hatte nur die deutsche Schule besucht. Als mein Bruder eine Russin heiratete, ergab sich eine kuriose Situation: Unsere Mutter verstand kein Wort Russisch, die Schwiegertochter kein Wort Deutsch. Ab den 1970er-Jahren ermöglichte die Bundesrepublik den Wolgadeutschen die Einreise und die Einbürgerung. Aber für meine Familie war dies zunächst keine Option. Dann kamen die wirtschaftlich und politisch sehr schwierigen 1990er-Jahre. Was sollte mit den Deutschen, die noch in Russland lebten, geschehen? Zweimal war ich auf einer Konferenz in Moskau, an der auch Professoren aus Deutschland teilnahmen. Sie waren der Meinung, es sei einfacher, die Russlanddeutschen in Russland zu unterstützen, als sie nach Deutschland zu holen.

Meine Frau und ich hatten zwei Kinder und mein Sohn war bereits 17 Jahre alt. Mit 18 würde er zum Militär eingezogen und vermutlich in den Krieg nach Tschetschenien geschickt werden. Mein Vater sagte zu mir: »Geh nach Deutschland, wenn du deinen Sohn am Leben erhalten willst.« Meine Mutter war Heilpraktikerin und Hellseherin. Schon früh hatte sie vorhergesagt, dass die Deutschen zu den Deutschen müssten. Sie selbst erlebte es nicht mehr, denn leider starb sie, bevor wir Russland verließen. Meine ältere Schwester war schon drei Jahre zuvor nach Deutschland ausgewandert. Sie bedrängte uns ständig, doch auch zu kommen. Ich hatte einen tollen Job und war beliebt. Glauben Sie mir, ich wollte nicht nach Deutschland – aber meine Familie war mir wichtiger.

So wanderten dann meine ganze Familie sowie mein Bruder und mein Vater 1998 nach Deutschland aus. In der ersten Zeit fühlten wir uns wie benebelt. Man wusste nicht, wo man landen und was auf einen zukommen würde, man wusste gar nichts. Russlanddeutsche, die be-

reits in Deutschland lebten und nach Russland zurückka-
men, sagten, es sei alles in Ordnung. Keiner hat gesagt,
dass es Probleme in Deutschland gäbe.

Zunächst kamen wir nach Stuttgart. Von dort wurden
wir nach Rastatt weitergeleitet, wo wir zehn Tage blieben, um den »Papierkrieg« zu erledigen. Anschließend
schickte man meine Familie nach Friesenheim, wo es
am Bahnhof ein Übergangswohnheim gab. Plötzlich hieß
es, das Heim wird geschlossen. Ich sagte, ich verlasse das
Übergangswohnheim nicht, so lange meine Tochter hier
noch zur Schule geht. Mein Sohn Paul hatte die Realschule abgeschlossen, aber meine Tochter ging noch in
Friesenheim zur Schule. Sie war eine sehr gute Schüle-
rin. In Russland hatte sie immer die Note 5, das ist dort
die beste Zensur und entspricht der 1 in Deutschland. Als
Pädagoge wusste ich, dass Kinder bei einem Schulwech-
sel immer eine Stufe tiefer rutschen. Man drohte mir,
mich von der Polizei aus dem Heim werfen zu lassen. Ich
sagte: »Probiert es. Ihr könnt machen, was ihr wollt, aber
ich gehe nicht raus.«

Da wurde mir geraten, mich an Margarete Kaufmann
aus Lahr zu wenden, die für die zweisprachige Beratung
der Spätaussiedler zuständig war. Ich schilderte ihr mein
Problem und muss ihr von ganzem Herzen für ihre Unterstützung danken! Sie schrieb an alle Politiker und erklärte ihnen, warum ich nicht aus dem Übergangswohnheim ausziehen wolle. Und tatsächlich erreichte sie, dass
wir dort wohnen bleiben durften. Margarete Kaufmann
meinte noch, es sei doch sehr erstaunlich, ich würde
mich schon so wehren, als lebte ich bereits zehn Jahre
in Deutschland. Wir hatten von da an einen sehr guten Kontakt zueinander. Margarete Kaufmann besuchte
mich auch an meinem 40. Geburtstag und schenkte mir
40 Rosen. Das war für mich eine entscheidende Erfahrung in einer sehr negativen Phase meines Lebens.

In Russland hatte ich mich mit Kindern und Jugendlichen beschäftigt. Jetzt saß ich ohne Arbeit im Übergangswohnheim. Mir war langweilig. Ich sagte immer, wenn
ich am Tag nicht 3 000 Fragen beantworte, dann kann ich

nachts nicht schlafen. Mein Neffe wohnt in Lahr in einem Hochhaus in der Schwarzwaldstraße. Als ich ihn besuchte, rannten auf dem dortigen Spielplatz etwa 15 kleine Kinder herum. Spontan schlug ich ihnen vor, ein Staffelspiel mit zwei Mannschaften zu machen. Ich brauchte das einfach, den Umgang mit den Kindern. Wir bildeten zwei Mannschaften, holten Bälle heraus und dann ging es los. Wie es sich bei einem Wettbewerb und besonders bei Kindern gehört, wurde es ein bisschen laut. Auf einmal wurden wir vom sechsten Stock aus mit Eiern beworfen. Ein Ei traf fast den Kopf eines Kindes. Eine ältere Dame schrie aus ihrem Fenster: »Das ist doch kein Stadion, kein Sportplatz, das ist ein Kinderspielplatz. Verschwindet sofort, sonst rufe ich die Polizei.«

Es war, als hätte mich ein Schlag getroffen. Ich fragte mich: In welchem Land war ich hier gelandet? Was machte ich falsch? So etwas wäre in Russland nie passiert. Ich sagte mir: Ich will zurück! Zusammen mit meinem Sohn fuhr ich mit dem Auto zurück nach Sibirien, 6 000 Kilometer in drei Tagen. Von der deutsch-polnischen Grenze bis nach Omsk in Sibirien wurde ich 94-mal von der Polizei kontrolliert. Als wir in unserem Dorf angekommen waren, fragte ich mich wieder: Was mache ich jetzt hier? Ich hatte keine Wohnung, meine Kameraden waren beschäftigt, ich hatte keine Arbeit, keine Familie – nur meinen Sohn. Wir blieben drei Wochen, dann kehrten wir nach Deutschland zurück.

Dank Margarete Kaufmann, die sich beim Oberbürgermeister für mich einsetzte, erhielt ich schließlich den Job als Streetworker mit Sportangeboten, Beratung, Familienunterstützung, Schule und weiterem mehr. Man muss viel Geduld und Kraft aufbringen, um etwas »Ordnung« in den jungen Köpfen zu schaffen und man muss rechtzeitig im Leben der Kinder damit beginnen. In den Jahren, in denen ich jetzt schon tätig bin, stellte ich immer wieder fest, wie viele Fehler die Eltern bei der Erziehung machen. Das führt dann oft zum schlimmen Verhalten der Kinder. Viele landen auf der Straße. Meine Aufgabe ist es, sie von der Straße wegzuholen und in die Sporthalle oder in eine Ausbildungsstelle zu bringen. Es ist kein einfacher Job, aber er macht Spaß. Vor allem, wenn man eine positive Rückmeldung erhält. Manche Eltern sagen, sie hätten ein Problemkind. Das ist ein Irrtum der Eltern: Das Kind hat kein Problem. Erst wenn die Eltern Fehler machen, dann werden aus Kindern Problemkinder.

Auf meine eigenen beiden Kinder bin ich sehr stolz. Meine Tochter machte ihr Abitur in Lahr, studierte in Stuttgart Design und arbeitet jetzt bei Porsche als Teamleiterin. Unser Sohn wurde Automechaniker und erwarb den Meistertitel. Vor einigen Jahren machte er mich zum stolzen Großvater. Ich habe meine Kinder in jeder Hinsicht unterstützt. In meinem Beruf versuche ich, auch bei anderen Familien einen Weg zu finden, um ein dauerhaft gutes Verhältnis zwischen Eltern und Kindern zu schaffen. Wir Erwachsene sind verantwortlich für die Zukunft unserer Kinder.

*****

ALEXANDER MARKER wurde im Mai 1959 in Sibirien im Gebiet von Omsk geboren. Nach der Schule absolvierte er ein Sportstudium, unter anderem spielte er in der ersten russischen Volleyballliga. Außerdem wurde er russischer Meister im Armdrücken. Später wurde er außerdem Dipl.-Physiotherapeut und Dipl.-Psychologe. Seit 1989 lebt er in Lahr, wo er als Streetworker arbeitet.

Aus fremden Welten

Adelheid Höckl

Nach vielen Schikanen glücklich in der neuen Heimat

Was ist Heimat? Für mich ist Heimat ein Begriff, der weit in die Kindheit zurückreicht. Es sind der Geruch der Quitten aus Großmutters Schrank, es sind die rauen Hände der Mutter nach einem langen Waschtag. Wie roch es am Schlachttag, als im Dezember in fast jeder Familie ein Schwein geschlachtet wurde und abends die Wurst in der Pfanne brutzelte? Da wussten auch die Nachbarsleute: Bei Schäffers wird heute geschlachtet.

Ich stamme aus dem Banat – der deutsche Volksstamm dort ist in Auflösung begriffen. Von einst 300 000 bis 400 000 Banatern leben heute nur noch 20 000. Man nennt uns die Banater Schwaben, obwohl dieser Begriff nicht ganz zutreffend ist, denn unsere Vorfahren stammen aus verschiedenen Gebieten in ganz Deutschland. Für diese Ausgewanderten war das Banat im Osten Rumäniens rund 300 Jahre lang Heimat. Hier lebten sie aktiv ihre Traditionen mit kulturellen Bräuchen und wunderschönen Trachten. Städte, Dörfer und Kirchen waren malerisch – im Gegensatz zu heute, denn viele dieser alten Bauwerke sind zerstört oder heruntergekommen.

Als eine dieser Banaterfamilien lebten wir in guter nachbarschaftlicher Beziehung zu den in diesem Gebiet in der Minderzahl ansässigen Rumänen und Ungarn. Das änderte sich im Laufe des Zweiten Weltkrieges. Aus dem Banat wurden Tausende deutsche Männer zur Wehrmacht eingezogen. Viele starben oder kehrten aus der Gefangenschaft nicht zurück. Im Banat wohnten nun viele Waisen und junge Witwen. Die Geburtenrate sank – ein Grundstein für den Auflösungsprozess unseres Volksstamms. Kurz vor Kriegsende, im Januar 1945, begann die große Russlanddeportation. Nahezu 100 000 Frauen und Männer – Deutsche aus dem Banat – wurden zur Zwangsarbeit nach Russland verschleppt. Bis zu fünf Jahre lang lebten die Menschen zumeist in Arbeitslagern, viele fanden dort ihr Grab. Der Besitz der Deutschen im Banat wurde zwangsenteignet vom rumänischen Staat, der nach Kriegsende entstand – eine sozialistisch-kommunistische Diktatur, ähnlich der in der DDR.

Viele der enteigneten Deutschen wurden daraufhin in Viehwaggons nach Baragan transportiert, einem Steppengebiet in der Nähe des Schwarzen Meeres. Die Gründe dafür lassen sich nur vermuten: Es wurde wohl gewünscht, dass die Deutschen dieses Gebiet landwirtschaftlich so nutzbar machen würden, wie sie es vor einigen Hundert Jahren im Banat getan hatten. Nach sechs Jahren durften die Deportierten in ihre Heimat zurückkehren, allerdings ohne eine Lebensgrundlage, denn ihr Besitz befand sich nun in den Händen rumänischer Menschen.

Es ist wichtig, diese Hintergründe zu kennen, wenn man meine Beziehung zur Heimat verstehen will. Ich bin Jahrgang 1937, habe also Krieg und Nachkriegszeit als Kind erlebt. Ich besuchte in Tschakowa eine deutschsprachige Schule und später eine ebensolche Lehrerbildungsanstalt in Temeschburg. In unserem vorletzten Semester wurde unser deutsches Lehrpersonal entlassen, die deutschen Schulen wurden aufgelöst.

Wie sollte es für mich weitergehen ohne einen Berufsabschluss? Wir hatten Glück – ein Teil unserer Professoren ließ uns Lehrmaterial zukommen, sodass wir trotzdem ein Jahr später die Staatsprüfung ablegen konnten. Mein Berufsabschluss war der einer Erzieherin beziehungsweise Grundschullehrerin. Es ist ein wunderschöner Beruf, den ich sehr geliebt habe. Nur litt ich unter dem Zwang, einen politischen Geist vertreten zu müssen, der nicht meiner Erziehung und meinem Denken entsprach. Wie ich, waren viele gezwungen, ein Doppelleben zu führen.

Eines Nachts klopfte es an unser Fenster und eine Nachbarin rief: »Frau Höckl, bei Ihnen in der Kindertagesstätte brennt es!« Die Feuerwehr war schon vor Ort, als ich zur Kita kam. Der Brand erwies sich als kleiner Schaden. Aber ich bin mir sehr sicher, dass es ein Sabotageakt an mir als Leiterin war. Es war immer wieder üblich, Anschläge Menschen in die Schuhe zu schieben, die dann spurlos verschwanden. Ich hatte Glück, denn Jahre zuvor war ich unter Zwang in die Partei eingetreten – die Tatsache, Parteimitglied zu sein, schützte mich.

Bis 1976 arbeitete ich als Erzieherin. In jenem Jahr gab es einen furchtbaren Einschnitt: Der rumänische Staat beließ es nicht bei der Schließung der deutschen Schulen, sondern er entließ alle deutschen Lehrer aus dem Staatsdienst. Diese Entlassungen erfolgten aufgrund eines neuen Gesetzes, mit der Wirkung, dass wir keine andere Anstellung mehr erhalten konnten – außer in der Landwirtschaft. Wir, eine Gruppe entlassener Lehrkräfte, hatten den Mut, dagegen zu prozessieren. Das war nicht ungefährlich, denn es kam vor, dass Ankläger nach der Verhandlung spurlos verschwanden. Zu meinem Schutz begleitete mich mein Mann zu jedem Verhandlungstermin. Zum Glück sickerte die Nachricht von unserem Prozess ins Ausland durch und die Menschenrechtskommission schaltete sich ein. Leider blieb die Entlassung weiter gültig – bis heute. Es gab Gerüchte, dass wir wieder an einen unbekannten Ort abgeschoben werden sollten. Dem wollten wir zuvorkommen und stellten einen Antrag auf Ausreise aus Rumänien.

Nach vielen Schikanen konnten wir das Land 1977 verlassen. Wir hatten viel über Deutschland erfahren, denn wir versuchten, alle verfügbaren Nachrichten über unser »Vaterland« zu erhalten. Nach unserer Landung in Frankfurt brachte ein Bus uns und unseren damals zehnjährigen Sohn nach Nürnberg zur Sammelstelle für Spätaussiedler. Die Dichte des Straßenverkehrs in Nürnberg beeindruckte und schockierte uns zugleich. Weiter ging unsere Reise nach Rastatt, denn unser Wunsch war es, uns in Baden-Württemberg anzusiedeln. Zwei wunderschöne Wochen waren wir in Rastatt. Der ganze Druck und Stress fiel von uns ab, es gefiel uns dort sehr.

Da meine Schwester schon in Lahr wohnte, konnten auch wir dort im Februar 1977 eine Wohnung beziehen.

70 Kilogramm genehmigtes Ausreisegepäck pro Person und 2000 DM Darlehen vom Staat für meinen Mann und für mich bildeten die Grundlage für den Aufbau unserer Existenz. Mein Mann jobbte noch neben seiner Arbeit, damit wir das Darlehen so schnell wie möglich zurückzahlen konnten – wir wollten keine Schulden haben. Ab dem 1. September war ich in meinem Beruf in einem sozialen Brennpunkt in Lahr tätig. Ich arbeitete mit schwererziehbaren Kindern und hatte viel Freude an meiner Arbeit.

Mein Mann und ich fühlen uns sehr wohl in Lahr. Wir haben viele nette Bekannte in der Stadt und versuchen, unseren Beitrag in der Gesellschaft unserer neuen Heimat zu leisten.

* * * * *

ADELHEID HÖCKL, geborene Schäffer, kam im August 1937 in Tschakowa (Banat, Rumänien, heute Ciacova) auf die Welt. Gemeinsam mit ihren Eltern und Geschwistern musste Adelheid Höckl im Herbst 1944 kriegsbedingt ins Sudetengebiet fliehen. Im Herbst 1945 kehrte die Familie nach Tschakowa zurück. Später besuchte sie die deutsche pädagogische Lehrerbildungsanstalt in Temeschburg (heute Timişoara). 1977 verließ sie gemeinsam mit ihrem Mann und ihrem Sohn die Heimat. Die Familie ließ sich in Lahr nieder.

Jacques Coté

Die Fremde wurde zur Heimat

Ich bin Franko-Kanadier und weil mir der ursprüngliche Berufswunsch des Holzfällers im kanadischen Hinterland doch nicht erstrebenswert schien, kam ich 1972 als Soldat nach Lahr. Und weil ich ein süßes Schwarzwälder-Mädel kennenlernte, wollte ich auch nicht mehr fort. Oder doch? Aufgrund meiner guten Sprachkenntnisse und meiner wichtigen Aufgabe als Wohnungsvermittler gelang es mir tatsächlich, in Lahr bleiben zu können – schließlich ist die Heimat da, wo ich mit meiner Familie glücklich bin.

Ich bin in einer kleinen Stadt an einem Fluss an der Ostküste Kanadas, rund 350 Kilometer von Quebec City entfernt, groß geworden. Aufgewachsen bin ich mit fünf Brüdern und drei Schwestern. Ich war der Älteste und besuchte neun Jahre die Schule in Quebec. Dann sollte ich mit meinem Vater nach Nordquebec gehen, um als Holzfäller zu arbeiten. Das war nicht nach meinem Geschmack. Denn es war nicht nur eine sehr harte Arbeit, es gibt dort auch jede Menge Mücken sowie Bären. Zudem herrscht dort eine Eiseskälte.

Da bevorzugte ich lieber die Arbeit beim Militär; ich meldete mich Anfang 1970. Meine Grundausbildung absolvierte ich bei einer Kampfeinheit in der Nähe von Quebec City. Bis 1972 war ich dann an verschiedenen Orten eingesetzt, auch im Sumpfgebiet und am Polarkreis. Zum Holzfällen wollte ich wegen der Mückenplage und der großen Kälte nicht – aber auch beim Militär musste ich mich damit herumschlagen.

Dann wurden Freiwillige gesucht, die zu unserem NATO-Partner nach Deutschland gehen sollten. Ich meldete mich und kam 1972 nach Lahr – als Franko-Kanadier, 19 Jahre alt und nur des Quebec-Französischen mächtig. Kein Französisch, wie man es in Frankreich spricht. Für den Flugplatz, auf dem wir lebten und für das Militär hat es gereicht. Sobald ich aber außerhalb des Geländes war, hatte ich meine Probleme mit der Sprache. Dann begegnete mir die Liebe. Es war im Jahr 1973, als ich ein süßes Schwarzwaldmädel aus Reichenbach kennenlernte. Da habe ich gemerkt, dass es nicht ausreicht, mit Händen und Füßen zu reden. Ich beschloss, Englisch zu lernen. Doch nicht nur das: Ich wollte mein Schwarzwaldmädel auch heiraten. Doch so einfach war das für einen Militärangehörigen nicht. Das Militär hatte seine eigenen Sicherheitsvorkehrungen, die forderten, dass die gesamte Familie des Mädchens vom Militär und von der deutschen Polizei überprüft werden musste. Nicht die Liebe allein entscheidet über eine Heirat, sondern der Kommandant! Als alles überprüft war und nichts dagegen sprach, sagte der Kommandant: »Okay, du kannst heiraten.«

1977 aber wollte ich zurück nach Kanada. Ich wollte beruflich etwas anderes machen. Die Tätigkeit in der Kampf- und Infanterieeinheit war in Ordnung, aber ich wollte mich verändern. Meinem Antrag, zurück nach Kanada zu gehen, wurde stattgegeben. In Kanada angekommen, musste ich feststellen, dass ich die Ausbildung bei der Berufsfeuerwehr nicht sofort antreten konnte. Wartezeiten von einem halben bis zu einem dreiviertel Jahr waren normal. Zwar hat meine Frau sofort den Führerschein gemacht, war selbstständig, doch das liebe Geld…

Beim Militär verdiente ich gut, auch war der Auslandsaufenthalt interessant gewesen und so beschloss ich, zurück nach Deutschland zu gehen. Meine Frau war sofort einverstanden und ich meldete mich beim Militär – mit der Auflage, dass ich zu meiner ehemaligen Kampfeinheit nach Lahr zurückkäme. Dann wäre ich auch bereit, meinen Antrag auf Ausbildung bei der Berufsfeuerwehr zu annullieren. In unserer gemeinsamen Zeit in Kanada wurde auch unsere Tochter geboren, das war im September 1978.

Mein Antrag nach Deutschland zurückzukehren wurde genehmigt, sodass wir im Juli 1979 wieder nach

Lahr kamen. Mein Interesse an einem Militärdienst in Kanada selbst war nicht besonders groß, denn in Deutschland herrschten andere und bessere Bedingungen für die kanadischen Streitkräfte. Ich beschloss deshalb, so lange wie möglich in Deutschland zu bleiben. Dagegen sprach, dass die Zeit für kanadische Soldaten in Deutschland begrenzt war. Vier Jahre durften Unteroffiziere bleiben. Zusätzlich wurden bis zu zwei Jahre Verlängerung, je nach Dienstgrad, gewährt. Zwischenzeitlich sprach ich nicht nur perfekt Englisch, sondern auch Deutsch.

Meine Sprachkenntnisse und die Tatsache, dass in und um Lahr großer Wohnungsmangel herrschte, kamen mir entgegen. Mein Kommandant fragte mich, ob ich nicht als Wohnungsvermittler arbeiten wolle. Zuerst nur für meine, dann auch für die gesamte kanadische Einheit. Wohnungsvermittler beim Wohnungsamt war kein besonders beliebter Job, weil die Beförderungschancen nicht so gut waren. Daher vereinbarte ich mit meinem Kommandanten, dass ich statt der Beförderungen eine unbegrenzte Stationierung in Lahr erhielt. Ein weiterer Grund für diese Entscheidung waren auch meine Kinder, die mittlerweile in die Schule gingen. Das Schulsystem in Kanada ist komplett anders. Ich habe erlebt, welche Probleme Familien mit schulpflichtigen Kindern hatten. Entweder man entscheidet sich für die Karriere oder für die Familie. Ich habe mich für die Familie entschieden.

Als Wohnungsvermittler habe ich einiges erlebt. In der Schwarzwaldstraße gab es nicht genügend Kasernenwohnungen. Ich musste im Umkreis von bis zu 35 Kilometern auf die Suche nach Wohnungen für die Kanadier gehen. Der knappe Wohnungsmarkt verursachte auch ein anderes Problem, das mich sehr beschäftigte: Soldaten, die ihre Familien, insbesondere mit schulpflichtigen Kindern nachholen wollten. In Kanada fängt das Schuljahr im September an und wenn die Soldaten bis dahin keine feste Bleibe gefunden hatten, musste der Familiennachzug warten. Einmal hatten wir Glück und fanden in Endingen 25 Wohnungen, die leer standen. Dort fand ich Platz für meine Einheit. Damit war die Problematik jedoch nicht komplett gelöst. Nun galt es den Transport der schulpflichtigen Kinder zwischen Endingen und der Schule in der Lahrer Kaserne zu organisieren.

Da die Soldaten nicht nur in Kasernenwohnungen wohnten, ergaben sich Aufgaben, die über meine normale Tätigkeit als reiner Wohnungsvermittler hinausgingen: durch Kultur- und Sprachbarrieren zwischen Angehörigen des Militärs und der Zivilbevölkerung musste ich als Vermittler zwischen Mieter und Vermieter auftreten. Darüber hinaus bereiste ich alle Stützpunkte in Kanada, von denen Soldaten nach Deutschland kamen. Ich war von der Ost- bis zur Westküste, also von Nova Scotia bis Vancouver, unterwegs. Meine Aufgabe war es, die Soldaten darauf vorzubereiten, was sie in Deutschland erwartete, wie man in Deutschland lebte und wie sie sich zu verhalten hätten. Es war ein Spiel zwischen zwei Welten.

1981 kam ich dann doch noch zur Feuerwehr, nicht zur Berufswehr, aber zur Freiwilligen. Ich war noch beim Militär, hatte aber eine spezielle Erlaubnis im zivilen Bereich der Feuerwehr tätig zu sein. Eines Tages kam der Langenwinkler Feuerwehrkommandant, um mir mitzuteilen, dass es zu Interessenskonflikten kommen könnte, da ich kein Europäer sei, aber dem Status als Militärangehöriger nach auch kein Ausländer. Inzwischen kannten mich viele Menschen in Langenwinkel, einige setzten sich sofort für mich ein. Zudem sprach ich gut Deutsch und ein Blick in die Feuerwehrgesetze zeigte dem Kommandanten, dass es keinen Grund gab, mich von der Feuerwehr auszuschließen. So machte ich bei der Feuerwehr in Lahr meine Grundausbildung und bin Oberfeuerwehrmann und dann Brandmeister geworden. Ich bin jetzt schon seit über 30 Jahren bei der Feuerwehr. In dieser Zeit war ich Kommandant der Feuerwehrabteilung Langenwinkel und war Mitglied im Feuerwehrausschuss in Lahr und Langenwinkel. Aus beruflichen und gesundheitlichen Gründen musste ich mich vor ein paar Jahren aus dem aktiven Bereich zurückziehen, derzeit bin ich jedoch noch in der Altersabteilung der Feuerwehr Lahr. Anfang der 1990er-Jahre trat ich dann auch dem Schützenverein Langenwinkel bei, in dem ich auch heute noch aktives Mitglied bin. Dann hieß es, dass das kanadische Militär aus Deutschland abziehen werde. Der Rückzug fand peu à peu statt. Am 27. Juli 1994 wurde die kanadische Flagge am Lahrer Flugplatz zum letzten Mal eingeholt. Während meiner Zeit beim Militär war ich von morgens bis abends unterwegs, manchmal zwei bis drei Monate im Jahr im Manöver. Wenn ich jetzt ständig zu Hause wäre, würde mich meine Frau bestimmt vom Balkon werfen, so mein Gedanke. Ich war es einfach nicht gewohnt zu Hause herumzusitzen. Ein Feuerwehrkamerad hatte einen kleinen Getränkehandel, den er verkaufen wollte. Diesen kaufte ich ihm ab. So habe ich nach 1994 einen Getränkehandel geführt; nachts trug ich Zeitungen aus. In dieser Zeit fragte mich auch ein anderer Feuerwehrkamerad, ob ich ihm behilflich sein könnte. Er ist Geschäftsführer eines Lahrer Bestattungsinstituts und er benötigte jemanden, der bei Bedarf als Übersetzer bei Auslandsüberführungen dabei sein könnte. Mittlerweile helfe ich im Bestattungsinstitut aus, wenn Bedarf besteht und nicht nur, wenn Übersetzertätigkeiten anfallen.

Im Laufe der Jahre wuchs mein Getränkehandel immer weiter. Es kam der Zeitpunkt, an dem wir entscheiden mussten, ob wir die nötigen Schritte für eine Expansion einleiten sollten. Die Kinder waren aus dem Gröbsten heraus und gehen mittlerweile erfolgreich ihre eigenen Wege – meine Tochter als promovierte Informatikerin und mein Sohn als Mechatroniker im Staatsdienst. Daher entschieden meine Frau und ich uns gegen die Expansion und verkauften den Getränkehandel. Es war an der Zeit, an uns zu denken. Heute genieße ich die Zeit, die ich gemeinsam mit meiner Frau habe.

* * * * *

JACQUES COTÉ wurde im Dezember 1952 in der kanadischen Provinz Quebec geboren. 1972 kam er als Soldat der kanadischen Truppen nach Lahr, wo er seine spätere Frau kennenlernte.

Anne Rall-Krauß

Als »Gastarbeiter« in den Emiraten

Mein Mann, Lehrer an der Gewerblichen Schule Lahr, erhielt 1997 über die Deutsche Gesellschaft für Technische Zusammenarbeit die Chance, in den Vereinigten Arabischen Emiraten ein berufliches Schulsystem aufzubauen. Einen Auslandsaufenthalt hatten wir schon immer vorgehabt, also war klar, dass die Familie mitkommt – das heißt unsere beiden Kinder und ich. Wir wussten wenig über die Emirate, die Entscheidung fiel ziemlich plötzlich und wir hatten alle Hände voll damit zu tun, die Anträge für unsere Beurlaubungen einzureichen und unsere Sachen zu packen. Auch ich arbeitete damals schon seit 15 Jahren an der Gewerblichen Schule und für mich war es ungewohnt, plötzlich als »begleitende Ehefrau«, wie es in meiner Visumbewilligung stand, zu fungieren.

Das Projekt war ausschließlich für Männer ausgeschrieben und für einen »begrenzten Zeitraum« geplant, wie man uns sagte. Aber wie lange dieser »Zeitraum« tatsächlich dauern sollte, konnte man uns nicht sagen. Und wir wussten auch nicht, ob wir nach den Jahren im Ausland überhaupt wieder nach Lahr zurückkommen würden. So brachen wir unsere Zelte tatsächlich fast vollständig ab. Wir räumten das Haus leer, lagerten die Möbel ein oder verkauften sie.

Mein Mann reiste schon zwei Monate vor uns in die Emirate. Als ich dann im September um Mitternacht auf dem damals noch kleinen Flughafen in Dubai mit dem siebenjährigen Lukas und der vierjährigen Lea aus dem Flugzeug stieg und wir über das Rollfeld liefen, dachte ich noch, die Hitze käme von den Turbinen. Aber Lukas drehte sich um und sagte: »Das ist nicht das Flugzeug, das ist das Wetter hier.« Er hatte vollkommen Recht, mitten in der Nacht war es unglaublich feucht und heiß.

In der Anfangszeit wohnten wir in einem Hochhaus in unserem Einsatzort Sharjah im gleichnamigen Emirat, 15 Kilometer östlich von Dubai. Wir waren die einzige europäische Familie in diesem Haus und alles war sehr gewöhnungsbedürftig. Ich hatte es mir leichter vorgestellt. Unsere Wohnung mit Klimaanlage war recht schön, aber da es so heiß war und es auch keinen Balkon gab, kam man praktisch nicht hinaus. Wir fühlten uns eingesperrt. Der Lebensrhythmus war genau entgegengesetzt zu dem in Deutschland: Im Winter geht man hinaus, den Sommer verbringt man im Haus. Am Anfang war es wirklich ein Kulturschock. Nur am Abend, wenn mein Mann nach Hause kam, konnten wir die neue Umgebung ein bisschen kennenlernen.

Nach einer Woche der vorsichtigen Eingewöhnung begann für die Kinder die Schule an der sehr kleinen deutsch-internationalen Schule mit Kindergarten, die wir im Vorfeld bereits ausgesucht hatten. Da mein Mann berufstätig war, musste ich die Kinder anfangs mit dem Mietwagen quer durch die Stadt dorthin fahren (ein eigenes Auto durfte man nur mit Genehmigung des lokalen »Sponsors« und nur nach Abschluss des Visumverfahrens für arbeitende Ausländer kaufen). Der Straßenverkehr mit der »orientalischen« Fahrweise der Menschen war für mich in den ersten Wochen doch sehr beängstigend, aber ich konnte mich anpassen. Nach und nach wurde die Schule zu einem Stück Heimat für uns. Sie befand sich noch im Aufbau und hatte sehr kleine Klassen; insgesamt waren mit dem Kindergarten 70 Kinder dort. Neben den Deutschen gab es Schüler aus der Schweiz und Österreich. Auch ägyptische Familien lernten wir dort kennen, die später ihre Kinder zum Studium nach Deutschland schicken wollten. Per Gesetz mussten alle Kinder auch Arabisch lernen. Es wurde in Deutsch und Englisch nach dem Lehrplan von Nordrhein-Westfalen unterrichtet.

In den ersten Monaten fühlte ich mich nur in meiner Wohnung und dann in der Schule zu Hause, denn das Umfeld empfand ich doch sehr fremd und manchmal fast feindlich. Ich hatte mir alles ganz anders vorgestellt. Wir

hatten gedacht, wir könnten in eine andere Kultur eintauchen und Land und Leute kennenlernen. Wir stellten aber fest, dass die arabischen Einheimischen uns gar
nicht begegnen wollten, im Gegenteil, sie waren oft bei-
nahe unfreundlich. Man bekam zu spüren, dass man nur
zum Arbeiten im Land war. Bekanntschaften schlossen
wir in der Folgezeit nur mit Menschen aus europäischen
Ländern oder aus den USA.

Irgendwann zogen wir in ein sogenanntes Compound.
Dort gab es Einfamilienhäuser im arabischen Stil, die
um einen gemeinsamen schönen Pool angeordnet waren. Uns gegenüber wohnten Russen aus Odessa, in den
anderen Häusern lebten Libanesen, Briten und Franzo-
sen – so entstand eine internationale Nachbarschaft. Die
Kinder waren nun fast immer draußen, sie hatten Spiel-
kameraden und das Schwimmbad vor der Haustüre, was
dazu führte, dass für mich alles einfacher wurde.

In der Schule bemühte man sich, auch deutsche Traditionen zu pflegen, wie etwa den Martinstag am 11. November. Bei großer Hitze veranstalteten wir einen Later-
nenumzug durch die Straßen mit dem heiligen Martin
auf dem Pferd, der von einer britischen Reiterin mit einem langen roten Mantel dargestellt wurde. Unser Auf-
zug sorgte für mindestens zwei Auffahrunfälle. Es gab
auch einen Weihnachtsmarkt im Garten der Schule mit
Adventsgestecken, die aus echtem Tannenreisig selbst
hergestellt waren. Das war möglich, weil ein Mitarbeiter
von Lufthansa-Cargo, dessen Kinder auf der Schule waren, einen echten Tannenbaum und dazu Tannenreisig
mitgebracht hatte. Der Weihnachtsmarkt mit Advents-
kränzen wurde aufgebaut, aber nach einer Stunde mussten sich die Kerzen der Wärme geschlagen geben und
verloren ihre aufrechte Haltung. Im ersten Jahr fanden
wir es schwierig, in Weihnachtsstimmung zu kommen.
Aber auch daran gewöhnten wir uns: Mit Freunden feierten wir zu Hause Weihnachten – anschließend gingen
wir im Pool baden.

In den Emiraten ist es üblich, dass man Hauspersonal
beschäftigt, und so kamen wir zu unserer Haushälterin

und »Perle« Celine aus Sri Lanka. Ich muss sie unbedingt erwähnen, denn sie gehörte bald zur Familie. Mitunter konnte sie sehr energisch werden. Dann blieben auch Sätze wie »Madam, this is my house!« nicht aus, wenn ich mich zu sehr ins Haushaltsgeschehen einmischte. Sie kannte sich bestens aus mit dem Vertreiben von Ungeziefer – in der Mäusebekämpfung war sie eine Heldin – und sie wurde auch mit dem vielen Sand fertig, den es permanent durch die Türen hereinwehte. Einmal nahm sie unseren Sohn mit zu einem Kricketspiel, das eigentlich nur von Indern und Pakistanis besucht wurde. Das war für unseren Lukas ein bis heute unvergessliches Erlebnis.

Unsere Kinder mit ihren blonden, gelockten Haaren waren immer wieder ein Anziehungspunkt für Araber. In einem modernen interaktiven Museum in Sharjah stürzten sich einmal rund 50 Schulmädchen, die mit dem Bus ankamen, auf die beiden. Sie nahmen meine Tochter auf den Arm und fotografierten sie, bis Lea anfing zu schreien. Lea hatte Angst bekommen vor den schwarz verhüllten Gestalten in Schleier und Abaya, dem traditionellen islamischen Kleidungsstück. Wenn nun aber umgekehrt eine Europäerin ein arabisches Kind auf den Arm genommen und fotografiert hätte, wäre das ein Skandal, ja, vielleicht sogar ein Verbrechen gewesen.

Interessant war auch der Umgang mit dem Thema Alkohol. Der Scheich von Sharjah, der stark religiös war und sich abheben wollte von den Scheichs in Dubai, hatte ein striktes Alkoholverbot erlassen. Im Nachbaremirat Ajman gab es einen illegalen Alkoholshop, in dem auch wir Getränke kauften, die wir dann über die Grenze schmuggelten. In den Emiraten Abu Dhabi und Dubai erhielten Ausländer eine Alkoholkarte, mit der man je nach Einkommen für eine gewisse Summe Alkoholika kaufen durfte. Alkoholische Getränke wurden aber nicht nur von Ausländern, sondern auch von Arabern erworben. Anfangs wunderte mich dies, doch mit der Zeit erfuhr ich mehr über die Religion und wie die Menschen mit ihren Gesetzen und Verboten umgingen.

Den Ramadan live zu erleben, war natürlich etwas Besonderes. Wenn Ramadan war, häuften sich auf Sondertischen in den Supermärkten die Süßigkeiten, sodass man kaum mehr in die Geschäfte hineinkam. Nach Sonnenuntergang ertönte ein Kanonenschuss, dann bekam jeder einen Schluck Wasser sowie eine Dattel. Gegessen wurde dann fast die ganze Nacht. Als wir noch im Hochhaus wohnten, konnten wir in dieser Zeit kaum schlafen, weil nachts permanent die Töpfe klapperten und sich die Essengerüche über die Lüftungsschächte im ganzen Haus verbreiteten. Der Ramadan dauert vier Wochen und in dieser Zeit wurde in Sharjah spätestens nach zwei Wochen nur eingeschränkt in arabischen Geschäften und der Verwaltung gearbeitet – für uns war positiv, dass sich der Straßenverkehr tagsüber deutlich entspannte. Tatsache ist, dass in den Kliniken Leute mit Magenverstimmungen liegen und dass viele während dieser Zeit einige Kilo zunehmen. Auch Nichtmoslems waren dazu angehalten, während des Ramadan tagsüber nichts zu essen, und damit man nicht in Versuchung kam, waren Cafés, Restaurants und auch viele Geschäfte geschlossen. Nach Einbruch der Dämmerung füllte sich die mit Lichtern geschmückte Stadt mit Familien und in vielen Lokalen wurde ein spezielles arabisches Iftarmenü aus Anlass des Fastenbrechens angeboten.

In den Emiraten gibt es keine freie Presse, alles unterliegt der Zensur. Da wir auch kein deutsches Fernsehen hatten, bekamen wir die Weltgeschichte ziemlich »verdreht«, das heißt einseitig dargestellt, mit. Unsere Päckchen aus Deutschland landeten in einem Postfach und wenn man sie abholen wollte, wurden sie vorher vom Zensor geöffnet. Als wir noch im Hochhaus wohnten, hatte ich ein besonderes Erlebnis: In einem Päckchen, das ich abholte, waren Bücher für die Kinder sowie Videokassetten. Der Zensor saß hinter seinem Schreibtisch und wollte wissen, woher ich komme. Als ich sagte: »Aus Deutschland«, fand er das sehr gut, denn wir hätten die Juden umgebracht. Nur zu gern hätte ich ihm gesagt, dass das für uns ein sehr dunkles Kapitel der deutschen Geschichte sei und dass wir uns dafür schämten, aber da ich ja mein Päckchen wollte, ließ ich es bei einem schiefen Lächeln. Er schaute sich die Kassette dann auf einem Videorekorder an, und ich hoffte inständig, dass keine Reklame, etwa für Alkohol, zu sehen war. Nach der Durchsicht gab er mir das Päckchen und verabschiedete mich herzlich. Ein anderes Mal schickte mir meine Schwester einen »Tatort« und als wir ihn uns zu Hause anschauten, sahen wir, dass er mit einer deftigen sexuellen Szene begann. Hätte der Zensor diese Szene gesehen (er hatte die Kassette glücklicherweise etwas vorgespult), wäre ich aus dem Postamt vermutlich nicht mehr herausgekommen.

Man konnte sich ausländische Presseerzeugnisse zuschicken lassen, aber wenn einen diese endlich erreichten, waren sie mit schwarzem Marker bearbeitet worden – jede einzelne Zeitschrift. Unzählige Menschen mussten mit der Zensur beschäftigt sein. Sie kontrollierten akribisch, ob nicht irgendwo ein nacktes Bein oder Schlimmeres zu sehen war. Die Zeitschrift *Der Spiegel* kam einmal nahezu schwarz bei uns an.

Vieles, was wir erlebten, passt nicht zur Glitzerwelt der Arabischen Emirate. Wir hörten beispielsweise schreckliche Geschichten über den Umgang mit den Bauarbeitern, die das Vorzeigeluxushotel Burj al Arab gebaut haben. Keiner weiß, wie viele Arbeiter gestorben sind, weil sie ohne Absicherung und bei Nacht nur mit einer Lampe am Kopf und in Flipflops hoch oben »herumturnen« mussten. Ich selbst sah die sogenannten Workcamps, in denen die Arbeiter draußen in der Wüste ohne Klimaanlage nachts ein paar Stunden Schlaf fanden, um dann morgens wieder auf Lastwagen in die Stadt gekarrt zu werden. Sie bauten die Hochhäuser, mit denen sich Dubai heute brüstet. Ich habe gehört, dass es mittlerweile bessere Sicherheitsvorkehrungen gibt, aber als wir in den Arabischen Emiraten waren, wurden die Bauarbeiter tatsächlich in Viehtransportern herumgefahren.

Trotz allem haben wir uns in den Emiraten wohlgefühlt, wir hatten dort eine schöne Zeit und wir haben es geschafft. Denn immer wieder reisen Familien aus dem

Ausland frühzeitig ab, vor allem, weil die Ehefrauen in der fremden Welt, in der Frauen wenig gelten, nicht zurechtzukommen. Auch ich lebte dort, vor allem im ersten Jahr, nicht ohne Angst, aber ich gab nicht auf. Wir fanden Freunde – allerdings keine unter den Arabern –, dafür Menschen aus aller Welt, mit denen wir noch heute Kontakt haben.

Wo ist Heimat? Sicher dort, wo ich mit meiner Familie lebe. Wir haben die Heimat für ein paar Jahre an einen anderen Ort verlegt und doch waren wir froh, als wir nach einem tränenreichen Abschied, vor allem von unserer Celine, wieder in Deutschland landeten. Was ich in der »alten« Heimat am Anfang besonders schätzte, war, dass ich beim Einkauf nicht mehr handeln musste. Aber natürlich verliert sich so etwas schnell wieder.

*****

Anne Rall-Krauss wurde 1959 in Lahr geboren. Sie studierte Religionspädagogik und ist seit 1982 Lehrerin an der Gewerblichen Schule in Lahr, wo sie ihren Ehemann kennenlernte. Nach dem Aufenthalt in den Arabischen Emiraten kehrte die Familie wieder nach Lahr zurück.

Begegnungen mit
der Zeitgeschichte

Manfred Nebel

Jede Menge »rollende« Kanadier

Ich bin das Exemplar einer ausgestorbenen Spezies, sozusagen ein Fossil. Ich war Bahnhofsvorsteher in Lahr, der letzte, den es dort gab. Ein Bahnhofsvorsteher ist beziehungsweise war keiner, der vor dem Bahnhof herumsteht. Und auch keiner von denjenigen, die mit der roten Mütze auf dem Bahnsteig ihren Dienst tun. Diese nennt man Aufsichtsbeamte oder Bahnsteigaufsicht. Nein, ein Bahnhofsvorsteher war der Leiter des Bahnhofs. Eigentlich nannte man ihn längst nicht mehr so, sondern Dienststellenleiter. Als Dienststellenleiter war er verantwortlich für alles: Fahrkartenverkauf, Kleingutverkehr, Güterverkehr, Rangierdienst, Stellwerke, Personal, Sozialbetreuung, Mitarbeitergespräche, Beurteilungen, Dienstunterricht, Unfallverhütung. Er war Sicherheitsbeamter, in den Zeiten des Kalten Krieges auch Selbstschutzleiter und noch vieles mehr. Er sollte überall Bescheid wissen, alles kontrollieren, Kundenbeschwerden und solche der Mitarbeiter anhören, Reklamationen in Ordnung bringen, Schäden regulieren und Unfallbereitschaft machen. Für alles zuständig, musste er natürlich nicht alles selber machen. Aber er musste sich in allen Fachgebieten auskennen. Er war zwar an Weisungen der Vorgesetzten und an Vorschriften gebunden, aber doch ziemlich frei und selbstständig. Vor allem war sein Beruf sehr abwechslungsreich. Kein Tag verlief wie der andere.

Zunächst war ich der Vertreter des Bahnhofsvorstehers in Lahr. Ende 1969, ich hatte gerade über einen Wechsel meines Einsatzortes nachgedacht, erlitt mein Chef einen tödlichen Herzinfarkt. Er legte sich mir buchstäblich zu Füßen. Wir beerdigten ihn an Silvester. Man meinte, ich mit meinen 29 Jahren sei für seine Nachfolge noch zu jung. Ein anderer Bewerber sollte Bahnhofsvorsteher werden. Dieser ging dann nach Baden-Baden, wo er sich

ebenfalls beworben hatte. Nachdem ich die Dienststelle
über ein Jahr kommissarisch geleitet hatte, übertrug man
mir das Amt.

Der Bahnhof in Lahr gewann in dieser Zeit immer mehr
an Bedeutung. Die bis dahin selbstständige Güterabferti-
gung Lahr Stadt wurde angegliedert, dann der Bahnhof
Friesenheim. Wir übernahmen den Rangierdienst bis Rie-
gel. Fiat baute eine Zweigniederlassung in Kippenheim –
mit großem Gleisanschluss nach Lahr. Schließlich wurde
Lahr die Hauptdienststelle für die gesamte Strecke zwischen Offenburg und Freiburg sowie für das Elztal. Das geschah übrigens gegen den heftigen Widerstand des Land-
rates und des Oberbürgermeisters von Emmendingen. Für
Lahr setzte sich vor allem einer ein: Ich selbst. Gegenüber
den Vorgesetzten hatte ich einfach die besseren Argumente. Lahr hatte ein Mehrfaches an Güterverkehr, und selbst
der Fahrkartenverkauf war bedeutend größer als der in
Emmendingen. Und noch etwas stärkte die Bedeutung
unseres Bahnhofs: Das waren die Kanadier.

Hierzu ein kurzer Blick in die Geschichte: 1966 trat
Frankreich unter Präsident Charles de Gaulle aus der mi-
litärischen Struktur der NATO aus. Die Folge des Austritts
war, dass Frankreich den NATO-Flugplatz Lahr räumen
musste. Diesen übernahmen dann die Kanadier. Aber
wieso Kanadier? Kanada gehörte im Jahr 1949 zu den
Gründungsmitgliedern der NATO. In Lahr stationierten
sie zunächst ihre Fliegerstaffeln, ab 1970 dann die 4. Me-
chanische Brigade. Damit wurde Lahr zur logistischen
Drehscheibe der kanadischen Truppen in Europa. Ich war
gerade kommissarischer Leiter des Bahnhofs und wurde
gemeinsam mit Karl Geißer von der Südwestdeutschen
Verkehrs-Aktiengesellschaft (SWEG) zu einem Gespräch
auf den Flugplatz gebeten. Es gelang, trotz schwieriger
Verständigung, denn Captain Taylor sprach kein Wort
Deutsch, ich nur mein Schulenglisch. Als bald darauf
Miss Robertson als Dolmetscherin zur Verfügung stand,
gab es keine Probleme mehr.

Was war zu organisieren? Der Bahntransport der Panzer. Da die Kanadier für ihre Panzer in Lahr und Umge-

bung kein geeignetes Übungsgebiet hatten, wurden diese nahezu wöchentlich nach Norddeutschland und Bayern zu den dortigen Truppenübungsplätzen transportiert. Zwei Mal jährlich wurden außerdem alle Schützenpanzer, Panzer und Haubitzen zu großen Manövern verladen. Dafür gibt es Spezialwagen der Bahn, die bereits von der Wehrmacht verwendet worden waren. Die Berufssoldaten der kanadischen Truppen reisten mit – komfortabel in Liegewagen und mit einem Speisewagen in jedem Zug.

Unsere Probleme waren bedeutend, denn Lahr besaß die nötige Infrastruktur nicht. Auf dem Flugplatz gab es zwar eine umfangreiche Gleisanlage, aber leider wenig geeignete Gleise. Da gab es das sogenannte Magazingleis, dann das Tankgleis, in dem die Kesselwagen mit Flugbenzin entladen wurden, außerdem zwei recht kurze Gleise mit einer Kopframpe. Hier wurden die Panzer verladen. Im Bahnhof Lahr selbst gab es ein zuglanges Gleis, ebenfalls mit Kopframpe. Darüber spannte sich eine Fahrleitung mit 15 000 Volt. Deshalb trennten wir diese Fahrleitung ab und versahen sie mit einem handbedienten sogenannten Ladegleisschalter. Außerdem hatten wir im Bahnhof Lahr Stadt ein Gleis mit Kopframpe. In der Regel wurde auf dem Flugplatz verladen. Das wiederum aber war ein Gleisanschluss der SWEG, weshalb diese an unseren Planungen immer beteiligt war und auch einen Anteil der Frachtkosten erhielt. Nur wenn bis zu 15 Züge zu beladen waren, mussten wir parallel zum Flugplatz auch unsere Bahnhofsgleise verwenden. Dann mussten die Panzer über die Straße zum Bahnhof gefahren werden. Die Zugbildung, also das Zusammenstellen der beladenen Güterwagen und das Beistellen der Liege- sowie Speisewagen, die im Winter durch eine Lok vorgeheizt werden mussten, erfolgte im Bahnhof Lahr. Die Deutsche Bundesbahn stellte außer den Wagen auch Rangierlok, Zuglok, Rangierer, Wagenmeister und Lokführer.

Um die erforderliche Anzahl von Wagen zur Verfügung zu haben, mussten diese bereits eine Woche vorher gesammelt und bereitgehalten werden. Dazu hatten wir natürlich keinen Platz. Wir sammelten die Wagen deshalb in den umliegenden Bahnhöfen Offenburg, Kehl und Appenweier und führten sie peu à peu zu, so wie sie zur Verladung gebraucht wurden. Nach der Verladung musste ein Wagenmeister begutachten, ob die Fahrzeuge richtig gesichert waren. Außerdem musste er über eine Vermessung ermitteln, ob die Ladebreite eingehalten war. Die Panzer waren so breit, dass sie eine Lademaßüberschreitung hatten. Deshalb mussten für die Züge beim Erstellen der Fahrpläne Zugbegegnungen an Engstellen wie Tunnel und Bauwerken ausgeschlossen werden. All das erforderte eine sorgfältige Planung.

Hinzu kamen weitere Schwierigkeiten. Bei der Fahrt zum Flugplatz oder von dort zum Bahnhof Lahr mussten in kurzen Abständen Straßen überquert werden. Das waren zunächst ein Feldweg, dann die Güterhallenstraße sowie die Raiffeisenstraße und danach die B 36, ein Autobahnzubringer. Zur Sicherung trat ein Rangierer mit einer rot-weißen Fahne, bei Nacht mit einer rot abgeblendeten Laterne auf die Straße, hielt zunächst den Verkehr der einen, dann den der anderen Fahrtrichtung an, gab dem Lokführer über Funk den Auftrag zur Querung der Straße und begab sich auf das erste Fahrzeug, das bei der Hinfahrt ein Güterwagen war, auf der Rückfahrt die Lok. So, wie es in der Straßenverkehrsordnung geregelt ist. Einmal hatten wir einen Beinahe-Unfall mit einem Rettungsfahrzeug, das bei Nacht und starkem Nebel fast mit den dunklen Güterwagen auf der B 36 zusammengestoßen wäre. Danach wurden diese und die Raiffeisenstraße mit einer handgeschalteten Lichtzeichenanlage ausgestattet. Jetzt klappte es besser. Die Panzerzüge wogen viele hundert Tonnen. Bereits bei deren Annäherung vom Flugplatz her musste die Straße gesichert werden, um das Anhalten der Züge zu vermeiden. Mussten diese nämlich stoppen, schaffte die Rangierlok die Steigung vom Flugplatztor zur Brücke über den Schutterkanal nicht mehr. Die ganze Abteilung musste dann ins Flugplatzgelände zurückgesetzt werden und erneut Schwung holen.

Hier noch zwei besondere Erlebnisse aus der Vielfalt dessen, was sich alles ereignete: Einmal kamen die Soldaten aus dem Manöver zurück. Es war Nacht. Alle wollten so schnell wie möglich nach Hause. Einer hatte es besonders eilig und meinte, schlau zu sein. Er montierte die zwei bis drei Meter lange Antenne an seinen Schützenpanzer, während der Zug noch im Bahnhof stand. Als die Rangierlok den Zug umsetzte, schwankte diese Antenne in einer leichten Kurve und geriet in die Nähe der Fahrleitung. Ein Blitz, ein Knall. Die Antenne war nur noch ein Stummel, die elektrische Einrichtung des Schützenpanzers hinüber. Der Soldat hatte großes Glück, dass sich der Stromschlag nicht schon beim Anschrauben ereignet hatte.

Ein anderer Vorfall: Damals war die Rote Armee Fraktion aktiv und diese hatte es unter anderem auf militärische Einrichtungen abgesehen. In Heidelberg schossen sie beispielsweise mit einer Panzerfaust auf ein Fahrzeug des amerikanischen Generals. Aufgrund der Gefahrenlage sicherten die Kanadier ihren Flugplatz mit besonderen Maßnahmen. Die Wachtürme wurden besetzt, der Zaun mit einer Stacheldrahtrolle versehen, am Eingang lag hinter Sandsäcken ein MG-Posten. An das Gleistor aber dachte zunächst niemand. Es dauerte einige Tage, bis man dieses schloss und bewachte. Danach hatten wir enorme Schwierigkeiten mit unseren Rangierfahrten. Wir mussten vor dem Tor halten und die Militärpolizei rufen. Die öffnete und schloss das Gleistor, hatte aber nicht immer sogleich Zeit für uns. Einmal nahmen sie unsere Rangierer fest, weil diese keine Personalausweise vorweisen konnten.

Das Jahr 1994 war das Jahr der großen Wende für Lahr. In diesem Jahr begann der Abzug der kanadischen Truppen und die Deutsche Bundesbahn wurde privatisiert. Damit endete auch meine berufliche Anwesenheit in Lahr. Was bis dato in der Verantwortlichkeit einer Hand gelegen hatte, wurde aufgeteilt und verschiedenen Geschäftsbereichen zugeordnet. Ich wechselte zur Niederlassung Offenburg des Geschäftsbereichs Netz.

Was ich in meiner Zeit in Lahr erlebte, blieb einzigartig in meiner Laufbahn bei der Bahn. Das lag daran, dass sich hier Zeitgeschichte und Lebensgeschichte auf einzigartige Weise überkreuzten.

*****

MANFRED NEBEL kam 1940 in Heidelberg auf die Welt. Kindheit und Jugend erlebte er in einem 360-Seelen-Dorf 50 Kilometer von Heidelberg entfernt. Nach dem Abitur absolvierte er eine Ausbildung im gehobenen nichttechnischen Dienst der Deutschen Bundesbahn. Seine Einsatzorte außer Lahr waren: Bruchsal, Mannheim, Karlsruhe, Offenburg und Freiburg. Seit 2005 ist er im Ruhestand. Gemeinsam mit seiner Frau wohnte er von 1966 bis 2004 in Dinglingen, seit 2004 wohnt er in Lahr im Neuwerkhof.

Aus der Welt von Beruf und Karriere

Brigitta Schrempp

Erfolgreich allein unter Männern

Ich kam als ältestes von fünf Kindern in Offenburg auf die Welt. Mein Vater war Landwirt im Haupterwerb und auf unserem Bauernhof wuchs ich quasi in der Natur auf. Diese große Verbundenheit zur Natur und zu Tieren ist mir geblieben.

Ich durchlief eine für ein Mädchen meiner Generation klassische Ausbildung, das heißt, nach der Mittleren Reife absolvierte ich eine kaufmännische Ausbildung. Glück für mich war, dass ich einen ausgezeichneten Chef hatte, der mich sehr förderte. Vier Jahre nach der Ausbildung wechselte ich zu einer Spedition in Freiburg, in der ich Personalverantwortung übernahm, unter anderem für die Tochterunternehmen im Ausland. An dieser Aufgabe wuchs ich ein weiteres Stück. Wieder hatte ich einen sehr guten Chef – meinen späteren Mann August Schrempp, den alle nur Gustel nannten. Da während unserer Ausbildung keine IT-Fächer gelehrt wurden, bildeten wir uns gemeinsam an der Abendschule weiter.

1980 gründeten wir gemeinsam unsere Firma schrempp edv. Der erste Firmensitz war in Friesenheim – unser beider Wohnort. Im Zuge der Vergrößerung der Firma und mit zunehmender Zahl der Mitarbeiter zogen wir schließlich nach Lahr. Wir hatten uns nicht nur vorgenommen, alles besser machen zu wollen, das Unternehmen sollte dabei auch klein und überschaubar bleiben. Wir starteten mit sieben Mitarbeitern in einer Kellerwohnung. Da der Bereich Technik in einem Raum ohne Fenster untergebracht war, nannten wir diesen nur »das U-Boot«. Es ist kaum zu glauben, aber die Mitarbeiter der ersten Stunde sind noch heute – 36 Jahre später – im Unternehmen. Ein wesentlicher Grund dafür wird wohl sein: Unsere gesamte Personal- und Geschäftsidee basiert auf der Wertschätzung des Einzelnen, ganz gleich, ob das die

Reinigungsfrau oder der Generaldirektor ist. Diese Einstellung anderen Menschen gegenüber habe ich schon als Kind gelernt und sie bewährt sich jeden Tag aufs Neue. Ich gebe jedem Mitarbeiter morgens die Hand und wir essen mittags auch alle gemeinsam. Heute arbeiten 70 Personen im Unternehmen und wir kochen immer noch selbst. Wenn die Kinderbetreuung ausfällt, können unsere Mitarbeiter die Kinder mitbringen, auch Hunde sind mitunter im Haus. Ich glaube, ich kann es sagen, ohne mich selbst zu sehr zu loben: Es herrscht eine ausgesprochen gute Atmosphäre im Unternehmen und so gibt es bei den Mitarbeitern fast keine Fluktuation.

Bis 2012 habe ich alles gemeinsam mit meinem Mann gemacht. Dabei hielt ich mich meist hinter ihm in der zweiten Reihe. Diese Rolle nahm ich automatisch ein, so, wie es die meisten Frauen noch heute tun. Es störte mich allerdings nicht, weil wir beide stets auf Augenhöhe agierten. Mein Mann spürte außerdem sofort, wenn ich mich zu weit nach hinten schieben ließ und dann holte er mich wieder nach vorn.

An dem Samstag im Februar 2012, als mein Mann tödlich verunglückte, frühstückten wir morgens gemeinsam. Anschließend verließ er das Haus, um mit dem Hubschrauber zu fliegen. Bei Testflügen kommt es oft vor, dass durch zu hartes Aufsetzen die Instrumente anschlagen und ein Alarmsignal ausgelöst wird. Voraussetzung dafür ist, dass die Flugzeuge mit einem ELD-Gerät ausgestattet sind, welches eine Funknachricht an die Flugleitstelle in Braunschweig schickt. Gab es Unregelmäßigkeiten, erhielt ich von dort automatisch eine Nachricht. Wenn ich dann bei meinem Mann nachfragte, erhielt ich von ihm immer die Antwort, dass alles gut sei und dass es nur ein Test war. An diesem Samstag hatte ich beim Alarm das Gefühl, dass etwas nicht in Ordnung war. Ich war sonst nie samstags am Flugplatz, aber an diesem Tag nahm ich das Auto und fuhr dorthin. Ich bin mir sicher, dass man spürt, wenn jemand geht, zu dem man eine starke Bindung hat. Das wurde mir in dieser Situation bewusst. Hätte ich sonst so gehandelt?

Am darauffolgenden Montag ging ich wie sonst auch in die Firma, rief alle zusammen und erzählte, was passiert war. Schweigend hielten wir uns an den Händen. Das gab mir viel Kraft. Ich wusste, mit dieser Mannschaft, die hinter mir stand, und mit den Freunden, die sofort für mich da waren, würde ich es schaffen, weiterzumachen. Es klingt ein bisschen pathetisch, aber ich versuchte, den Schmerz in Kraft zu verwandeln. Es gelang. Hätte ich mich hängenlassen, wäre ich aus dem Tief ganz schlecht wieder herausgekommen.

Ich habe einige Zeit gebraucht, um mich als Mensch neu zu finden. Geholfen hat mir das Interesse meines Umfeldes. Zum Beispiel wurde ich auf einer Vernissage von einem Ehepaar angesprochen, das aus der Presse von meinem Schicksalsschlag erfahren hatte. Ich kannte Thomas Eller und seine Frau bis dato nicht. Wir sprachen über viele Dinge und aus diesem Gespräch entstand von Seiten Thomas Ellers die Idee, dass ich bei einer seiner Veranstaltungen mitwirken könne, um darüber zu sprechen, was mich lähmte, wie ich es schaffte, loszulassen, und wie es mir gelang, wieder nach vorn zu schauen. Das waren kleine Meilensteine. Es war natürlich nicht einfach, das Unternehmen alleine weiterzuführen. Nach dem Tod meines Mannes kamen viele Angebote von Firmen, die uns aufkaufen wollten. Heute erhalte ich Angebote von Firmen, die *ich* erwerben könnte. Als es mir gelang, die Zahl unserer Mitarbeiter von 45 auf 70 zu erhöhen, hatte ich tatsächlich ein schlechtes Gewissen. Wieso ging es jetzt besser als vorher? Das durfte doch gar nicht sein, oder? Am Prozess des Loslassens und daran, das eigene Leben zu leben, bin ich gewachsen. Was ich auch lernen musste, war, mir Zeit für mich selbst zu nehmen, um das »Hamsterrad der Firmenleitung« zu verlassen. Lange Zeit konnte ich nicht wie früher ein ganzes Wochenende mit dem Lesen eines Buches verbringen. Das gelingt mir jetzt wieder. An einer Lampe, die ich besonders mag, hänge ich Zitate und Gedichte auf, die mich ansprechen und mir wichtig sind.

Ich gehe viel hinaus in die Natur, engagiere mich für die Umwelt und arbeite in verschiedenen Gremien. Tatsächlich bringe ich mich heute mehr als früher ein, zum Beispiel bin ich Vizepräsidentin bei der Industrie- und Handelskammer. Ich besuche Wirtschaftstreffen, unterhalte mich gerne mit anderen Menschen, unternehme viel mit meinen Mitarbeitern, unterstütze die Jugendarbeit und arbeite mit Hochschulen zusammen, um für Jugendliche Perspektiven zu eröffnen.

Das Engagement für Jugendliche lag meinem Mann und mir schon immer am Herzen. Gemeinsam mit der Werk- und Realschule Friesenheim gründeten wir den Verein »Beruf! aus Bildung e.V.«, über den wir Mentoren suchten und immer noch suchen, um Schülern und Jugendlichen zu helfen, deren Potenzial nicht ausreichend gefördert wird oder die keine Unterstützung von zu Hause erhalten. Vielen von ihnen können wir einen besseren Start ins Berufsleben ermöglichen. Heute sind Eltern sehr daran interessiert, dass ihre Kinder aufs Gymnasium gehen. Können sie dort nicht mithalten, werden sie an die Realschule versetzt. Dieses Gefühl des Scheiterns wollen wir vermeiden, indem wir Eltern dazu motivieren, ihre Kinder auf die Realschule zu schicken. Auch dort stehen ihnen alle Bildungswege offen und oft besitzen diese Schüler am Anfang ihrer Ausbildung mehr Selbstvertrauen. Das beste Beispiel ist ein Bekannter von mir: Er besuchte die Realschule, lernte einen Beruf und ist heute Professor an der Hochschule in Offenburg.

Als Frau in Männerberufen war ich schon immer eine Einzelkämpferin. Oft saß ich als einzige Frau am Tisch neben lauter Männern, die erst einmal ein paar Witze zum Besten gaben, um mich zu testen. Um die Situation insgesamt zu ändern, habe ich mich sehr für die Förderung von Frauen in meiner Firma eingesetzt. Leider hatten wir in all den Jahren nur vier weibliche Auszubildende. Auch wenn man Frauen bei Bewerbungen einen Bonus gibt und ihnen Praktika anbietet, um sie zu begeistern, ist es schwer, mehr Frauen für diese Berufsrichtungen zu begeistern. Selbst in entsprechenden Gremien der Wirtschaft (etwa dem Vorstand Wirtschaftsbeirat der Wirtschaftsregion Offenburg Ortenau, in dem ich aktiv bin) gibt es kaum oder gar keine Frauen. Dabei bin ich nicht die einzige Unternehmerin der Region. Nur wenn sich Frauen auch in der Wirtschaftspolitik zeigen, wird das Bewusstsein wachsen, dass die Wirtschaft keine reine Männerdomäne ist. Dabei bin ich gegen eine Frauenquote. Wenn Frauen nicht als Person, sondern aufgrund einer Quote wahrgenommen werden, fehlt ihnen die Anerkennung. Ich nehme aber an, dass es schon in der nächsten Generation anders aussehen wird. Wenn man überlegt, dass es noch gar nicht so lange her ist, dass Frauen nur mit Genehmigung ihres Ehemannes arbeiten durften, dann versteht man, dass der Prozess des Umdenkens eine lange Zeit in Anspruch nimmt.

Meine Firma ist mit ihren 70 Mitarbeitern gut aufgestellt, wobei das gesamte Team für den Erfolg gesorgt hat. Gemeinsam haben wir Neues ausprobiert und wir haben uns zwischenzeitig auch neu aufgestellt. Wie in meinem gesamten bisherigen Leben ging manches gut, anderes bewährte sich nicht. Da muss man durch. Ich bin dankbar für meinen Erfolg und zugleich auch demütig. Denn wenn ich die Welt und die Natur betrachte, weiß ich, dass ich nur ein kleines Rädchen im Universum bin.

*****

BRIGITTA SCHREMPP, geborene Kempf, kam 1955 in Elgersweier bei Offenburg auf die Welt. Nach der schulischen Laufbahn absolvierte sie eine Ausbildung zum Kaufmann im Groß- und Außenhandel. 1980 gründete sie gemeinsam mit ihrem Ehemann August Schrempp das Unternehmen schrempp edv GmbH.

Eberhard Roth

Die Seele der Bevölkerung spüren

Was bewegt einen Menschen dazu, ein öffentliches Amt anzunehmen, ständig im Blickpunkt der Öffentlichkeit zu stehen, zu repräsentieren und vielfältige Aufgaben zu übernehmen? Schon mein Urgroßvater ist Bürgermeister in Kippenheimweiler gewesen. Uns wurde also bereits von Eltern und Großeltern beigebracht, dass man sich im Gemeinwesen einzubringen hat. Das hat mich früh geprägt. Nicht nur im Elternhaus, sondern auch im Verein bekommt man Werte vermittelt und lernt, wie man sich als Mensch in der Gesellschaft bewegt. Diese Werte kann man gewinnbringend für andere und letztlich auch für sich selbst einsetzen.

Der Auslöser für mich, im Sportverein mitzuwirken, war, dass beim Bau des Sportplatzes nicht alles so lief, wie man sich das vorgestellt hatte. Deshalb ließ ich mich auch für die Wahl zum Ortschaftsrat Kippenheimweiler aufstellen. Aus Zufall bin ich dann als letzter Kandidat gewählt worden. Diese Tätigkeit hat mir große Freude gemacht, anschließend ist es schnell weiter gegangen. Der damalige Ortsvorsteher ist wegen schwerer Krankheit früh verstorben, und mein Förderer, Stadtrat Konrad Schneble, bat dann mich, den 23-Jährigen, das Amt des Ortsvorstehers zu übernehmen. Ich war damals der jüngste Ortsvorsteher in Baden-Württemberg.

Ich wuchs schnell in dieses öffentliche Amt hinein, die Entwicklungen in unserem Ort zwangen mich zum Handeln. Durch den NATO-Flugplatz in Lahr lebten viele Kanadier bei uns in Kippenheimweiler, und nach deren Abzug bezogen Spätaussiedler die leerstehenden Wohnungen. Da lernte ich, wie wichtig es ist, sich in diesem Amt um viele kleine Dinge zu kümmern, die die Menschen tagtäglich beschäftigen. Zum Beispiel um klappernde Kanaldeckel, einen schöneren Friedhof oder

nicht funktionierende Straßenlaternen. Dann gab es große Entscheidungen wie den Bau der Kaiserwaldhalle.
Aber auch die Rentenfragen von Kriegerwitwen, deren
Sorgen man sich anhören musste, waren wichtig. Probleme ergaben sich aus dem Verhältnis der Einheimischen
zu den Neubürgern, Lösungen mussten gefunden werden. Ich erkannte, dass Kommunalpolitik das Wohnum-
feld ausmacht, das Gemeinschaftsleben im Ort. Wo sonst
findet man als Ortsvorsteher die Lösung der Probleme?

Eigentlich kann jeder Bürger diese Position einnehmen,
man braucht dazu weder ein Studium noch eine spezielle
Ausbildung, sondern einfach nur täglichen Kontakt mit
den Bewohnern, von den Kindern und Jugendlichen bis
zu den Erwachsenen und Senioren. Man muss in Gedan-
kenaustausch kommen, um die Seele der Bevölkerung
zu spüren. Wenn man das berücksichtigt, kann man auch
wichtige Entscheidungen entsprechend vorbereiten und
die Bürger »mitnehmen«. Das heißt nicht, dass man den
Menschen nach dem Mund reden muss, aber man weiß,
was sie empfinden und kann dieses Empfinden mit in die
Kommunalpolitik einbeziehen. Das war und ist für mich
immer ein ganz entscheidender Punkt.

Eine besonders schöne Erfahrung war die Rede des
damaligen Oberbürgermeisters Philipp Brucker, der bei
meiner Amtseinführung 1977 sagte: »Lieber Roth, denken Sie daran, auch Sie werden ab und zu mit abgesäg-
ten Hosen aus dem Rathaus laufen!« Das war ein wahrer
Spruch, an den ich mich später immer wieder erinner-
te, wenn es die eine oder andere Niederlage im politischen Leben gab. Das muss man verkraften und – bildlich
gesprochen – die Hosenbeine wieder annähen, um mit
kompletten Hosen aus dem Rathaus heraus zu laufen.

Ich wurde 1975 in den Ortschaftsrat gewählt, 1977
zum Ortsvorsteher. 1984 wurde ich in den Ortenauer
Kreistag gewählt, 1989 habe ich bei den Freien Wählern
den Fraktionsvorsitz übernommen, den ich bis heute in-
nehabe. Unsere Fraktion der Freien Wähler im Lahrer
Gemeinderat hat sich sehr gut entwickelt. Vor allem sind
nun auch zwei Frauen in der Fraktion, was insgesamt zu

einer tollen Entwicklung führt. Wir sind im Gemeinderat auf Augenhöhe mit den beiden großen Fraktionen von CDU und SPD und können ein gewichtiges Wort bei der Stadtentwicklung mitreden.

Eine Frage ist mir immer wieder gestellt worden: »Warum tun Sie sich das an?« Oder auch: »Würden Sie das wieder tun?« Für mich steht fest, dass ich dieses Ehrenamt immer wieder übernehmen würde. Ich kann nur jedem empfehlen, sich einzubringen, sich einzumischen. Nicht nur – und das ist ein entscheidender Punkt –, um seine eigenen Interessen durchzusetzen, sondern um einfach miteinander in der Gemeinschaft etwas zu bewegen und dann gemeinsame Erfolge zu feiern. Sei es im Stadtteil oder im Dorf oder in kreis- und regionalpolitischen Belangen. Einzelinteressen durchzusetzen führt im gesellschaftlichen Bereich zu Konflikten und Auseinandersetzungen, bei denen sich viele benachteiligt oder übergangen fühlen. Wenn Macht die größte Rolle spielt, kann das nicht – so denke ich – im Sinne einer gesunden gesellschaftlichen Entwicklung sein. Natürlich sind Begriffe wie Menschlichkeit und Gerechtigkeit immer subjektiv besetzt, aber wenn man versucht, mit gesundem Menschenverstand einen Ausgleich herzustellen, fühlt sich vermutlich jeder beachtet und gerecht behandelt. Und er wird dies auch anerkennen. Dahin zu gelangen ist mein Ziel, und diese Aufgabe nehme ich gerne an.

*****

EBERHARD ROTH wurde im Dezember 1953 in Kippenheimweiler geboren. Nach der Fachhochschulreife folgte die Ausbildung beziehungsweise das Studium zum gehobenen Verwaltungsdienst in Kehl. Seine erste Anstellung hatte er bei der Gemeinde Friesenheim, seit 1981 ist er für die Evangelische Kirche Ortenau tätig.

113

Wo die Liebe hinfällt

Helmut Dold

»Otto, da bahnt sich ebbis an!«

Meine Frau Diana ist 16 Jahre jünger als ich, und als wir uns kennenlernten, war sie noch ein Teenager und ich schon lange Trompetenlehrer an der Musikschule Lahr. Diana begleitete einen meiner Trompetenschüler am Klavier und in der Probe gab es unterschiedliche Auffassungen über eine Wiederholung. Ich sagte schmunzelnd zu meinem Schüler:»Christoph, wemmer mol viel Zit hänn, schwätze mer iiber des Thema Fraue!«

Meine Frau fand das damals furchtbar peinlich – sogar oberpeinlich …

Jahre später trafen wir uns wieder. Sie war inzwischen die Freundin eines ehemaligen Schulkameraden von mir und wir begegneten uns zwei- bis dreimal im Jahr. Jedes Mal dachte ich:»Mensch, des isch so ä Hübschi! Un sie lacht überhaupt nit! Der bringt sie nit zum Lache! Sie isch nit glicklich! Des gits doch nit!«

Dann wohnte ich im Schuttertäler Ortsteil Dörlinbach und mein Vermieter erklärte mir eines Tages:»Wenn man in einem Ort wohnt, sollte man sich auch einmal im Ort zeigen!«

Und so ging ich an einem Sonntagabend eigentlich nicht ganz freiwillig auf das Sportfest in Dörlinbach! Ich trank zwei Bier, aß ein Schnitzel und wollte eigentlich gerade gehen, als – ja, als auf einmal Diana neben mir saß! Wir kamen ins Gespräch, ich merkte gleich, dass es ihr nicht gut ging und nach einer ganz langen Unterhaltung forderte ich sie zum Tanz auf. Meine heutigen Schwiegereltern Gisela und Otto waren auch auf dem Fest und meine Schwiegermutter sagte damals:»Otto, da bahnt sich ebbis an!«

Von nun an trafen wir uns oft, gingen viel zusammen aus, auf Festen stellte ich Diana immer als meine Klavierpartnerin vor, sie erzählte mir viel aus ihrem Leben, ich erzählte ihr ganz viel von mir und schon bald merkte ich: »Des passt ja wunderbar!« Ich war verliebt!

Sie zog dann bald bei ihrem Freund aus und wir legten dieses Datum – den 1. September – als unseren Jahrestag fest.

Irgendwann zog sie dann in meine Junggesellenwohnung nach Dörlinbach und stellte nach kurzer Zeit schon fest: »Die Wohnung isch viel zu klein für uns!« Bei ihren Eltern in Schuttertal wurde gerade eine große Wohnung frei und seither leben wir wunderbar bei meinen Schwiegereltern in der Pfarrgutstraße.

Ein Problem hatten wir aber noch – ich wollte eigentlich nicht heiraten! Aber mit viel Geduld und großer Überzeugungskraft hat meine Frau das schließlich doch ganz locker und lässig geschafft. An meinem 49. Geburtstag – dem 31. Oktober 2007 – haben wir standesamtlich in meinem Heimatort Kuhbach geheiratet und am 20. September 2008 – dem 34. Geburtstag meiner Frau Diana – dann noch kirchlich in Schuttertal.

Meine Frau ist für mich der wichtigste Mensch in meinem Leben: Ehefrau, Partnerin, Geliebte, Freundin, Beraterin, Kritikerin – ein großes Glück, dass wir uns gefunden haben!

HELMUT DOLD wurde 1958 in Lahr geboren. Nach Abitur und Wehrdienst studierte er Trompete an der Musikhochschule in Freiburg. Er wurde Blasmusikdirigent, Trompetenlehrer an der Musikschule in Lahr und stieg in die Dixieland-Szene ein. Nach und nach wurde aus dem bekannten Trompeter Dold auch der Sänger und Entertainer Dold. Und durch den Einstieg in die Mundartszene dann auch noch de Hämme Dold.

Ingeborg und Herbert Schmider

Der Preis der Liebe

Worte reichen nicht, von unserem wundervollen Liebesweg zu erzählen. Ob aus der heimlichen Liebe eine offen gelebte werden kann und ob sie alle Prüfungen überstehen wird? Die Geschichte von uns, Inge und Herbert Schmider, ist eine, die von Gipfelfreuden und Gewissens- und Abgrundnöten der Liebe erzählt, von Zweifeln und Ängsten und von Hoffnungen, von Himmel und Hölle.

INGEBORG SCHMIDER: *Es ist nicht meine erste Liebe, aber die Liebe meines Lebens. Ich war schon einmal verheiratet und habe aus dieser Beziehung eine Tochter, 1968 geboren, und einen Sohn, der 1971 zur Welt kam. Meine Kinder, meine Familie waren und sind mir das Wichtigste. Ich habe Jahre für sie gekämpft und dabei ein Doppelleben geführt: Nach außen heile Welt. Nur nicht hinter die Fassaden blicken lassen! Dort gab es das Leben mit meinem alkoholkranken Mann. Fast alles lastete auf meinen Schultern.*

1978 bekam ich eine Anstellung als Pfarrsekretärin. Mein Leben wurde acht Jahre später gewaltig aus den Angeln gehoben. Der Anlass war Herbert, der vom Bischof nach Lahr geschickt worden ist. Er übernahm den Dienst als Priester in St. Maria. Wie im Dunkel und Winter Licht und Frühling in sein Leben gekommen sind, erzählt er selbst.

HERBERT SCHMIDER: Die Zeit des Erwachens der Liebe war sehr schön, eine romantische Zeit, aber auch eine Zeit des Suchens und Ringens. Dokumente dieser Zeit sind Briefe und Tagebuchaufzeichnungen – Zeugnisse von Liebesunsicherheit, Liebeslast und Liebesglück. Mal schwebte ich auf Wolke sieben, mal ging ich durch die Hölle. Wie hat Inge diese Zeit des Suchens und Findens, die Zeit der Nähe und Distanz erlebt?

Am Anfang war ich natürlich über meine Gefühle für Herbert sehr erschrocken. Ich hatte ja ein gewisses Priesterbild vor Augen. Einen Priester lieben, das kann und darf nicht sein! Ich war von Selbstzweifeln geplagt. Ich wollte es einfach nicht wahrhaben. Verdrängen schien und war mir die beste Lösung. Schmetterlinge im Bauch zu haben war eine neue und aufregende Situation; sie brachte mich ganz schön ins Straucheln. Ein sehr kräfteraubender Kampf in mir begann: Kopf, Bauchgefühl und Herz lagen im Widerstreit, mal siegte die Vernunft, mal das Gefühl. Einerseits sehnte ich mich nach vielen enttäuschenden Erfahrungen nach einem verlässlichen Partner, aber alles sprach gegen diese besonders schwierige Liebe. Probleme hatte ich doch gerade genug. Mit einem suchtkranken Mann im Haus, zwei Kindern, die ihre Mutter brauchten, alle anderen Angehörigen am Ort. Eine heimliche Liebe und ausgerechnet mit einem Priester? Ich konnte es mir einfach nicht vorstellen, wie diese Liebe im Verborgenen eine Chance auf Entfaltung, auf Wachsen und Reifen für eine Entscheidung in Freiheit haben könnte. Wie sollte ich denn diese Liebe auch ausprobieren, wo sie doch laut Kirche verboten war? Wem sollte ich mich anvertrauen und offenbaren? Es gab für uns auch keinen Ort für Vertraulichkeiten, weder im Pfarrhaus noch bei mir zu Hause. Und außerhalb war die Gefahr groß, gesehen zu werden. Immer wieder gab es dann Zeiten der selbst auferlegten Distanz. Sie waren grausam. Die Sehnsucht nach Nähe war kaum auszuhalten. Wir trafen uns dann doch hin und wieder heimlich zu Spaziergängen im Wald oder anderswo außerhalb der »Gefahrenzone«; allerdings gingen unsere Hände immer wieder schnell auseinander, wenn uns jemand begegnete. Bei unseren Ausflügen entdeckten wir viele Gemeinsamkeiten, wie die Liebe zur Natur und den behutsamen Umgang mit der Schöpfung, auch die Dankbarkeit für die kleinen Dinge des Lebens. Wir spürten in uns immer mehr den Gleichklang der Seelen. Nächtelang und heimlich schrieb ich mir vieles von der Seele. Unsere Unternehmungen blieben den Menschen in der Kirchengemeinde auf Dauer nicht verborgen. Die Kirchenbehörde wurde informiert, Herbert wurde zum Bischof einbestellt. Das große Zittern begann, und Herbert wurde auf eine harte Probe gestellt.

Inges Persönlichkeit und Biografie haben mich ange-strahlt und begeistert. Mich zogen die Landschaften ihrer Seele an, mit all ihrer Buntheit und Lebendigkeit. Mich interessierten ihre Träume vom Leben, ihre tiefen Sehn-süchte und großen Hoffnungen. Auch ich war offen für das Andere, Fremde und Neue.

Herbert musste also zum Bischof nach Freiburg. Er bot Herbert an, sich in eine andere Pfarrei versetzen zu lassen; ich könnte als Haushälterin dann nachkommen. Das war für uns unmöglich. Weiter in der Welt des Versteckens, des Vertuschens leben und den Mitmenschen eine Scheinwelt vorgaukeln? Das wollten und konnten wir nicht mehr. Zudem hatte ich ja noch meine Familie in Lahr. Das Leben in meiner geliebten Stadt Lahr aufzugeben, wäre mir bei aller Liebe wirklich sehr schwer gefallen. Herbert wurde dann ein zweites Mal zum Bischof einbestellt.

Erst beim zweiten Gespräch im September 1992 wurde dem Bischof klar, dass meine Entscheidung endgültig war. Er schrieb mir dann sieben Tage später und suspen-dierte mich vom priesterlichen Dienst gemäß den *Cano-nes* 277 und 1394 sowie 1333 des *Codex Iuris Canonici* mit sofortiger Wirkung noch am selben Tag. Ich war nun frei für die Liebe, aber ohne Beruf. Noch einmal bot mir Erz-bischof Oskar Saier an, meine Entscheidung ernstlich zu überdenken und forderte mich dringend auf, in die von mir übernommene ehelose Lebensform zurückzukehren. Er bete für mich. Doch die Würfel waren gefallen: Ich erlebte den Bischof gefangen in seinem Amt, in seiner vielleicht tragischen Rolle als Kirchenmann. Die Tür war zugeschlagen und verriegelt. Inge und ich lagen draußen am Boden. Der Preis der Liebe kann sehr hoch sein. Die Folgen der Liebe waren nicht nur berufliche Umbrüche für uns beide. Manche Umschichtungen im Freundes-kreis taten sehr weh. Einige distanzierten sich von uns. Andere zeigten wahre Freundschaft. Unsere Liebe hat uns existenziell gefährdet, ja gefällt. In diesem Alter und mit diesen Berufsausbildungen – gab es da noch Chan-cen auf dem Arbeitsmarkt? Zunächst fielen wir beide in die Arbeitslosigkeit. Unser Einsatz in der Wohnungshilfe Lahr und mein Amt im Gemeinderat waren ehrenamtlich. Die Katholische Kirche war uns auch Heimat. Ihr Aufbruch im Zweiten Vatikanischen Konzil und danach in der deutschen Synode machte auch uns Freude und Hoffnung. Im Laufe der Zeit ist die Kirche uns dann aber fremd geworden, verloren gegangen. Erst trat Inge aus. Nachdem mir jede berufliche Perspektive, auch in der Klinik- oder Gefängnisseelsorge, verwehrt worden war, trat auch ich aus der Kirche aus. Inge ist in der Ehe gescheitert und ich im Zölibat. In den dunklen und schweren Zeiten waren Inge und ich getragen von unserer Liebe zueinander, von einem Kapuziner-Pater, der am Ende seiner Begleitung damals zu mir sagte: »Geh' heim und sag' deiner Inge endlich, dass du dich für sie entschieden hast«, von zwei Psychotherapeuten und später durch die Supervision, von der Vereinigung katholischer Priester und ihrer Frauen, von unseren Familien, von Inges Eltern, Tochter und Sohn, die mich verständnisvoll aufnahmen, von meiner Schwester, von Sympathisanten und Freunden, von Engeln in Menschengestalt und von Gott.

Ende gut, alles gut? Unser Liebesglück haben wir besiegelt: Am 24. Juni 1995 heirateten wir standesamtlich. Wegen der mehrfachen Exkommunikationen und unseres zwischenzeitlichen Kirchenaustritts war keine katholische Trauung möglich. Zu unserer ganz eigenen Feier wählten wir diese Bibelworte: »Zwei sind besser als einer allein, […] Denn wenn sie hinfallen, richtet einer den anderen auf. […] Außerdem: Wenn zwei zusammen schlafen, wärmt einer den anderen; einer allein – wie soll er warm werden?« (Koh 4) und: »Stark wie der Tod ist die Liebe, […] Ihre Gluten sind Feuergluten, gewaltige Flammen. Auch mächtige Wasser können die Liebe nicht löschen; auch Ströme schwemmen sie nicht weg.« (Hl 8)

Reicht Liebe allein? Durch unsere Wegbegleiter und aus eigener Kraft fanden wir zu beruflicher Selbstständigkeit als gesetzliche Betreuer. Parallel qualifizierten wir uns dazu zwei Jahre lang an der Evangelischen Fachhochschule in Freiburg. Außerdem war ich bis Ende 2012 als

Freier Seelsorger tätig, gestaltete Trauerfeiern und mit Inge zusammen auch Hochzeiten. Nach vielem Hin und Her war am Ende die Kraft der Liebe stärker als alle Hindernisse, die im Weg standen. Energien wurden frei, und gemeinsam fällten wir die Entscheidung, alles aufzugeben und einen Neuanfang mit allen Konsequenzen zu wagen. 1992 war das Jahr der Entscheidung. Es war ein Aufbruch in eine glücklichere Zukunft, besser und schöner als wir es je erträumt haben. Unsere beruflichen Stationen waren merkwürdige Zufälle, um das Wort Wunder nicht zu bemühen. Die Dinge entwickelten sich so gut, dass wir uns ein eigenes Haus schaffen konnten, das wir auch für unsere berufliche Tätigkeit nutzten. Erholung und Kraft finden wir auch im Garten ums Haus. Und wir hatten bisher großes gesundheitliches Glück. Wir beide sind auf andere Weise gegangen als es die Vertreter der Kirche gewollt hatten.

So war überraschend der Frühling in mein Leben gekommen. Tief in mir war die Sehnsucht nach der Lebensgefährtin an meiner Seite erwacht. Wir freuen uns an der uns noch verbleibenden, geschenkten Liebeszeit. Ich schließe nicht aus, nein, ich bin mir sicher: An unserer Seite und auf unserer Seite ist stets auch Gott. Er stellt sich uns immer wieder vor, zart und leise. Das ist meine Vorstellung von Gott, als Anhänger des Jesus von Nazareth.

*****

INGEBORG SCHMIDER, geborene Rehm, wurde im Oktober 1946 in Lahr geboren, besuchte die Luisenschule, später das Max-Planck-Gymnasium und machte einen Abschluss auf der höheren Handelsschule. Als kaufmännische Angestellte arbeitete sie in Lahr. Aus ihrer ersten Ehe hat sie zwei Kinder. Ehrenamtlich war sie in der Pfarrgemeinde St. Maria engagiert. 1978 bekam sie dort eine Anstellung als Pfarrsekretärin.

HERBERT SCHMIDER kam im Juli 1944 in Wolfach auf die Welt. Nach dem Abitur, das er 1965 in Freiburg auf dem Berthold-Gymnasium machte, studierte er Katholische Theologie fürs Priesteramt an der Albert-Ludwigs-Universität in Freiburg. 1967/68 studierte er extern an der Ludwig-Maximilians-Universität München. 1969 kam er ans Priesterseminar in St. Peter. Im Mai 1970 wurde er im Freiburger Münster zum Priester geweiht. Vikar in Burladingen und Gauselfingen und Jugendseelsorger in der Region Hohenzollern/Meßkirch waren die Stationen der seelsorgerlichen Tätigkeit vor seinem Wechsel nach Lahr.

Wendepunkte

Marlies Llombart

Hauptsache Veränderung!

Als Ältestes von vier Kindern – ich habe zwei Schwestern und einen Bruder – wuchs ich auf einem Bauernhof in einer Großfamilie auf. Wir hatten Tiere, es wurden Tabak, Getreide, Rüben, Kartoffeln und Wein angebaut, und meine Eltern, die uns streng katholisch, fast ein bisschen repressiv erzogen, erwarteten von uns, dass wir bei allen anfallenden Arbeiten neben der Schule und in den Ferien mit anpackten.

Ich habe immer nach Veränderung gestrebt. Schon als Zehnjährige kämpfte ich darum, die Realschule in Lahr besuchen zu dürfen, und ebenso ging ich, entgegen der Familientradition, anschließend auf das Integrierte Berufliche Gymnasium. Schon damals habe ich Juan, meinen späteren Mann, kennengelernt, aber die »Liebe auf den zweiten Blick« kam erst zwei Jahre später. Meine Eltern waren nicht glücklich über den spanischen Freund ihrer Tochter, obwohl auf unserem Hof wie in der Nachbarschaft immer ausländische Arbeiter – Italiener und Türken zum Beispiel – lebten, mit deren Kindern wir spielten und aufwuchsen. Toleranz und Akzeptanz waren also selbstverständlich. Im Dorf war man aber nicht so liberal, und meine Eltern mussten sich so manch spitze Bemerkung über den ausländischen Freund ihrer Tochter anhören.

Juan war als Fünfjähriger nach Deutschland gekommen. Sein Vater hatte 1959 begonnen, ein Fruchtimportunternehmen aufzubauen. Juan ging in Deutschland in die Schule und seine Sozialisation entsprach unserem Wertesystem. Außerdem kam die vergleichbare katholische Religiosität unserer Beziehung zugute. Als unsere Eltern sich kennenlernten, hatten sie gleich einen guten Draht zueinander. Meine Eltern folgten einer Einladung nach Spanien, und im Dorf hieß es:»Jetzt gehe d'Bure schu in Urlaub nach Spanien!« Durch diesen Urlaub und die Familienbindung nach Spanien begannen meine Eltern, etwas mehr zu reisen und weltoffener zu sein. Ich bewunderte sehr, dass meine Mutter sogar versuchte, mit mir in der Volkshochschule Spanisch zu lernen, was für sie sehr schwierig war: In den Kriegszeiten war die Schulbildung eingeschränkt gewesen, mit vielleicht zwei Stunden Unterricht am Tag. Eine Fremdsprache hatte sie nie lernen können, und Grammatik und Vokabeln waren zu schwer für sie. Aber Hut ab – sie hat es probiert!

Juan und ich blieben trotz aller Widerstände zusammen. Wir heirateten 1983 an einem heißen Sommertag in Friesenheim und wenn man das Hochzeitsbild betrachtet, sind die Spanier aus Juans Familie pikanterweise eher hellhäutig und die Friesenheimer Familie eher dunkel. Unsere Tochter Liliane wurde 1984 geboren. Wir hatten gerade in Kehl ein Haus gebaut und es war deshalb nicht gerade ein leichter Schritt, als Juan zur Unterstützung seines Bruders Roberto umgehend nach Spanien gerufen wurde. Sein Bruder war im Familienunternehmen, dem Fruchtimport, tätig, die stark wachsende Auftragslage forderte Unterstützung, also musste Juan als jüngster von drei Brüdern diesem Ruf folgen. Für mich war klar: Wo er ist, werden auch Liliane und ich sein. Das war ein weiterer Wendepunkt in meinem Leben.

Die Abreise wurde wegen des vielen Schnees im Januar 1985 auf den Februar verschoben. Wir starteten mit zwei randvoll beladenen Autos – Bücher und Musikanlage mussten mit, die Nähmaschine, alle möglichen Habseligkeiten, damit ich mich in Spanien einleben und wohlfühlen konnte. Meine Mutter begleitete mich und das vier Monate alte Baby in meinem Auto. Unterwegs mussten viele Stillpausen eingelegt werden. Nach einiger Zeit in Spanien in der Stadt Nules meldete ich mich in einem Fitnessstudio an, denn ich wollte wieder etwas in Form kommen. Ich hatte in Kehl schon als Übungsleiterin und Fitnesstrainerin gearbeitet und viele Kurse in Schwimmen, Gymnastik und Aerobic gegeben. Der Studioleiter hatte das offenbar erfahren und meinte: »Sie glauben doch nicht, dass ich Ihnen Unterricht erteile? Sie sind doch die Sportlehrerin und den Unterricht werden Sie geben.« Meinen Einwand, dass ich kaum Spanisch sprechen könne, überhörte er. Ich sah das als große Chance, meine Spanischkenntnisse zu erweitern und mich schneller zu integrieren. Mein Mann fand die Idee hervorragend und meine Schwiegermutter unterstützte mich sehr gerne mit der Beaufsichtigung von Liliane. Ich führte Aerobic in Nules ein und hatte nach kurzer Zeit großen Zulauf.

Mit der Zeit schickten Ärzte Menschen mit Wirbelsäulenerkrankungen in meine Kurse, auf einem Zettel ein paar angekreuzte Übungen. Da fühlte ich mich doch sehr unsicher und bei einem Besuch in Deutschland erkundigte ich mich nach einer Ausbildung speziell für Wirbelsäulengymnastik. Da ich immer noch auf der Warteliste für eine Anstellung als Sport- und Hauswirtschaftslehrerin stand, bot mir das Arbeitsamt eine Umschulung zur Physiotherapeutin an. Der Familienrat tagte und tatsächlich wurde entschieden, dass wir nach einem Jahr in Spanien wieder nach Deutschland zurückkehrten. Mein Mann sollte dort weiter für das Familienunternehmen arbeiten, und ich konnte die Ausbildung zur Physiotherapeutin beginnen!

Also bewegte sich die Karawane an Ostern 1986 wieder zurück nach Kehl. Wir zogen in unser erst vor anderthalb Jahren erbautes Reihenhaus, in dem wir vor dem Umzug nach Spanien nur fünf Monate lang gewohnt hatten. Alle Familienangehörige und Freunde waren überglücklich, uns wieder in der Nähe zu wissen. Diese Freude beruhte natürlich auf Gegenseitigkeit. Ich bemerkte, wie sehr ich die Freundschaften, die Familie, unsere herrliche grüne Landschaft und die abwechslungsreichen Jahreszeiten mit den dazugehörigen Festen genoss. Mein Mann Juan konnte seine Geschäfte genauso gut von Deutschland aus tätigen, und da er hier aufgewachsen ist, fühlt er sich hier wie dort wohl, er war schon lange eine voll integrierte Persönlichkeit.

Im Herbst 1986 sollte meine Ausbildung zur Physiotherapeutin beginnen. Drei Wochen vorher holte ich mir beim Kastaniensammeln einen Zeckenbiss. Ich lag wochenlang in Kork in der Neurologie mit einer schweren

Meningoenzephalitis und konnte nicht gehen, ich stotterte und hatte mein Spanisch vergessen. Ein Super-Gau, ein Schock für die ganze Familie. Der Ausgang war völlig ungewiss. Und wie ging es Liliane, unserem zweijährigen Töchterchen? Gott sei Dank kam Encarna, unser Aupairmädchen aus Spanien. Es dauerte eine Weile, bis sie sich hier orientieren konnte, und für Juan war es eine schwere Zeit. Aber alle drei waren tapfer. Meiner jugendlichen Konstitution war es zu verdanken, dass ich mich verhältnismäßig schnell erholte. Lange Zeit hatte ich noch das Gefühl, beweisen zu müssen, dass meine Gehirnfunktionen in Ordnung sind, denn zu Beginn der Ausbildung in der Krankengymnastikschule stotterte ich unter Stress immer noch etwas.

Es war eine Lehre fürs Leben: Sei positiv, mache aus deinen Fähigkeiten, was immer du kannst, sei dankbar für deine Gesundheit und für alle Möglichkeiten, die das Leben dir bietet. Die Ausbildung war trotz der Hilfe von Encarna eine große Herausforderung, denn mein Mann war geschäftlich viel auf Reisen. Aber wir hatten Freunde, die Familie Thüm, die uns tatkräftig unterstützte, und ich fühlte mich in der Schule außerordentlich wohl und war dankbar, noch einmal die Schulbank drücken zu dürfen.

Das Examen lief glatt, und nach dem Anerkennungsjahr erblickte unser quirliger Sohn Raphael das Licht der Welt. Das war für meinen Schwiegervater die beste Nachricht, denn bisher waren in der Familie »nur« vier Mädchen geboren worden. Unsere Familie war kompletter, das Haus belebter, und Juans Firma machte gute Fortschritte. Er litt jedoch unter Asthma. Diese Krankheit hatte er schon als Kleinkind gehabt, sie verschwand dann, um umso heftiger wiederzukehren, als er 28 Jahre alt war. Kehl in der Rheinebene, mit der Niederdruckwetterlage, wo die Schadstoffe in der Luft kaum von frischem Wind weggeblasen werden, war für ihn als Wohnort unerträglich. Das veranlasste uns nach Lahr – noch näher an meiner Heimat gelegen – zu ziehen. Ich liebe die Vorgebirgszone, die Weinreben, die Hohlgassen. Das Glück stand auf unserer Seite, als wir den Kauf unseres heutigen Wohnhauses besiegeln konnten. Es ist aus dem Jahr 1905 und wunderschön, hatte aber dringenden Renovierungsbedarf. In den nächsten zehn Jahren gingen die Handwerker bei uns ein und aus, einen Herbst lang hatten wir keine Ziegel auf dem Dach, sondern nur Planen, die im Wind flatterten. In dieser Phase, mit der Familienplanung hatten wir eigentlich schon abgeschlossen, kam im November 1992 unsere Tochter Aline auf die Welt – ein riesiges Glück in der großen Unruhe!

In den folgenden Jahren gab ich viele Kurse im Bereich Rückenschule. Außerdem unterrichtete ich sechs Jahre lang an meiner Ausbildungsschule in Eckartsweier Bewegungserziehung und Physiotherapie in der Gynäkologie und konnte so meine beiden Berufe Sportlehrerin und Physiotherapeutin in idealer Weise miteinander verknüpfen. Es waren hochinteressante Jahre, die mich allerdings an die Grenzen der Belastbarkeit führten.

In Lahr fühlen wir uns alle sehr wohl. Die Größe der Stadt bietet uns alles, vom Kindergarten und den Schulen in unserer Nähe über das kulturelle Angebot und die ärztliche Versorgung bis hin – und ganz wichtig – zu den lieben Freunden, die wir gefunden haben. Meine Familie, deren große Anerkennung mein Mann Juan nach den anfänglichen Schwierigkeiten genießt, wohnt in Friesenheim. Viele Wendepunkte und Neuanfänge gab es bisher in meinem Leben, und mit meiner Wahl zur Gemeinderätin im Jahr 2015 begann ein ganz neuer Abschnitt mit neuen Herausforderungen, die ich gerne annehme.

*****

MARLIES LLOMBART, geborene Schmieder, kam 1956 in Friesenheim auf die Welt. 1975 lernte sie ihren späteren Ehemann, einen gebürtigen Spanier, kennen.

Marion Bauer

46 Gramm Hoffnung

Es kommt mir vor, als wäre es gestern gewesen, ich werde diesen Tag in meinem Leben nie vergessen. Es war der 5. Dezember 2011. Es war gegen 14:30 Uhr, als ich vom Joggen nach Hause kam. Ich fühlte mich pudelwohl. Vor einem halben Jahr hatte ich meine Festanstellung gekündigt. Diese existentielle Entscheidung hatte ich getroffen aus Liebe zu mir und zu meiner Gesundheit. Nun führte ich meine freiberufliche Praxis für Trauerbegleitung zu 100 Prozent, 20 Jahre nachdem ich die Ausbildung zur Diplomtrauerbegleiterin an der Akademie für menschliche Begleitung bei Dr. Jorgos Canacakis absolviert hatte. Eine Ausbildung in Logotherapie und Existenzanalyse nach Professor Viktor Frankl hatte ich ebenso gemacht. Hier wurden die Fragen nach dem Sinn des Lebens und des Leidens behandelt. Diese Fragen sollten für mich später noch intensiver werden.

Es war also der 5. Dezember 2011, an dem ich dachte, dass … nein, denken konnte ich damals, glaube ich, nicht mehr. Um 15 Uhr hatte ich einen Termin beim Arzt, der mir mitteilte, dass ich Brustkrebs habe. Es war ein Schock für mich. Ich weiß gar nicht, wie ich nach Hause gekommen bin. Es war Dezember, Schnee war gefallen, nicht viel, nur leicht. Mir kam urplötzlich das Bild einer Schneespur in den Sinn – wie beim Langlauf. Die linke war die neue Spur in meinem Leben, der Albtraum: Ich habe Brustkrebs. Die rechte Spur war mein Alltag, der ohne die Diagnose Brustkrebs verlief. Ich wechselte ständig die Spur. Einmal war ich die Brustkrebspatientin: Albtraum. Kurz darauf wieder die andere Spur: Alltag, wie immer, da gibt es keine Diagnose, ich bin das nicht, die betroffen ist.

Ich fragte mich nicht: »Warum? Warum ausgerechnet ich?« In meinem Kopf war sofort der Gedanke: »Ja, warum ich nicht?« Ich hatte lange genug als Krankenschwester, als Trauerbegleiterin, als Logotherapeutin gearbeitet, mich der Endlichkeit des Lebens, den Lebensfragen gestellt, der Frage, wie Leid im Leben zu bewältigen ist. Ich habe mich immer wieder damit beschäftigt, auch, weil meine Klienten, die mich in ihren Lebenskrisen und in Phasen schwerer Krankheiten aufgesucht haben, diese Fragen stellten. Ich habe versucht, ihnen Hilfestellung zu geben, aus der praktischen und sinnorientierten Philosophie, der Psychotherapie, der Logotherapie nach Viktor Frankl. Plötzlich kam mir der Gedanke: Das ist jetzt eine nicht beantragte Fortbildung mit Praxistest. Das hatte schon etwas Humoreskes. Frankl sagt, man kann zu den Umständen seines Lebens Stellung beziehen. Nun war ich also im Praxistest. Wie würde ich reagieren? Ich war sehr gespannt.

Dann ging es Schlag auf Schlag. Erst die Schock-Diagnose, dann die Voruntersuchungen zur Operation wie Knochenszintigramm, um zu sehen, ob der Tumor schon gestreut hatte, dann die Operation und danach die erneute Ansage: volles Programm, Chemotherapie und Bestrahlung. In dieser Zeit hat mir die praktische und tatkräftige Unterstützung durch meinen Lebensgefährten, meine Familie und meinen Freundeskreis sehr geholfen. Ich selbst hatte nur noch wenig Kraft, ich konnte oft keinen klaren Gedanken mehr fassen.

Ironie des Schicksals war es, dass meine zehn Jahre ältere Schwester eine Woche nach mir ebenso die Diagnose Brustkrebs bekam. Wir erhielten zur gleichen Zeit unsere Behandlungen und während dieser Zeit verstarb dann auch noch unsere Mutter. Meine Schwester hat es leider nicht geschafft und ist drei Jahre nach der Diagnose gestorben.

Ich habe, woher auch immer, die Kraft gehabt, an ihrer Seite zu sein, ihr beizustehen, als Schwester und als Trauerbegleiterin. Ein Geschenk war es für mich, bei ihrem Sterben dabei sein zu dürfen, zusammen mit ihrem Mann und ihrer Tochter. Wir haben sie anschließend gemeinsam gewaschen, abgetrocknet, eingeölt und Totenwache gehalten.

Es war eine ganz tiefe, tiefe Erfahrung. Überhaupt habe ich in den vielen schweren Wochen meiner Krankheit und meiner Therapie und auch danach viele wunderbare Erfahrungen machen dürfen. Es waren Menschen um mich herum, die mich dazu ermuntert haben, wenn mir nicht nach aufstehen war. Die mir die Wäsche gebügelt, mich mit einem selbst gebackenen Kuchen überrascht oder mich mit einer warmen Mahlzeit aufgepäppelt haben. Ich war oft zu schwach, kraft- und saftlos. Da war es für mich eine große Hilfe, wenn jemand kam und mich mit einem »Komm' mit an die frische Luft« aus meinem Loch herausgeholt hat. Ich bin unglaublich dankbar für die viele Unterstützung, auch finanzieller Art durch meinen Lebensgefährten, Familie und meinen Freundeskreis.

Ich erinnere mich, dass ich mir ein kleines Buch zugelegt habe, als der Tag der Operation näher rückte. Ich habe darin fein säuberlich alles aufgeschrieben, was ich empfinde, was ich fühle, welche Ängste ich habe. Ich habe auch alle Briefe eingeklebt, Kurzmitteilungen, Sprüche, alles, was ich in dieser Zeit bekommen habe. Sogar alle SMS von meinem Handy, die ich zugeschickt bekommen habe, habe ich akribisch in dieses Buch übertragen. Die Gebete und die guten Wünsche.

Was die Gebete angeht, muss ich sagen, dass mich gerade während der Bestrahlungszeit mein Glaube getragen hat. Wenn ich schon wählen kann zwischen Verzweiflung, Hoffnung und Glaube, dann wähle ich doch die Hoffnung und den Glauben. Die Zeit auf dem Bestrahlungstisch ist kurz, man darf sich keinen Millimeter bewegen, man ist mutterseelenallein in dem Raum. Das Bestrahlungsgerät läuft im Halbkreis um die gekennzeichnete Stelle und ich habe festgestellt, dass die Zeit für ein ganz schnelles Vaterunser reicht. 30 Vaterunser habe ich in dieser Phase gebetet. Das hat mir genauso gut getan wie der Blick ins Aquarium im Warteraum der Bestrahlungsklinik. Fische leben wie Kinder im Hier und Jetzt. Marion, habe ich mir gesagt, vergiss das Gestern und das Morgen, lebe heute hier und jetzt.

Ich will nicht verleugnen, dass ich schwere Stunden hatte, geprägt von Angst, ja, Todesangst und Panikattacken. Ich hatte als ehemalige Krankenschwester und Sterbebegleiterin schon genügend Schicksale mitbekommen. In den Tagen in der Klinik, vor und nach der Operation habe ich auch Beruhigungsmittel und Schlaftabletten genommen. Aber es waren die Menschen in meiner Nähe, die mich unterstützt haben und die die Fackel der Hoffnung für mich weitergetragen haben, wenn ich einfach nicht mehr konnte. Mit »46 Gramm Hoffnung« bin ich damals aus der Klinik gegangen, so habe ich es für mich genannt. Warum? Als ich nach der Operation aus der Narkose aufgewacht bin, hat die Oberärztin zu mir gesagt: »Wir haben 46 Gramm Tumorgewebe samt Nebengewebe rausgeschnitten.« Ich musste schmunzeln, ich lag ja auf der gynäkologischen Station und dort wurden eben auch Kinder geboren. Da bekommt man auch gleich das Gewicht genannt. Grotesk, aber mit einem gewissen Maß an Humor kann man sich von vielem Schlimmen etwas distanzieren.

Nach den ersten beiden Chemos gingen mir die Haare aus. Ein dramatischer Einschnitt, der oft in seinem Ausmaß unterschätzt wird. Ich habe es auch hier immer wieder mit Humor versucht und Bekannten meine »Haarpracht« als »Modell Barcelona« vorgestellt. Diesen Namen hatte ich beim Friseur gelesen. Meine Schwester ging übrigens ihren eigenen Weg. Sie verzichtete auf eine Perücke und entschied sich für Tücher. Darüber haben wir uns oft ausgetauscht. Dennoch werde ich nie vergessen, als die Haare langsam nachgewachsen sind. Was für ein Gefühl. Und der erste Wind, der durch meine Haare strich. Noch heute öffne ich beim Autofahren das Fenster und lasse den Wind durch meine Haare zausen – was für ein unbeschreibliches Lebensgefühl. Ich fühle mich dann, als hätte mich jemand auf diesem wunderschönen Planeten abgesetzt und ich würde alles zum ersten Mal spüren: die Sonne im Gesicht, den Wind in den Haaren, den Geruch nach frischer Erde und das Rascheln des Laubs. Es ist ein ungemein tiefes Lebensgefühl, das nicht nur ich beschreibe, auch meine Gefährtinnen aus der Rehaklinik empfinden das so. Dass das Leben schön ist, habe ich immer gewusst. Jetzt empfinde ich es noch tiefer und ich denke an alle die stillen Heldinnen da draußen, die dies Schicksal tragen.

Ich habe in der Rehaklinik Frauen getroffen, die Schicksalsgenossinnen waren. Wir waren ein bunt zusammengewürfelter Haufen, den das Leben an einen Tisch gespült hat. Viele unterschiedliche Charaktere, Frauen mit ihren eigenen Lebensgeschichten, aber alle mit einer gemeinsamen Erfahrung: Diagnose Brustkrebs. Kehrtwende im Leben einer jeden Frau. Die Lebensbedrohung, die Angst vor dem Tod, die Hoffnung auf Genesung. Wir verstanden uns ohne Worte. Wir mussten nicht viel miteinander reden, jede wusste sofort, was die andere meint. Diese fünf Frauen an diesem einen Tisch, die das Leben zusammengewürfelt hat, die gibt es immer noch. Bis heute sind wir ein zusammengeschweißtes Team, tragen uns durch die Tage der Nachuntersuchungen, den damit verbundenen Ängsten. Wir schicken uns witzige, aufmunternde, schöne Sprüche und versuchen uns zumindest einmal im Jahr zu treffen. Wir genießen, wir laufen zusammen und spüren das Leben mit jeder Faser unseres Körpers. Natürlich blicken wir dabei mit großer Dankbarkeit auf uns, die wir zurückgeblieben sind. Wir, die wir bis heute überleben durften. Wir denken dabei an die Wissenschaft und Forschung zur Behandlung dieser Krankheit. Wir denken an unsere Ärzte, Physiotherapeuten, Krankenschwestern – einfach an alle, die uns durch diese Zeit begleitet haben. Wir denken auch an all die Frauen, die es nicht geschafft haben. Sind dankbar für unser Glück. Ich würde mir wünschen, dass Menschen nicht erst durch einen solchen Schicksalsschlag wach werden, um das Selbstverständliche zu schätzen, das Geschenk des Lebens, das Geschenk von Gesundheit.

Für mich ist es inzwischen so, dass das, was für viele Menschen das Normalste und Alltäglichste der Welt ist, das Besondere ist. Der Alltag, auch wenn er nichts Außergewöhnliches bietet, ist für mich ein besonderer, einzigartiger Tag. Am wichtigsten sind für mich meine nächsten Angehörigen, die Freunde, die in dieser Zeit wie ein Geländer für mich waren, an dem ich mich festhalten konnte, wenn der Schritt unsicher war. Es war auch wichtig für mich zu spüren, wie sie es aus- und durchhalten, wenn ihre eigene Ohnmacht, ihre eigene Verzweiflung sichtbar wurde und sie mir signalisierten, wie schön es ist, dass es mich gibt. Einen Korb voll Bügelwäsche mitnehmen und zu sagen, »Lass' mal, ich mach das«, mag für denjenigen nicht besonders großartig erscheinen, aber für mich war es eine große Geste des »Ich bin an deiner Seite«.

*****

MARION BAUER wurde im März 1959 in Wolf (jetzt Büdingen, Hessen) geboren. Nach ihrer Ausbildung zur Arzthelferin, ließ sie sich zur Fachkrankenschwester für Intensiv- und Anästhesiepflege an der Uniklinik in Freiburg ausbilden. Neben der Berufstätigkeit besuchte sie das Abendgymnasium, holte das Abitur nach. 1987 heiratete sie, zog nach Lahr. 1989 Geburt eines Sohnes. Von 2004 bis 2009 wirkte sie als Einsatzleiterin in der Sterbebegleitung. Seit 2016 wohnt Marion Bauer in Willstätt und führt eine Praxis für Logotherapie und Existenzanalyse mit dem Schwerpunkt Trauerbegleitung.

Eine schicksalhafte

Begegnung

Uwe Baumann

»Meine Welt ist bunt«

Begegnungen im Leben können vielfältiger Art sein. Neben Begegnungen mit Menschen zählen für mich insbesondere Begegnungen mit der Stille, Begegnungen mit der Natur, Begegnungen mit Kunst und – Begegnungen mit der Welt der Bücher. Sie alle bieten für mich auf jeweils eigene Weise besondere Quellen der Inspiration und Angebote zur Reflexion.

Besondere Begegnungen lösen dabei bekanntermaßen eine besondere Resonanz aus. Sie begleiten und beseelen in der Regel ein Leben lang. Dazu zählt in meinem Leben auch die schicksalhafte Begegnung mit zwei Büchern, genauer gesagt in einem Fall die Begegnung mit einem Gedicht aus einem Buch. Sie haben mich dazu geleitet, mein Leben in »meinen 20er-Jahren« immer mehr mit dem Motto »Meine Welt ist bunt« zu verbinden. Dieser Weise des Daseins bin ich bis heute treu geblieben.

Als erstes ist die Rede von einem Gedichtband des in Danzig geborenen und später in Freiburg und Konstanz tätigen Schriftstellers Werner Sprenger. *Gedichte zum Auswendigleben* – so heißt eines der zahlreichen Werke dieses Autors. In diesem findet sich ein kleines Gedicht:

Es gibt einen Weg, den niemand geht, wenn Du ihn
nicht gehst.
Wege entstehen, indem wir sie gehen.
Die vielen zugewachsenen, wartenden Wege, von
ungelebtem Leben überwuchert.
Es gibt einen Weg, den niemand geht, wenn Du ihn
nicht gehst:
Es gibt Deinen Weg,
einen Weg, der entsteht, wenn Du ihn gehst.

Bereits in jungen Jahren – mit 16, um genau zu sein – war dieser Text Überschrift eines Kurses für Jugendliche, an dem ich im Rahmen einer Veranstaltung der Katholischen Jungen Gemeinde auf dem Weg ins Erwachsensein teilnahm. Dieser wurde von der Bestseller-Autorin Andrea Schwarz geleitet. Schon die Erstbegegnung mit diesen Worten forderte mich heraus. Ich war gerade in der Frage nach der Klärung meiner weiteren beruflichen oder schulischen Zukunft und musste feststellen, dass vorgegebene und zunächst geglaubte Wege nicht wirklich mein Weg waren.

Dieser Satz: »Es gibt Deinen Weg« führte gar dazu, dass ich mein Dasein auf dem Wirtschaftsgymnasium abbrach, um mich aufzumachen, meinen Weg zu suchen und zu finden. Er führte mich relativ früh mit 21 Jahren in die Selbstständigkeit. Da ich schöne Dinge liebte, eröffnete ich zunächst in meinem Heimatort Seelbach einen Kunstgewerbeladen mit einer angeschlossenen Bücherecke. Der Zufall wollte es, dass sich eine Außendienstmitarbeiterin eines Verlages durch eine ebenfalls zufällige Begegnung mit einem Freund von mir in meinem kleinen »Lädeli« vorstellte und ihr Sortiment präsentierte. Eines der zentralen Bücher in diesem Sortiment war oben erwähntes Buch von Werner Sprenger *Gedichte zum Auswendigleben*, in dem eben dieses Weggedicht sogar vorne auf dem Titel prangte. Ich erzählte ihr von der Bedeutung des Textes für mein Leben. Und von der Tatsache, dass dieser Text einen Ehrenplatz in einem Bilderrahmen an einer Zimmerwand gefunden hatte. Eine besondere Verbindung zu diesem Verlag inklusive der Pflege seiner Buchwerke schloss sich in der Folge an. Nach fünf Jahren verkaufte ich – ebenfalls inspiriert von Sprengers Weggedicht – meinen Kunstgewerbeladen in Seelbach. Zuvor hatte ich mich noch als Autor bei einem Gemeinschaftswerk verschiedener Autoren, unter anderem war die oben erwähnte Andrea Schwarz dabei, im Herder-Verlag betätigt. Das Thema war natürlich das Thema »Lebensweg«.

Für meinen weiteren Weg gründete ich 1986 gleich zwei Betriebe. Das eine war die »Ideenwerkstatt«, die ich bis heute betreibe. Ich hatte bemerkt, dass in meinem Leben von dritter Seite aus sehr oft die Frage kam: »Uwe, hättest du nicht eine Idee?« Offensichtlich waren meine Ideen, meine Kreativität und meine Gedankenwege sehr geschätzt. Also warum nicht eine Ideenwerkstatt gründen, um meine Talente, meine Gaben, die mir mit auf den Weg gegeben wurden, auf eigene Art und Weise einzusetzen? Auch dies war ein Weg in ein unbekanntes Land, von dem ich nicht wissen konnte, wohin er mich führt. Sicher war damals lediglich: Dieser Weg passt zu mir.

Das zweite war eine Buchhandlung, die sich aus der kleinen Bücherecke in meinem »Lädeli« herausbildete. Diese Buchhandlung hatte ihren Standort in Lahr. »Momo« – so hieß diese Buchhandlung nach dem gleichnamigen Buch von Michael Ende. Mit *Momo* war ein weiteres, mir bis heute wichtiges Wörterwerk in mein Leben gekommen. *Momo* hatte man in Deutschland ja leider in die Ecke der Kinder- und Jugendliteratur gedrängt. Für seinen Schöpfer Michael Ende war es ein parabelhafter Märchenroman für Erwachsene. Und eben dieser Märchenroman führte nach meinem Gefühl sehr viel guten, gedanklichen Sprengstoff und besten Eigen-und Gemeinschaftssinn in sich. In ihm begegnen sich, wie bekannt, das Mädchen Momo und sogenannte graue Herren, die den Menschen ihre eigene Zeit auf subtile Weise raubten und sie auf Wege der Fremdbestimmung führten. Dieser Roman nahm mich in all seinen Teilen sehr in Bann. Ich erkannte, wie viele »graue Herren« in unterschiedlichsten Auftrittsformen doch auch tatsächlich in der inneren und äußeren Welt eines Menschen ihr Unwesen treiben und diesen dadurch von seinem eigenen Sein abtrennen, ihn sozusagen besetzen und besitzen. Aufgrund des für mich großartigen Wertes des Romans und des darin enthaltenden »kulturellen Sprengstoffes« nannte ich denn auch meine 1986 gegründete Buchhandlung »Momo«. »Momo« war dabei nicht nur ein Name, »Momo« war für mich ein leidenschaftliches Programm und – wenn ich heute genau hinschaue – auch Teil meines Lebensprogramms. Ein freies, mit Werten gepaartes und selbstbestimmtes Leben für jeden Menschen war und ist mir seit meinen Jugendjahren ein wichtiges Anliegen.

Innerhalb der Buchhandlung fand ein vielschichtiges und vielfältiges Kulturprogramm seinen Platz. Mir war stets bewusst, dass Bücher und darin enthaltende Worte, Bilder, Philosophien, Haltungen und Emotionen sehr prägende und bildende Wirkung auf den Menschen haben. Da mir gleichzeitig wichtig war, dass es nicht nur bei »guten« Worten bleibt, sondern Worte und Werte mit Leben und Begegnung gefüllt werden wollen, gründete ich zu der Abteilung Momo-Buch auch gleich noch eine Abteilung Momo-Kultur. Diese bot eine Fülle von kulturellen Veranstaltungen, Projekten und Aktionen rund um Bücherwelten an. 80 bis 100 Veranstaltungen pro Jahr waren an der Tagesordnung. Das Wort wurde so wieder in Zeit und Raum gesetzt und erlebbar gemacht.

Den Buchladen führte ich bis ins Jahr 2000 in Eigenregie, bevor er dann in eine AG umgewandelt wurde. Leider musste diese AG nach einigen Jahren durch vielfältigste Gründe ihre Schließung angehen. Momo-Kultur führe ich noch immer als Vorsitzender eines gleichnamigen Vereins.

Bis heute setze ich mich mit diesem Buch auseinander und entdecke stets neu, was je nach Lebensphase und -alter in diesem Buch an Weisheit und Erfahrung steckt. Der Weg mit diesem Buch führte mich sogar in die zufällige persönliche Begegnung und den Dialog mit dem Lektor und jahrzehntelangen Weggefährten Michael Endes – Roman Hocke. Auch bin ich ebenfalls durch einen Zufall dem Filmemacher begegnet, der einen Film über Michael Ende und sein Werk gedreht hat. *Momo* hat mich in meiner Haltung zu meinem Leben und zum Leben anderer im Laufe von nun nahezu 35 Jahren intensiv begleitet – ja, ich kann sogar sagen, geprägt und auf besondere Weise gefesselt, besser gesagt entfesselt und herausgefordert. Ich habe das Gefühl, dass ich mit diesem Buch, seinem Gehalt und seinem Autor sowie seinen Impulsen noch lange nicht am Ende bin. Weiterhin beschäftigt und inspiriert es mich in meiner Alltäglichkeit. Immer wieder mache ich in der jeweiligen Zeit neue Entdeckungen – auch in den ahnenden Intentionen des Autors für sein Werk. Michael Ende hatte dieses letztendlich als einen Aufruf zu einer besonderen kulturellen Revolution verstanden, die die Freiheit des Menschen zum Ziel hat und letztendlich in der Konsequenz sogar tief in bestehende Geldsysteme eingreift. »Zeit ist Geldphilosophien« haben darin ebenso wenig Platz wie Monokulturen oder andere graue Weisen. »Zeit ist Leben und Leben wohnt im Herzen« – so eines der mir wichtigen Zitate aus diesem Buch.

Ebenso noch lange nicht fertig bin ich mit meinem »Wegtext« von Werner Sprenger. Er begleitete und begleitet parallel zu *Momo* meinen Weg, der immer mehr zu einem ureigenen Weg wurde. Selbstverständlich war die erste Lesung, die es in meinem Buchladen gab, eine Lesung mit dem Schriftsteller Werner Sprenger. Viele andere Lesungen mit anderen Autorinnen und Autoren schlossen sich an, die für mich auch wiederum teilweise folgenreiche Begegnungen mit anderen Lebenswegen waren.

Mein Lebensweg führte mich dann hauptsächlich auf der Bahn meiner 1986 gegründeten Ideenwerkstatt weiter. Ein inhaltlich reiches Leben in der Entwicklung von Projekten im Raum Wirtschaft, Wissenschaft, Kunst, Kultur und Politik füllte sich in den letzten Jahrzehnten darin an. In einem Teil der Arbeit führte er mich wieder zurück zum Namen Werner Sprenger. Er verstarb 2009 in Freiburg. Seine Ehefrau Helga Sprenger bat mich um Begleitung auf dem Weg zur Verlagsauflösung. Eine der Ideen im Blick auf die Verwendung des Geldes aus dem Erlös war die Gründung einer Stiftung, die sich den Themen Frieden sowie soziale Gerechtigkeit annimmt. Und so führte mich der Weg mit diesem Text, der 1975 begann, ab 2014 in die Rolle eines Stiftungsrates. Ein Kreis schloss sich. Seither darf ich mich in dieser Stiftung um die Förderung von werthaltigen Projekten und die Verleihung eines jährlichen Friedenspreises kümmern.

Sowohl im Blick auf *Momo* als auch im Blick auf den »Wegtext« von Werner Sprenger kann ich sagen, dass sie mich intensiv auf meinem Lebensweg begleitet haben. Ganz ehrlich darf ich auch sagen, dass ich nicht immer froh darum war. Es waren nicht immer bequeme Herausforderungen, zu der mich die Wirkung der Worte einluden. Ich war in meinem Leben weniger auf geteerten Straßen als vielmehr in unerforschten Dschungelgebieten unterwegs.

Mich hat am wenigsten das »Ist« als vielmehr das, was werden kann, interessiert. »Sein und schöpferisches Werden« war ein zentrales Motiv. Heute kann ich sagen: Ich habe mir meinen Weg erkämpft, stets um meinen Weg gerungen und ihn engagiert im wahrsten Sinne des Wortes erlebt. Mir war und ist bis heute wichtig, dass ich in meinem Leben original vorkomme. Alle Menschen werden ja schließlich als Original geboren – und so viele sterben als Kopie. Das ist ein Impuls, den ich aus beiden Literaturbegegnungen ebenfalls herausgezogen habe. Ich durfte und darf ein Leben leben, von dem ich glaube, dass es mich zu einem »Original-Uwe« mit allen Ecken und Kanten geschliffen hat. Für dieses Leben auf Berg- und Talfahrten, durch Tag und Nacht, durch Freud und Leid bin ich sehr dankbar.

Mein »Wegtext« sowie *Momo* haben mich letztendlich aus dem Berufsfeld Kaufmann herausgeführt in die Welt des Leiters einer Ideenwerkstatt, in die Welt eines Moderators, Autors und Referenten. Sie waren »Mitverursacher« dafür, dass ich ebenso Gründer und Mitglied eines Artistiktheaters wurde und unter anderem für Lahr eine Ökologiestation auf dem Langenhard oder die gemeinnützige AG Süsses Löchle ins Leben rufen durfte. Auch durfte ich über Jahrzehnte die Entwicklung der Innenstadt Lahrs im Blick auf Handel, Gastronomie und Dienstleistung begleiten sowie mehr als zehn Jahre lang die »Chrysanthema«. Ebenso wurde ich indirekt durch diese Wortwelten zum Wegbegleiter zahlreicher Fernseh- und sonstiger Promis aus der Welt von Kultur und Politik. Ich durfte als Ghostwriter Bücher schreiben und Fernseh- und Radiosendungen mit meinen Ideen bereichern. Über 2 000 Veranstaltungen unterschiedlichster Natur habe ich in meinen nun nahezu 40 Jahren Berufsweg konzipiert und umgesetzt. Etliche Unternehmen und Projekte im wirtschaftlichen, kulturellen und sozialen Raum wurden von mir – vorwiegend in Baden-Württemberg – ins Leben gerufen und begleitet. Im kommunalen Bereich durfte ich landesweit Zukunftswerkstätten leiten und so meine demokratisch beseelte Ader leben. Diese Liste meines bunten Lebens ließe sich noch vielfältig fortführen. Sie weist für mich auf eine Tatsache hin. »I did it my way« – ja, es gibt meinen Weg. Die Texte aus meinen schicksalhaften Buchbegegnungen haben Wirkung gezeigt. Wo der Weg noch hinführt? – Keine Ahnung. Oder doch? Es gibt ja einen Weg, den keiner geht, wenn Du ihn nicht gehst ...

*****

Uwe Baumann wurde 1959 in Lahr geboren. Er lebt heute auf einem Bauernhof auf dem Lahrer Langenhard. Er ist seit vielen Jahrzehnten als Bühnen-Projekt- und Workshop-Moderator, Autor sowie auf vielfältigste Weise als Kulturschaffender unterwegs.

Ottilie Dilger

Amerika – mein zweites Zuhause

Amerika ist zu meiner zweiten Heimat geworden, weil unsere Kinder als Austauschschüler mit der Organisation »American Field Service« (AFS) dort waren und heute in den USA leben. Zuerst war unsere Tochter nördlich von New York ein Jahr lang bei einer Familie, dann ging unser Sohn für ein Jahr nach Kalifornien. Er fühlte sich dort gleich wie zu Hause. Damals waren Telefonate in die USA sehr teuer, ab und zu nur bekamen wir Post. Wir waren überrascht, als eines Tages ein Brief von den Gasteltern unseres Sohnes mit einer Einladung für uns ankam. Sie schrieben, dass sie unseren Sohn so gern hätten, dass sie nun unbedingt uns, seine Eltern, kennenlernen wollten. Sie hatten uns zu Ostern 1977 eingeladen und wollten schon vorher wissen, was wir gerne sehen möchten. Wir antworteten, dass alles neu für uns wäre, da wir Amerika noch nicht kannten, und baten sie, kein spezielles Programm für uns zu planen – wir würden uns einfach freuen, sie kennenzulernen.

Die Gasteltern unseres Sohnes haben uns mit einem Wohnwagen am Flughafen von Los Angeles abgeholt und sind mit uns gleich durch einige Naturparks gefahren. Ich fand das Land von Tag zu Tag schöner. Nach zehn Tagen kamen wir dann in ihrem Wohnort Portola in Kalifornien an. Das Ortszentrum war ziemlich klein, und die Häuser lagen weit verstreut. Überall standen Schilder mit »Land for sale«. Das interessierte uns, mein Mann wollte sich das näher ansehen. Als er zu einem Spaziergang durch den Ort aufbrechen wollte, sagten die Gasteltern, dass er das Auto nehmen müsse, zu Fuß sei das alles zu weit. Er hat sich aber nicht davon abbringen lassen und lief einfach los. Auf meine Frage, warum so viel Land verkauft wird und was es kostet, erzählten sie mir, dass hier früher eine Goldgräberstadt mit etwa 10 000 Einwohnern gewesen war. Nach dem Crash wären alle Bewohner bis auf einige wenige weggegangen. Jetzt kämen aber vor allem viele ältere Menschen, die schon pensioniert waren, von unten aus der San Francisco Bay Area in die Berge, weil man hier im Gegensatz zu San Francisco viel billiger wohnen könne. Die Kosten konnten sie mir nicht sagen. Jedes Stück und jede Lage wären anders. Sie hätten jedoch einen Freund, der Makler war, der könnte mir Auskunft geben.

Ich fragte eigentlich nur aus Neugierde, es war keine Absicht dahinter. Als ich das meinem Mann erzählte, fragte er, ob ich verrückt wäre. Was wir dort sollten, wir könnten ja nicht einmal die Sprache und überhaupt. Die Gasteltern meines Sohnes ließen nicht locker, sie kontaktierten den Makler und der fuhr uns dann herum. Mein Mann bekam große Augen und als er die Preise erfuhr, schlug er zu und kaufte gleich zwei Grundstücke. Eines war 22 000 Quadratmeter und das andere 12 000 Quadratmeter groß. Kaum hatten wir das Land, fing mein Mann an, Baupläne zu machen. Wir waren ja nur 14 Tage vor Ort. Er nahm sich vor, im nächsten Jahr in den Sommerferien wiederzukommen, um ein Haus zu bauen.

Vor der Bebauung musste von der Seitenstraße her ein Anschluss zur Hauptstraße mit allen Versorgungsleitungen gelegt werden. Da mein Mann Wasser- und Schlossermeister in Rheinfelden war, fragte er bei der Stadt an, ob er selbst die Wasserleitungen legen dürfe. Das wurde ihm genehmigt. Er ist dann nur mit unserem Sohn nach Kalifornien geflogen, hat einen Bagger bestellt, die Leitungen und Rohrleitungen über eine Strecke von 150 Metern verlegt und die Straße bauen lassen. Die Stadt schickte einen Inspektor, der die Arbeiten überwachte und abnahm. Das war im zweiten Jahr.

Im dritten Jahr ist unser Sohn an Ostern alleine in die USA geflogen, um einen Handwerker zu suchen, der das Fundament erstellen sollte. Wir hatten in der Zeit, in der wir drüben waren, schon ein Haus in Ständerbauweise bestellt. Es sollte im Mai nach Fertigstellung des Fundaments geliefert werden. Wir kamen im Juni an, aber außer dem Fundament war nichts da. Das war ein großer Schreck. Wir hatten nur noch sechs Wochen Zeit, um das Haus winterfest zu machen. Mein Mann war außer sich, ich hatte ihn noch nie so erlebt. Unser Sohn konnte nicht mitkommen, denn er hatte sich bei seiner Lehrstelle als Steinbildhauer ein paar Wochen zuvor mit einem schweren Stein das Knie verletzt und sämtliche Bänder gerissen. Daraufhin fragte er einen Schulkameraden, der Amerikaner und Austauschschüler in Leinfelden war, ob er nicht an seiner statt mitfliegen und uns, seinen Eltern, bei Übersetzungen helfen würde. Er flog tatsächlich mit uns in die USA, denn auch unsere Tochter konnte uns nicht helfen. Sie war zu diesem Zeitpunkt noch in Ausbildung und bekam keinen Urlaub. Die Lieferfirma war in Verzug. Telefonanrufe halfen nichts.

Ich hatte dann das große Glück, eine Frau aus Stuttgart kennenzulernen, die mit einem amerikanischen Richter verheiratet war. Ihm habe ich alles erzählt. Dass nichts vorwärts ginge, und wir jetzt nicht wüssten, was wir tun sollten. Er nannte uns eine Stelle, an die man sich bei Nichteinhaltung eines Vertrags wenden konnte. Sie drohten der Lieferfirma mit einer Anzeige und dann hat es tatsächlich geklappt: Ein Teil nach dem anderen wurde geliefert, nach kurzer Zeit stand das Haus und konnte winterfest gemacht werden. Und wir flogen glücklich nach Deutschland zurück.

Während der Bauzeit in den USA mussten wir irgendwo wohnen, und auch da kam uns ein glücklicher Zufall zu Hilfe. Im ersten Jahr hatte uns eine Lehrerfamilie, die meinen Sohn aus dem Unterricht kannte, zum Essen eingeladen, und wir erzählten von unseren Bauplänen. Sie fragten uns, wo wir in dieser Zeit wohnen würden. Wir hatten keine Ahnung und uns noch gar keine Gedanken gemacht. Sie boten uns an, in ihrem Haus zu wohnen. Als wir im nächsten Jahr ankamen, zeigten sie uns die Zimmer. Wir brauchten sechs Betten, da auch mein Vater dabei war, sahen aber keine Zimmer für unsere Gastgeber. Auf meine Nachfrage erklärten sie, dass sie im Wohnwagen einer Freundin im Ort schlafen würden. Sie öffneten alle Schränke in der Küche, den Kühlschrank, die Gefriertruhe und den Wäscheschrank und boten uns an, alles zu benutzen. Wir sollten uns wie zu Hause fühlen. Das war eine unglaubliche Geste. Mit dieser Familie waren wir noch viele Jahre befreundet. Auf dem kleineren Grundstück bauten wir unser erstes Haus in den USA. Das größere Grundstück mit 22 000 Quadratmetern teilten wir in drei Teile: Auf einem Teil bauten wir unser zweites Haus, den nächsten Teil kaufte uns ein Nachbar ab, und der größte Teil des Grundstücks wurde nochmals aufgeteilt. Davon schenkten wir unserer Tochter ein Grundstück zu ihrer Hochzeit. Während der Aufenthalte in den USA hatte sie ihren späteren Ehemann kennengelernt, der ein Bruder des Schulfreundes unseres Sohnes ist. Mein Schwiegersohn und unsere Tochter bauten auf ihrem »Hochzeitgeschenk« ihr eigenes Haus und auf dem restlichen Grundstück errichteten sie ein weiteres Haus für uns. Jeden Sommer war mein Mann dabei und half beim Bauen.

Um den größeren Teil des Grundstücks bebauen zu können, musste dorthin eine Straße gebaut werden. Mein Mann ließ von einem Ingenieurbüro die Straße entwerfen, die als Sackgasse mit einem Wendeplatz enden sollte. Die Stadt aber wollte unbedingt eine Durchgangsstraße mit Anbindung an eine andere Straße. Mein Mann lehnte ab und verzichtete auf die Straße. Zwei Jahre später gab es einen neuen Bürgermeister im Ort. Dieser fand den Straßenplan in seiner Schublade und fragte unsere Tochter, ob wir immer noch interessiert wären. Mein Mann sagte: »Wenn es so genehmigt wird, wie ich es geplant hatte, dann machen wir das.« Wir durften die Straße selbst benennen, so kam es zur »Rheinfelder Straße« in Kalifornien.

Als mein Mann pensioniert wurde, haben wir ein paar Jahre lang immer ein halbes Jahr in Deutschland und ein halbes Jahr in den USA gelebt. Meinem Mann hat es dort einfach zu gut gefallen. Während eines Deutschlandaufenthaltes setzte man meinem Mann einen Stent im Herzen ein. Da bekam er es mit der Angst zu tun, denn er überlegte, dass er in Deutschland besser aufgehoben wäre, wenn eine weitere Herzoperation nötig wäre. Während der vielen Jahre in Kalifornien hat er übrigens nie Englisch gelernt. Es war immer jemand da, der für ihn übersetzte, das hat ihn nicht gestört. Aber im Krankenhaus wäre die Sprache schon ein großes Hindernis, merkte er nun. Ich konnte inzwischen sehr gut Englisch sprechen, denn ich hatte mir gleich im ersten Jahr in den USA vorgenommen, die Sprache zu lernen.

Nach einiger Zeit verkauften wir unser Haus, wir bekamen eine kleine Einliegerwohnung bei meiner Tochter. Mein Mann verstarb leider im Frühjahr 2016. Nun reise ich allein nach Amerika, in meine zweite Heimat, wo ich viel Zeit mit meinen Kindern und Enkeln verbringe.

*****

Ottilie Dilger, geborene Feig, kam im Jahr 1938 in Rumänien auf die Welt. Während des Krieges gelangte sie mit der Familie über Schlesien nach Norddeutschland, später dann an den Bodensee. Als sie 16 Jahre alt war, zog die Familie nach Rheinfelden, wo sie ihren späteren Mann kennenlernte. Sie bekamen drei Kinder. Ihr jüngster Sohn war sechs Jahre alt, da begann Ottilie Dilger ein Studium der Theologie in Freiburg im Breisgau. Anschließend arbeitete sie 20 Jahre lang als Religionslehrerin.

Sport bewegt

Waltraud Bothor

Mit dem Sport um die Welt

Das Thema »Sport bewegt« zieht sich durch mein ganzes Leben: Bewegt habe ich mich immer, der Sport hat mich immer bewegt und es ist mir auch gelungen, viele Menschen zum Sport zu bewegen – Kinder, Jugendliche, Erwachsene und Senioren.

Bewegung ist in meinen Augen ein zentrales Lebenselement, das gleichzeitig Lebensqualität bedeutet. Sport beinhaltet die Vielfalt an Bewegung, Sport ist die ganze Bandbreite der vielfältigen Sportarten vom Tanzen bis zum Klettern, von der Leichtathletik bis zum Kunstturnen, von der Gymnastik bis zum Ringen. Die Olympischen Spiele zeigen im Rhythmus von vier Jahren diese Vielfalt: Leider erlebt man im Fernsehen das Jahr über nur Monotonie im Sport!

Ganz gleich, wie – der Mensch muss sich unbedingt bewegen. Durch die Begegnung mit Gleichgesinnten, durch die gemeinsame Aktivität, bewegt der Sport auch unseren Geist, nicht nur den Körper. Er entfacht Emotionen und so entstehen zahlreiche Verbindungen zu Menschen und daraus auch lebenslange Freundschaften.

Lassen Sie mich einen Blick in die Nachkriegszeit werfen, denn die Unterschiede zu heute sind enorm. 1946 durfte sich der Turnverein in meiner Heimatstadt Mosbach in der amerikanischen Besatzungszone als einer der ersten nach dem Krieg neu gründen. In Südbaden war das unter der französischen Besatzungsmacht nicht möglich, dort erhielten Sportvereine meist erst zwischen 1948 bis 1949 die Genehmigung. Das erste Vereinstreffen in Mosbach werde ich nie vergessen: Etwa 80 Frauen und Mädchen kamen in die alte Sporthalle, in die heute niemand mehr auch nur einen Fuß setzen würde – die Fenster und der Boden waren völlig zerstört. Einen Ofen gab es zwar, doch das Ofenrohr ragte aus dem Fenster heraus. Im Winter musste jeder von uns ein Stück Holz oder ein Brikett mitbringen, damit geheizt werden konnte. Auch Geräte gab es so gut wie keine. Die Halle war jahrelang zur Unterbringung von Zwangsarbeitern oder Flüchtlingen genutzt worden. Alles, was irgendwie brennbar war, wurde verfeuert. Die besonderen Umstände machten uns nicht viel aus, in dieser Zeit waren wir gewohnt, zu improvisieren. Wir konnten es uns gar nicht leisten, anspruchsvoll zu sein. Es gab auch keine richtigen Trainer, sondern »nur« begeisterte Ehrenamtliche, die ihre Freude am Sport anderen vermitteln wollten. Später erst konnte ich wertschätzen, welche Mühe sich diese Ehrenamtlichen mit uns gegeben hatten. In den Kriegsjahren hatte es für uns keine Gelegenheit gegeben, Sport zu treiben – entsprechend unerfahren waren wir, aber wir steckten voller Begeisterung.

Wir – das waren hauptsächlich meine Schwester und ich. Meine große Schwester war richtig sportverrückt, sie war damals 16 und ich 14 Jahre alt. Ich habe sie immer zum Sport begleitet und zusammen setzten wir uns ein großes Ziel: Wir wollten 1948 zum ersten deutschen Turnfest nach Frankfurt fahren! Frankfurt lag, wie Mosbach auch, in der amerikanischen Besatzungszone, Sportler aus anderen Zonen war die Teilnahme verwehrt. Für uns stand fest, da gehen wir hin, ganz klar. Mühsam sparten wir das Geld für die Reise nach Frankfurt, aber kurz bevor es losging, kam die Währungsreform und das Geld war (fast) nichts mehr wert. Wir ließen uns nicht abschrecken und schafften es schließlich, dass uns ein Möbelwagen mit nach Frankfurt nahm.

Tatsächlich ermöglichte uns der Sport in diesen frühen Jahren nach dem Krieg, eine Verbindung in die Schweiz, genauer gesagt nach Basel, zu einem Verein für Handball und Turnen herzustellen. Ins Ausland zu fahren, war zu dieser Zeit kaum möglich, aber es gelang uns, diesen Verein 1950 zu besuchen. Das war damals eine größere Reise.

Auch die folgenden Jahre brachten sportliche Aufregungen. Mein späterer Mann, Erwin Bothor, durfte 1952 am ersten Internationalen Jugendlager bei den Olympischen Spielen in Helsinki teilnehmen. Auch wenn wir nicht mit ihm vor Ort waren, nahmen wir großen Anteil an seinen Erlebnissen. Es waren die zweiten Olympischen Spiele nach dem Krieg, bei den ersten, die 1948 in London stattgefunden hatten, war die deutsche Mannschaft noch ausgeschlossen gewesen. 1952 besuchte uns außerdem eine Handballmannschaft aus Dresden, das in der sowjetischen Besatzungszone lag, und zwei der Handballer nahmen wir als Übernachtungsgäste bei uns auf. Daraus entwickelte sich eine bis heute andauernde Freundschaft. Nach Gründung der DDR durften sie uns nicht mehr besuchen, aber wir trafen uns mit ihnen, wenn wir zu sportlichen Veranstaltungen in Berlin waren.

Ende Juni 1954 fanden in Rom die Weltmeisterschaften im Turnen statt. Und daran nahm meine 24-jährige Schwester als jüngstes Mitglied der Nationalmannschaft teil! Für meinen Bruder Otto, für Erwin und mich stand fest: Wir werden sie begleiten. Die Vorbereitungszeit war alles andere als einfach für meine Schwester. Der hohe Stufenbarren, heute Stufenreck genannt, war ein Gerät, an dem sie in Mosbach noch gar nicht trainieren konnte; es war aber im Pflichtprogramm gefordert. Also gingen wir Geschwister mit unserem Vater sonntags in die Halle, wo wir dann verschiedene Geräte so umbauten, dass sie als Trainingsersatz für das Stufenreck dienen konnten. Es gab außerdem kaum Matten, der Schwebebalken war voller Holzsplitter und für den Pferdsprung taugte das vorhandene Sprungbrett nicht. Aber man turnte …

Rom war für uns ein einziges Abenteuer. Von Mannheim aus setzte der Deutsche Turnerbund einen Sonderzug ein. Wir fuhren in der sogenannten Holzklasse, also in der dritten Klasse, auf harten, unbequemen Holzbänken. Der Zug war derart überfüllt, dass die Reisenden auch auf dem Boden und sogar in den Gepäcknetzen lagen. In Lörrach mussten viele wieder aussteigen, weil ihre Pässe abgelaufen waren. Leider befand sich auch Erwin unter ihnen. Wir anderen zuckelten weiter durch die Nacht und fanden kaum eine Minute Schlaf. Schließlich machten sich mein Bruder und ich auf den Weg durch den Zug, um vielleicht doch noch ein Eckchen zu finden, das etwas weniger frequentiert war. Tatsächlich entdeckten wir ein leeres Abteil – später stellte es sich als Schaffnerabteil heraus. Wir legten uns einfach auf die Bänke und schliefen ein. Plötzlich wachte ich auf, weil ich eine Berührung spürte. Ein Fremder stand über mich gebeugt und versuchte, mir die Bluse aufzuknöpfen. Was mache ich jetzt nur?, dachte ich. Zunächst stellte ich mich weiter schlafend. Zum Glück musste der junge Schaffner – so viel konnte ich noch erkennen – in diesem Moment das Abteil verlassen, weil wir in den Bahnhof von Domodossola einfuhren. Ich verschwand umgehend. Meinen Bruder ließ ich schlafen, denn ich dachte mir, dass der Schaffner diesen sicher in Ruhe lassen würde.

Hundemüde kamen wir nach 24 Stunden Fahrt in Rom an. Übrigens war Erwin noch vor uns in der Hauptstadt angekommen: Zusammen mit anderen hatte er es geschafft, dass das Landratsamt ihnen flugs neue Pässe ausstellte. Dann bestiegen sie einfach einen normalen D-Zug und zeigten dort ihren Sonderfahrschein vor. Gut gelaunt und ausgeschlafen empfing er uns in Rom. Dort waren wir in einem Kloster untergebracht, in dem wir uns bis 21 Uhr zum Schlafen einzufinden hatten. Um diese Zeit begannen jedoch erst die interessanten Vorführungen! Da es unwahrscheinlich heiß war und auch nachts kaum abkühlte, verzichteten wir auf die Rückkehr ins Kloster, schauten uns die Wettkämpfe an und verbrachten den Rest der Nacht – wie viele Italiener mit ihren Kindern – auf den Straßen der Stadt. Das hatten wir vorher noch nie gesehen und erlebt.

Die sportlichen Veranstaltungen fanden im Freien in einem Stadion statt. Die Turnpodien waren mit Leinen bespannt, was dazu führte, dass sich die Turner an den Füßen Brandblasen zuzogen. Schließlich turnte man nur noch morgens bis zehn Uhr und dann wieder abends. Entsprechend kurz waren die Erholungsphasen für uns, denn wir wollten ja nichts verpassen. Unser Hauptnahrungsmittel war »Gelati«, das italienische Eis, von dem wir begeistert waren. Diese einseitige Ernährung vertrugen nicht alle, viele wurden krank. Auch ich bekam auf einmal hohes Fieber. Otto und Erwin schleppten mich in das Hotel, in dem unsere Nationalmannschaft untergebracht war. Allerdings ist »Hotel« der falsche Ausdruck, es war eher eine alte Bude. Aber wenigstens konnte ich dort in einem Bett liegen. Ein Arzt untersuchte mich und wies an, mich ins Krankenhaus zu bringen. Dabei musste ich doch mit den anderen nach Hause fahren! Also holten mich die Männer nachts aus dem Hotel und brachten mich zum Zug in Richtung Heimat. Im speziellen Arztabteil wiesen sie mich zunächst zurück, angeblich gab es dort keinen Platz mehr. Als ich aber später im normalen Abteil zusammenbrach, brachten sie mich doch noch dort unter. Danach ging es mir stetig besser. Schon am Brenner fühlte ich mich wieder gesund.

Der Sportverein bot uns damals die einzige Möglichkeit, andere Städte und Länder kennenzulernen. Zum Glück hatten meine Eltern großes Verständnis für unsere Reise- und Abenteuerlust und ließen uns deshalb viele Freiheiten. Die Disziplin Turnen bestand zu dieser Zeit auch nicht allein aus Geräteturnen, sondern auch aus Gymnastik, Tanz, Schwimmen und Leichtathletik. Dadurch trainierten wir mehrere Sportarten parallel. Aus der Sportgruppe dieser Zeit sind übrigens acht Ehen entstanden, die bis heute gehalten haben. Zusammen trainierten wir und zusammen feierten wir.

Es gab in den Folgejahren immer wieder Begegnungen mit Sportlern aus anderen Ländern. Im Lauf der Zeit beherbergten mein Mann und ich in unserem Haus in Lahr Besucher aus etwa 25 Nationen. Mit vielen stehen wir heute noch in Verbindung. Ich habe eine Freundin in Tschechien, aber auch gute Bekannte in Israel, Rumänien, Italien, Frankreich, den USA und Kanada, mit denen ich im Briefwechsel stehe. Eigentlich halten wir durch die vielen Begegnungen und Freundschaften mit der halben Welt Kontakt – so ist zumindest mein Gefühl.

Sport bedeutet für mich Vielfalt, Lebensqualität und Freundschaft. Sport ist Erlebnis. Sport ist Bewegung und Gesundheit – gerade für Ältere. Es ist so wichtig, im Alter beweglich zu bleiben. Nicht nur mit dem Körper, sondern auch mit dem Geist. Sport schafft ein soziales Miteinander, das vor Isolation und Einsamkeit bewahrt. Sicher kostet es Überwindung, sich als älterer Mensch einer Gruppe anzuschließen, aber wenn man den Schritt gewagt hat, kann man nur gewinnen. Ein Sportler aus unserer Gemeinschaft sagte einmal zu mir: »Weißt du, was das Schöne ist an einer solchen Gruppe? Normalerweise verliert man im Alter viele Freunde – hier gewinnt man nochmals neue hinzu.«

WALTRAUD BOTHOR, geborene Brian, wurde im August 1932 in Heilbronn geboren; aufgewachsen ist sie in Mosbach, wo sie ihren Mann Erwin Bothor kennenlernte. Nach dem Abitur studierte sie Sport, Englisch und Französisch in Heidelberg für das Lehramt. 1959 kam sie als Lehrerin ans Max-Planck-Gymnasium nach Lahr. Nach der Pensionierung war sie 20 Jahre für die Freien Wähler im Gemeinderat aktiv.

Dorothea Oldak

Durch Sport ins Leben gefunden

Sportlich bewegt habe ich mich eigentlich nie. Körperliche Ertüchtigung ist nicht meine Welt. Allerdings hat Sport mein Leben in Bewegung gebracht und im Nachhinein betrachtet vor allem in die richtige Richtung gelenkt. Aber der Reihe nach: Ich bin in Urloffen aufgewachsen. Ich habe sieben Geschwister, und ich hatte es als Jugendliche nicht ganz leicht. Meine Eltern waren zu sehr mit der Bewältigung ihrer Alltagssorgen beschäftigt. Wenn man acht Kinder in den Griff bekommen muss, da kann es schon sein, dass einem etwas an der ein oder anderen Stelle nicht so gut gelingt. Ich bin meinen Eltern entglitten. Jetzt kann ich Gott sei Dank problemlos darüber sprechen, denn heute habe ich ein ganz entspanntes Verhältnis zu meinen Eltern. Das war leider nicht immer so.

Mit 13 Jahren bin ich zum ersten Mal von zu Hause weggelaufen. Als 14-Jährige habe ich in einer Woche mehr Alkohol getrunken als heute in ein paar Monaten. Ich habe leichte Drogen ausprobiert, mein Leben bot mir keine Perspektive. Ich fühlte mich von jedem im Stich gelassen, ungeliebt und alleine. Öfter ritzte ich an meinen Armen herum und überlegte, ob Sterben nicht die bessere Alternative wäre. Mit einem Sportverein konnte ich damals überhaupt nichts anfangen, und mit den Menschen in solchen Vereinigungen schon gar nichts. Sie waren mir einfach suspekt. Nachdem ich die zehnte Klasse zum zweiten Mal nicht geschafft hatte, musste ich das Gymnasium verlassen. Ich war nicht traurig darüber, denn ich hatte den Anschluss bereits vor Jahren verloren, da ich mehr schwänzte als anwesend war. Außerdem war ich morgens oft müde, da ich mich abends lieber mit Freunden traf. Doch abends auf der Straße trifft man als 15-Jährige teilweise auf Menschen, auf die man eigentlich nicht treffen sollte. Diese Menschen haben mich in diesen Jahren geprägt. Ich wusste außer »abhängen« auch nichts mit mir und meinem Leben anzufangen. Null Bock, Spießerwelt ... es war eine schlimme Zeit.

Dann trat Toni in mein Leben. Ich habe ihn an meinem 18. Geburtstag kennengelernt. Er kam aus Polen und war Ringer. Auch wenn ich in Urloffen, einer Ringer-Hochburg, wohnte, hatte ich mit Ringen bis dahin nichts am Hut. Toni hatte sich dem ASV Urloffen angeschlossen und über Freunde lernten wir uns kennen, drei Monate später war ich schwanger. Heute sagen wir scherzhaft: »Einmal versucht und gleich gekonnt.« Doch 1984 war dies alles andere als lustig. Meine Eltern waren entsetzt, und Toni und ich planlos.

Ich war viel zu jung, hatte keinen Beruf und Toni keine Arbeitserlaubnis. Er war mit dem Traum nach Deutschland gekommen, hier ein erfolgreicher Ringer zu werden und nicht, um gleich eine Familie zu gründen.

Die Schwangerschaft hat mir wohl mein Leben gerettet, denn mit der Geburt unseres Sohnes wurde mir klar, dass sich irgendetwas in meinem Leben ändern und ich wohl zum ersten Mal in meinem Leben Verantwortung übernehmen muss. Da wir auf keine Unterstützung aus unserem Umfeld hoffen konnten, entschlossen wir uns, zusammen zu ziehen und das Beste aus der Situation zu machen, unserem Kind zuliebe. Wir heirateten, Toni bekam eine Arbeitserlaubnis und so ging es langsam bergauf. Mit einem Ringer an meiner Seite habe ich die ersten Wettkämpfe erlebt und bin bis heute ein Ringernarr. Mich kann man tagelang in eine Ringerhalle setzen und ich bin immer wieder fasziniert, wenn die Ringer auf die Matte gehen und tolle Kämpfe zeigen.

Toni und ich haben einige Jahre gebraucht, um unser Leben einigermaßen in den Griff zu bekommen. Wenn man ein Kind hat, und beide Eltern keine Arbeit haben, dann ist es am Anfang nicht so leicht. Wir sind 1985 nach Freiburg gezogen, Toni hat in der Bundesliga sehr erfolgreich gerungen. Ich habe durch den Sportverein Menschen kennengelernt, die für mich zu Vorbildern wurden. Menschen, die einfach vom ersten Moment an gemerkt haben, dass da eine junge Familie ist, die noch nicht wirklich im Leben angekommen ist. Diese Menschen haben gesehen, dass wir Hilfe brauchten. Hier habe ich gemerkt, dass dem Verein nicht nur der sportliche Erfolg wichtig ist, sondern dass auch die Mitglieder als Menschen wichtig sind und integriert werden. Das hat mich sehr berührt und geprägt.

Toni wechselte zum Bundesligisten Lahr-Kuhbach, deshalb sind wir 1987 nach Reichenbach gezogen. Auch hier erlebte und begegnete ich Menschen wie in Freiburg. Menschen, die einen Beruf haben, gemeinsam Sport treiben und Spaß haben. Das war für mich eine neue Welt. Auch, dass mir wildfremde Menschen einfach helfen, kannte ich nicht. Hier ein Korb Tomaten, da ein paar Äpfel, gebrauchte Kinderkleidung – ungefragt bekamen wir so einiges geschenkt. Null Bock auf gar nichts: Meine bisherige Lebenseinstellung geriet mächtig ins Wanken und hat sich in diesen Jahren stark verändert. Ich habe aus diesen Begegnungen sehr viel mitgenommen, was in meinem späteren Leben auch noch an Bedeutung gewinnen sollte. Was mir die Menschen damals an Hilfsbereitschaft entgegengebracht haben, ist mir bis heute eine der wunderschönsten Erfahrungen in meinem Leben. Und viele dieser Menschen darf ich heute meine besten Freunde nennen. Ohne den Sport hätte ich viele von ihnen wohl nie kennengelernt.

1994 beendete Toni seine sportliche Karriere. Der Leistungssport hatte seine Spuren hinterlassen. Toni war aus gesundheitlichen Gründen nicht mehr in der Lage zu ringen. Dafür ging unser Sohn auf die Matte. Was blieb ihm als Spross eines erfolgreichen Ringers schon anderes übrig? Pascal war Ringer beim ASV Reichenbach und irgendwann war der Verein auf der Suche nach einer Schriftführerin. Ich hatte zwar keine Ahnung, was dabei zu tun war, sagte aber trotzdem zu. Ich wollte einfach etwas von dem zurückgeben, was die Vereine in den frühen Jahren unserer jungen Ehe für uns getan hatten. Ich wurde Schriftführerin und war die erste Frau in der Vorstandschaft der Reichenbacher Ringer.

165

Sport und menschliches Miteinander, wie kann man das verbinden? Diesen Überlegungen bin ich immer nachgegangen. Für meinen Mann waren eher die sportlichen Erfolge sehr wichtig. Er nahm an vielen internationalen Meisterschaften und Turnieren teil und hat jahrelang in der ersten Bundesliga gerungen. Er hätte gerne gesehen, wie sein Sohn in die Fußstapfen seines Vaters tritt und ganz oben mit dabei ist. Doch unserem Sohn war dieser Druck zu viel. »Mein ehrgeiziger Papa – ich kann seine Erwartungen nie erfüllen«, sagte er einmal und tauschte die Matte gegen den Fußballplatz. Aus unserem kleinen Ringer wurde ein Fußballer – und uns wurde klar, dass es nicht die Sportart ist, die zählt. Egal ob Ringen, Fußball oder Turnen, die Hauptsache ist das gute Miteinander. Freundschaften, die man im Verein schließt, sind es, die zählen, die das Leben prägen und es vor allem – sehr oft – in die richtige Richtung lenken.

In Reichenbach habe ich mich von Anfang an sehr wohl gefühlt, nicht nur im Ort, sondern auch im Verein. Als Schriftführerin lernt man einen Verein von der Basis bis in die Spitze kennen, hat intensiven Kontakt zu den Sportlern. Da bleibt es nicht aus, dass man auch deren Familien kennenlernt. Man wird plötzlich zu den Familienfesten eingeladen, ist bei den Geburtstagen dabei, kennt nicht nur die Geschwister, auch Oma und Opa. Mein Freundeskreis wurde durch den Ringkampfsport immer größer. Etwas, wofür ich sehr dankbar bin, genauso wie für die Anerkennung, die ich durch meine Arbeit für den Verein erfahren habe. Auch für mein organisatorisches Talent, das ich dadurch überhaupt erst erkannt habe. Das ist etwas, was ich in meiner Jugend nie erfahren habe. Und plötzlich habe ich gemerkt, dass ich so langsam im Leben ankomme, sogar fest mit beiden Beinen im Leben stehe. Und mir wurde bewusst: Die Mitglieder in so einem Sportverein, sie sind ja eigentlich »nur« ganz normale Menschen. Sie haben vom Urlaub erzählt, von ihren eigenen vier Wänden, von der neuen Küche. Mir erschien dies auf einmal ebenfalls erstrebenswert. Ich wollte auch so leben, so ganz normal. Ich wollte auch ein schönes Familienleben haben, mir etwas leisten können. Und vor allem wollte ich meinem Kind ein Vorbild sein. Ich wollte, dass unser Sohn stolz auf seine Eltern ist. Doch das kommt nun mal nicht von alleine, dafür muss man selbst etwas tun. Bei mir lief alles immer etwas umgekehrt, nicht so, wie es im normalen Leben sein sollte. Doch diese Gedanken waren meine Schritte in ein bürgerliches Leben.

Nach drei Jahren als Arbeiterin in einer Fabrik ermutigten mich Freunde, dass ich doch mehr aus meinem Leben machen könnte. Und so begann ich mit 22 Jahren eine Ausbildung zur Industriekauffrau, die ich erfolgreich beendete. Ich war Schriftführerin bei den Ringern, übernahm später die Geschäftsstelle der Ringergemeinschaft Lahr und wurde 2010 zur ersten Vorsitzenden im Verein gewählt. Mir war das Zwischenmenschliche immer das Wichtigste. Menschen, die sich im Verein wohl fühlen, sind die, die auch bleiben, den Verein unterstützen und etwas bewegen wollen. Diese Menschen haben mir mit ihrem Engagement den Weg in ein normales Leben geebnet. Im Jahr 2011 entschloss ich mich zu einer Weiterbildung zur Management-Assistentin an einer Abendschule. Wenn mir früher jemand erzählt hätte, dass ich eines Tages freiwillig die Schulbank drücken werde, hätte ich ihn wahrscheinlich ausgelacht.

Vor allem meine Vorgeschichte, meine ziemlich unrunde Jugend, die Hilfe, die ich durch die Ringervereine erfahren durfte, sie machen es für mich wichtig, Kinder und Jugendliche zu unterstützen. Auf jeden Fall kann Sport sehr viel auffangen. Ich glaube heute sehr daran, dass Kinder, die Sport treiben, weniger gefährdet sind, Alkohol- und Drogenprobleme zu bekommen. Und wenn eines unserer Ringerkinder ein paar Kilo abgespeckt hat, eine Medaille bei einem Turnier gewinnt und mit stolzgeschwellter Brust auf dem Siegerpodest steht, da könnte ich vor Freude weinen. Lob, Freude, Anerkennung ... damit schenkt man den Kindern und Jugendlichen viel Selbstwertgefühl und Stärke. Etwas, was ich in jungen Jahren sehr vermisst habe.

Im Ringen braucht es nicht nur Fliegen- sondern auch Schwergewichte, jeder trägt zur Teamleistung bei und ist so ein wertvolles Mitglied einer Gemeinschaft. So ist es allen Kindern möglich, ein Teil der Mannschaft zu werden, egal welches Gewicht man auf die Waage bringt. Die Kinder hänseln sich nicht, weil eines zu leicht oder zu schwer ist. Und das stärkt die Ringerkids. Ich selbst litt als Kind sehr unter meinem Übergewicht und der Frust über mein Leben ließ mich meist noch mehr futtern. Bereits in jungen Jahren rauchte ich, weil alle rauchten und weil ich dazu gehören wollte. Eines unserer Ringerkinder sagte einmal zu mir: »Doro, ich fange das Rauchen nicht an, auch wenn mein Freund sagt, dass das cool sei. Ich finde es nicht cool und ich brauche doch die Luft zum Ringen.« Mir war klar: Durch den Sport läuft hier vieles in die richtige Richtung, eine Richtung, die ich als junger Mensch gebraucht hätte.

Nach 20 Jahren Vereinsarbeit bei den Ringern gab ich meine Ämter ab, da ich aufgrund vieler anderer sozialer Projekte Prioritäten setzen musste. Als Pressereferentin stehe ich dem Verein jedoch immer noch zu Verfügung, habe die Homepage erstellt und veröffentliche alles Wissenswerte über den Verein in der Presse und in den sozialen Netzwerken. Die Lahrer Ringer liegen mir am Herzen, weil mir der Verein über viele Jahre sehr viel gegeben hat und so habe ich auch eine Chronik über das Ringen in Lahr geschrieben, der Erlös kam krebskranken Kindern zu Gute.

Manchmal muss ich heute schmunzeln und bin auch ein bisschen stolz auf mich. Wie planlos mein Leben doch begonnen hat, wie unglücklich ich war, wie oft ich meine Zeit vergeudete und ich über das Sterben nachdachte. Heute bin ich der glücklichste Mensch, wenn ich mich engagieren und einbringen, wenn ich helfen kann. Ich engagiere mich nicht nur für die Ringer, ich setze mich unter anderem auch für leukämiekranke Kinder ein, indem ich Typisierungsaktionen organisiere, und ich sammle Spenden für Nepal, seit ich 2015 nach dem verheerenden Erdbeben selbst dort war.

Mein Engagement blieb auch dem südbadischen Ringerverband nicht verborgen. Deren Präsident kannte mich noch als Mädchen aus Urloffen. Martin Knosp meinte, dass es bewundernswert sei, was ich aus meinem Leben gemacht habe, dass dies nicht selbstverständlich sei mit meiner Vergangenheit. Er wollte mich zur Verbandsarbeit bewegen, ich sollte den Ringkampfsport in der Öffentlichkeit populärer machen. Denn nicht nur ich sollte durch diesen tollen Sport ins Leben finden, sondern auch viele weitere Kinder und Jugendliche. Eine Aufgabe, die ich sehr gerne übernommen habe. Gerne berichte ich nun über die vielen tollen Ringervereine und ihr Engagement in Südbaden. Durch diese Aufgabe wächst mein Netzwerk an vielen wunderbaren Menschen inzwischen auch über die Ländergrenzen hinaus. Insbesondere in Lahr sind die Ringer sehr aktiv und leisten großartige Präventionsarbeit. Ich bin der festen Überzeugung, dass es für Kinder kaum eine bessere Sportart als Ringen gibt. Ulrich Trosowski (ehemaliger Bundesliga-Ringertrainer beim KSV Lahr-Kuhbach) ist in unserem Verein Präventionsbeauftragter. Als ehemaliger Lehrer besucht er mit dem Projekt »Gib Gewalt keine Chance – ring mit mir« Kindergärten und Schulen. Wir bekommen tolles Feedback. Kinder brauchen Zuspruch und Bestätigung, doch sie benötigen auch Regeln und Grenzen, sie müssen wissen, was erlaubt ist und was nicht. Leitplanken des Lebens, zwischen denen man sich frei bewegen kann, nenne ich das gerne. Leitplanken, die man im Elternhaus kennenlernen sollte, die aber auch im Sport aufgezeigt werden. Toleranz, Respekt, Disziplin, Regeln, Selbstbeherrschung sind Begriffe, die im Sport eine große Rolle spielen und die mir in jungen Jahren gefehlt haben. Doch diese Eigenschaften sind nicht nur im Sport, sondern im Beruf, im Alltag, im Leben einfach überall wichtig. Körperlich konnte mich der Sport leider nie zu Höchstleistungen antreiben, doch ohne den Ringkampfsport hätte sich sicherlich vieles nicht so positiv entwickelt. Mein Leben wurde lebenswert und dafür bin ich heute überaus dankbar. Ich wünsche mir, dass alle jungen Menschen, die vielleicht etwas planlos in ihrem Leben sind, ebenfalls durch eine Sportart ihren Weg ins Leben finden. Ein Leben, das ich heute jeden Tag als Geschenk betrachte. Das ist auch der Grund, warum ich meine Geschichte erzählt habe, denn ich hoffe, dass sie ein bisschen Mut macht. Jeder kann seinen Platz auf dieser wunderschönen Welt finden, er muss sich nur selbst auf den Weg machen.

*****

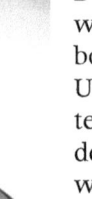

DOROTHEA OLDAK, geborene Wipfel, wurde im Juni 1966 in Iserlohn geboren. Die Familie zog 1972 nach Urloffen. 1984 lernte sie ihren späteren Ehemann kennen. 1985 kam der gemeinsame Sohn zur Welt. Sie wohnt in Seelbach und arbeitet als Management-Assistentin bei der Firma JULABO GmbH, Seelbach. Für ihr Engagement im Ringen und ihre Spendenaktionen für krebskranke Kinder wurde sie in den vergangenen Jahren nicht nur vom Lahrer Oberbürgermeister mit der Bürgermedaille ausgezeichnet, sondern erhielt auch von Hubert Burda den Senator Ehrenamtspreis sowie eine Ehrung beim Sommerfest des ehemaligen Bundespräsidenten Joachim Gauck in Berlin.

Stefan Wölfle

Erst mal gar nicht so
vom Sport bewegt

Sport und Fußball haben mich – ehrlich gesagt – in den ersten 18 Jahren meines Lebens nur ab und zu bewegt. Ich komme letztendlich aus der Kirchen- und Jugendarbeit. Doch gerade diese sollte mich zum Sport bringen. Ich bin 1968 in Lahr geboren und besuchte nach der Grundschule das Max-Planck-Gymnasium.

Bereits meine Eltern waren in der Pfarrgemeinde St. Maria sehr engagiert und sie nahmen mich von klein auf mit. Schon mit vier Jahren war ich bei Zeltlagern dabei. Diese hat die Pfarrgemeinde im Sommer veranstaltet, meine Eltern haben für das Essen gesorgt und ich war mittendrin im Trubel. Als »Lagerkind« war ich immer mit dabei und habe alle genervt, weil alles für mich so interessant war. Dies war mein erster Kontakt zum ehrenamtlichen Engagement und er hat mich sehr geprägt. Als Kind und Jugendlicher habe ich dann alle Stationen in der Pfarrgemeinde durchlaufen, die man durchlaufen kann. Es war eine tolle Zeit, in der ich es lernte, mit jungen Menschen umzugehen. Schnell habe ich Verantwortung und Leitungsfunktionen übernommen. Im Alter von 16 oder 17 Jahren war ich bereits Gruppenleiter. 20 Jahre lang leitete ich die Zeltlager, die ich als Vierjähriger selbst besucht hatte.

Einer der prägendsten Momente hat sowohl mit der Kirchengemeinde als auch mit dem Max-Planck-Gymnasium zu tun. Es war ein sehr trauriges Erlebnis: Eine Ministrantin aus unserer Pfarrgemeinde war an Leukämie erkrankt und verstarb daran im Alter von 14 Jahren. Das war für unsere Ministrantengruppe, deren Leiter ich war, sehr bewegend. Aus dieser Situation heraus bildete sich dann am Max-Planck-Gymnasium eine Gruppe von

Schülern, alle etwa im gleichen Alter wie diese Mitschülerin. Mit Aktionen und Veranstaltungen im Max-Planck-Gymnasium und in der Innenstadt von Lahr sammelten wir über ein Jahr lang Geld für krebskranke Kinder an der Uni-Klinik Freiburg. Es kamen rund 40 000 DM zusammen.

Nach dem Abitur und meinem Zivildienst bei der Kirchengemeinde St. Maria machte ich eine Ausbildung zum Bankkaufmann. Anschließend wurde ich im Bereich Marketing eingesetzt, was mir durch meine vielen früheren Aktivitäten sehr entgegen kam. Seit über 25 Jahren bin ich bei der Sparkasse und meine Erfahrungen aus dem Sportverein haben mich auch beruflich weitergebracht.

Wie kommt jemand wie ich aber zum Fußball? Eine Frage, die sich schon viele gestellt haben, da ich in erster Linie in der kirchlichen Jugendarbeit unterwegs und nur ein mittelmäßig begabter Hobbyfußballer war. In der Pfarrgemeinde haben wir uns regelmäßig zum Kicken getroffen, an Krempelturnieren teilgenommen, was mir großen Spaß gemacht hat. Im Winter hatten wir Jungs keinen Platz zum Kicken. Willi Wagner war nicht nur Hausmeister an unserer Schule, sondern auch Vorstand und Trainer im benachbarten Fußballverein. Bei der Spielvereinigung Lahr trainierte er die C-Jugend. Wir fragten Willi Wagner, ob er uns am Sonntagnachmittag nicht gelegentlich die Turnhalle aufschließen könne. Er ließ uns tatsächlich hinein. Als er selbst für vier Wochen in Kur fuhr, bat er mich, in dieser Zeit das C-Jugendtraining zu übernehmen. Es kam so, wie es kommen musste. Nach vier Wochen wird man nicht einfach mit den Worten, »So, war nett« entlassen, sondern wird gefragt, ob man weiter macht. Das war 1988 – seit dieser Zeit bin ich Jugendleiter in der Spielvereinigung, mittlerweile Sportclub Lahr. Das war mein Weg vom Hobbyfußballer der Pfarrgemeinde zum Jugendleiter eines der größten Fußballvereine der Stadt. Mit jungen Leuten zu tun zu haben, hat mir immer sehr viel Spaß gemacht. Es gibt natürlich auch Momente im Verein, da möchte man alles hinwerfen und fragt sich, warum man sich das antut. Die positiven Eindrücke überwiegen aber in jedem Fall.

Seit über 25 Jahren organisiere ich auch die Lahrer Stadtmeisterschaften im Hallensportzentrum. Dieses große Hallenturnier ist das Highlight der Lahrer Fußballjugend. Alle Lahrer Vereine nehmen daran teil und es wird in allen Altersklassen der Stadtmeister ermittelt. Ich kümmere mich um dieses sportliche Event zusammen mit einem Helferstab von über 100 Freiwilligen. Darunter sind viele aktuelle und ehemalige Jugendspieler. In jedem Verein ist es wichtig, jungen Menschen nicht nur sportlich etwas zu vermitteln, sondern sie auch in das Vereinsleben einzubinden. Die Stadtmeisterschaften sind dafür ein wichtiges Element. Alle machen gerne mit und das Turnier ist, aus der Perspektive des Fußballs betrachtet, ziemlich einmalig in der Region.

Der Höhepunkt des Turniers ist, dass zur Siegerehrung ein Bundesligaspieler anwesend ist. Das ist auch gleichzeitig das Schwierigste – diesen Bundesligaspieler nach Lahr zu bekommen. Man kann sich vorstellen, dass die hoch bezahlten Bundesligaspieler nicht gerade darauf warten, dass wir anfragen, ob sie am Sonntagnachmittag, ihrem in der Regel freien Tag, zu uns kommen. Mittlerweile haben wir aber eine sehr gute Kooperation mit dem Sportclub Freiburg. In punkto Bundesligaspieler habe ich tolle Sachen erlebt. Einmal hatten wir Christian Wörns, damals Spieler bei Borussia Dortmund, eingeladen. Ein Sportartikelhersteller, mit dem wir kooperierten, hatte ihn uns vermittelt. Ein paar Tage vor dem Turnier stellte sich heraus, dass Christian Wörns nicht gewusst hat, wo Lahr liegt und absagen wollte. Er wollte keine 400 Kilometer mit dem Auto fahren, zwei Stunden in Lahr bleiben und dann wieder zurückfahren. Eine Stadtmeisterschaft ohne Bundesligaspieler war für uns und die 700 Lahrer Nachwuchskicker aber undenkbar. Also blieben wir dran. Das Ende vom Lied: Christian Wörns flog auf Kosten des Sportartikelherstellers mit einem Privatjet von Dortmund nach Lahr. Als Verein hätten wir uns das nie leisten können.

Seit ich im Fußballverein tätig bin, bewegen mich zwei Themen sehr: Das eine ist Integration, das andere Akzeptanz. Gerade in Lahr, ob bei den Ringern, im Turnverein oder anderen Vereinen, ist das Thema Integration ein ganz wichtiges Thema. Natürlich ist der Fußball eine Sportart, die weitverbreitet ist und überall in der Welt einen hohen Beliebtheitsgrad hat. Im Sportclub Lahr betreuen wir über 400 Kinder und Jugendliche zwischen vier und 18 Jahren. Über 60 Prozent von ihnen haben einen Migrationshintergrund. Für Kinder ist es generell wichtig, dass sie in einen Verein integriert werden. Dort sind sie einfach gut aufgehoben, bekommen Kontakt zu anderen Kindern. Ein Problem gibt es dabei allerdings: Viele Familien mit Kindern mit Migrationshintergrund sind kein Vereinsleben gewohnt. Sie wissen gar nicht, was ein Verein leistet, und wie wichtig es ist, dass man sich im Verein als Elternteil engagiert.

Das andere ist die Akzeptanz. Auch eine Sache, die mich sehr bewegt. Manchmal fahre ich zu Auswärtsspielen als Jugendleiter mit, wenn es zu wenig Fahrer gibt. Mitunter beobachte ich, dass die Eltern der Gegenmannschaft über die vielen Ausländer bei uns in der Mannschaft tuscheln. Wenn wir dann auch noch gewinnen, dann heißt es schnell: »Immer diese Ausländer.« Wenn Eltern so denken, geben sie es vermutlich auch an die Kinder weiter. Wir haben selbst in unserem Verein die Erfahrung gemacht, dass es Eltern gab, die ihre Kinder ganz gezielt wegen des hohen Ausländeranteils nicht zur Spielvereinigung Lahr geschickt haben.

Was mich außerdem am Sport bewegt hat, ist die Fusion der beiden Lahrer Traditionsvereine – der Spielvereinigung Lahr und des Lahrer Fußballvereins – zum Sportclub Lahr zum 1. Juli 2015. Fusion ist immer ein sensibles Thema, egal, ob zwei Fußballvereine oder zwei Gesangsvereine zusammenkommen wollen. Dieses Thema war nicht neu. Ich war vor 20 Jahren schon dabei, als das Thema diskutiert wurde und kurz vor der Abstimmung scheiterte. Dieses Mal ist es uns wirklich gut gelungen, die Mitglieder von der Notwendigkeit dieses Schritts zu überzeugen.

Als Jugendleiter im Verein verbringe ich dort viel Zeit, fast die ganze Freizeit. Wenn ich gefragt werde, warum ich das eigentlich alles mache, dann sind es die kleinen Dinge des Lebens, die mich motivieren. Ich freue mich, wenn zum Beispiel an Weihnachten vor der Tür mal eine kleine Flasche Wein steht oder Pralinen mit einem Kärtchen von Spielern oder von Eltern, mit ein paar netten Zeilen. Das sind die kleinen Begegnungen, die einen immer wieder für das Ehrenamt neu motivieren.

*****

STEFAN WÖLFLE lebt seit seiner Geburt im Jahr 1968 in Lahr. Er arbeitet als Bankkaufmann und ist seit über 35 Jahren ehrenamtlich aktiv.

Über Schutzengel

Samuel Come und Susanne Moussa

Einfach aufgenommen!

SAMUEL COME: Ich bin 18 Jahre alt und in Deutschland geboren. Zurzeit absolviere ich eine Ausbildung als Fachkraft für Lagerlogistik am Flugplatz in Lahr. Meine Mutter ist krank, deshalb hatten wir, als ich älter wurde, große Probleme miteinander. Das Jugendamt organisierte eine Pflegefamilie für mich. Unter der Woche wohnte ich dort und an den Wochenenden bei meiner Mutter. Das ging eine Zeit lang gut, aber ich wollte nicht auf Dauer in einer Pflegefamilie bleiben, sondern zurück zu meiner Mutter. Ich machte es meiner Pflegefamilie immer schwerer mit mir, sodass sie sich von mir trennte, und ich wieder bei meiner Mutter lebte. Auch meine Mutter freute sich darüber; auf Dauer funktionierte unser Zusammenleben jedoch nicht. Aber wo sollte ich hin?

Zwei, drei Monate wohnte ich bei meiner Schwester. Sie hatte ein kleines Kind – langfristig war für mich kleinen Bruder dort kein Patz. Da ich noch in Ausbildung bin und mir keine eigene Wohnung leisten kann, wäre eine Wohngruppe wie zum Beispiel im Dinglinger Haus gut für mich gewesen. Aber es war kein Platz frei. Das Jugendamt fragte, ob ich nicht in meinem Bekanntenkreis jemanden wüsste, der mich bei sich aufnehmen könnte, bis ich volljährig sein würde.

Ich hatte Bedenken, einfach so auf einen Freund zuzugehen und zu fragen: »Kann ich bei dir wohnen?« Schließlich überwand ich mich und war so mutig, meinen besten Freund Dominik, Susanne Moussas Sohn, anzusprechen. Ich kenne ihn seit dem Grundschulalter und habe viel Vertrauen zu ihm. Trotzdem fiel es mir nicht leicht zu sagen: »Du weißt ja, ich habe es im Moment daheim ziemlich schwer und es kann so nicht mehr weitergehen.« Dominik verstand eigentlich sofort, was ich ihm mit dieser Umschreibung sagen wollte. Aber er ließ mich ein bisschen zappeln. Er wollte, dass ich selbst den Mut aufbringe, ihn und seine Eltern offen darum zu bitten, bei ihnen wohnen zu dürfen. Aber dann half er mir doch und fragte seine Eltern.

SUSANNE MOUSSA: *Wir kennen Samuel schon sehr lange. Im Grundschulalter waren Dominik und er zur Stadtranderholung auf dem Langenhardt. Aus diesem Zusammensein ist eine feste Freundschaft entstanden. Samuel war in der Folge viel bei uns, oft ganze Wochenenden. Die beiden waren beste Freunde und auch wir schlossen Samuel ins Herz. Dadurch lernten wir auch seine familiäre Situation kennen, die Probleme seiner Mutter ebenso wie die seiner älteren Schwester, die früh bei der Mutter ausgezogen war. Im Wohnzimmer der Schwester auf dem Sofa zu schlafen, das war auf Dauer keine Lösung für Samuel.*

Als Dominik bei uns für Samuel anfragte, riefen wir den Familienrat zusammen und beschlossen, Samuel bei uns aufzunehmen. Wir haben ihn gern und wollten nicht, dass er möglicherweise in ein Umfeld gerät, in dem er mit Drogen und Alkohol in Berührung kommt. Wir hatten schon immer ein offenes Haus für die Freunde unseres Sohnes, das Haus ist groß genug – also wagten wir es. Natürlich waren die nächsten Schritte nicht einfach. Gespräche mit dem Jugendamt, Einholen der offiziellen Einwilligung der Mutter, da Samuel noch nicht volljährig war. Seine Mutter war zu dieser Zeit im Krankenhaus und hatte ihre eigenen Probleme zu bewältigen, aber sie sagte zu. Wir richteten ein Zimmer für Samuels Bedürfnisse ein und holten seine Sachen ab. Letztlich ging alles doch recht schnell.

Dominik ist ein Einzelkind. So toll es anfangs war, seinen besten Freund ständig um sich zu haben, kam es bald auch zu kleinen Eifersüchteleien. Es dauerte ein paar Monate, bis sich ein neuer Familienalltag mit Samuel eingespielt hatte. Jetzt sind alle Anfangsschwierigkeiten überwunden und wir leben so gut unter einem Dach zusammen, dass wir noch zusätzlich ein junges Mädchen aufgenommen haben, das zu Hause ausziehen musste.

Ich finde es wichtig, Jugendlichen zu helfen, sie nicht auf der Straße stehen zu lassen, sondern ihnen eine neue Perspektive zu geben. Samuel ist jetzt in einer Ausbildung, auch wenn er nicht in diesem Beruf bleiben möchte. Sein Traum ist es, Polizist zu werden. Die Bewerbungsunterlagen dafür hat er eingereicht. Wir drücken ihm die Daumen, dass er die Aufnahmeprüfung bei der Polizei besteht.

*****

SAMUEL COME kam 1997 in Lahr auf die Welt, wo er die Schule besuchte und eine Ausbildung im Bereich Logistik absolvierte.

SUSANNE MOUSSA wurde 1965 in München geboren; in ihre Wahlheimat Freiburg kam sie 1984. Sie machte eine Ausbildung zur Arzthelferin. Seit 1997 lebt sie gemeinsam mit ihrem Mann und ihrem Sohn in Lahr. Im Zweitstudium studierte sie Kunst.

181

Alles auf Anfang

Maurizio Poggio

Ohrfeigen des Schicksals

Manchmal entscheidet man sich aus freien Stücken, alles zurück auf Null zu drehen, um anschließend neu zu beginnen. Hin und wieder verteilt aber auch das Schicksal Ohrfeigen, die die Menschen nicht direkt aus der Bahn werfen, sie jedoch zum Umdenken und Verändern ihrer Handlungsweisen veranlassen. Ich musste in meinem Leben so einige dieser Ohrfeigen einstecken, doch traf ich die meisten Entscheidungen freiwillig. Manchmal waren es kalkulierte Überlegungen, manchmal reine Bauchentscheidungen.

So entschied ich mich freiwillig, einen Dienst bei der Bundesmarine anzutreten und ebenso freiwillig diesen wieder aufzugeben, als 1968 die Notstandsgesetze verabschiedet wurden. Auch meine anschließende Umsiedlung nach Berlin beruhte auf eigener Entscheidung und fiel in die Zeit der Endsechzigerjahre, wo es aufständisch brodelte, Benno Ohnesorg erschossen wurde und die Kommune 1 das bürgerliche Denken in seinen Grundfesten erschütterte. Es war nicht immer leicht in dieser Zeit neben Philosophiestudium noch Abonnenten für Zeitschriften zu werben und dazu im Auftrag des KaDeWe Lampen in Millionärsvillen zu installieren. Doch ermöglichten mir gerade diese Kontakte, mich selbstständig zu machen und mit Hilfe eines Malermeisters ein Malergeschäft mit über 20 Angestellten erfolgreich zu führen, was mir einen gewissen Wohlstand einbrachte.

Das Schicksal schlug auf der Berliner Stadtautobahn an der Anschlussstelle Hohenzollerndamm so heftig zu, dass mich sein Schlag zunächst vollkommen außer Gefecht und danach in eine tieftraurige Ohnmacht versetzte. Als ich nach einem dreitägigen Koma aufwachte, musste ich erfahren, dass die Frau und die beiden Kinder, welche in meinem Wagen gesessen hatten, nicht mehr lebten. Die richterliche Feststellung, dass mir keine Schuld an dem Unfall angelastet werden könne, befreite mich allerdings nicht von meiner innerlichen Qual.

Statt des mehrfach in dieser Zeit angedachten Selbstmordes, kaufte ich mir einen Rucksack, beauftragte meinen Betriebsleiter mit dem Verkauf meines Geschäfts und machte mich auf den Weg. Ich beschloss, alles hinter mir zu lassen; wollte mit der Abnabelung von allem Materiellen auch die quälenden Erinnerungen an den Unfall und die dadurch entstandenen Ängste zurück lassen.

Ein Lebensabschnitt endete und das bedeutete: »Alles auf Anfang!«

Mein Weg führte mich in Richtung Osten, wobei mich meine Gedanken an das Geschehene weiter verfolgten, trotz der zahlreichen neuen Eindrücke, die meine Reise mit sich brachten. Erst in Indien, und später in einem buddhistischen Kloster in Nepal verblassten die Erinnerungen langsam. Zumindest traten sie so weit in den Hintergrund, dass sie nicht mehr stetig quälend mein Denken bestimmten. Wahrscheinlich hat mich dieses neue Leben, mit den asketisch lebenden Mönchen und den Hinduismus lehrenden Gurus, sehr geprägt.

Ich mache einen Zeitsprung: Über Südamerika und Afrika kam ich nach Portugal, wo ich neue Bekanntschaften machte. Auf einem derartig langen Trip um die Welt lernt man immer wieder Menschen kennen, mit denen man eine gewisse Zeit verbringt. Die neuen Freunde kannten sich in Marokko und hier besonders im Rif-Gebirge sehr gut aus. Sie wussten auch, dass es dort neben der phantastischen Bergwelt gutes Haschisch preisgünstig zu kaufen gab, welches sich an der Algarve mit Gewinn verkaufen ließ. Da einige meiner Kameraden mit der Polizei oder dem Zoll bereits einschlägige Erfahrungen gesammelt hatten, oblag es nun mir, dem »unbeschriebenen Blatt«, diesbezüglich tätig zu werden und dadurch die neue Freundschaft zu festigen. Einige Monate verbrachte ich so zwischen dem marokkanischen Chefchaouene und dem portugiesischen Lagos pendelnd, bevor ich mich zu Fuß auf den über 3 000 Kilometer langen Weg machte, um meinen Vater in Österreich zu treffen, der in wenigen Monaten seinen 80. Geburtstag feiern würde.

Zwischen Valencia und Tarragona schlug dann das Schicksal so heftig zu, dass ich vollkommen aus der Bahn geworfen wurde und meine innere Uhr für einige Tage auf Null stehen blieb, bevor sie langsam wieder ihre Arbeit aufnahm.

Als ich erwachte, lag ich in einem sauberen weißen Bett. Eine junge Frau betrat das Zimmer, betrachtete mich kurz und eilte wieder hinaus. Kurz danach öffnete sich die Türe erneut und drei Personen nahmen mich in Augenschein, wobei sie sich unablässig unterhielten. Ich verstand nichts! Auch nicht, als die ebenfalls anwesende und freundlich lächelnde Nonne mir Fragen zu stellen schien. Resignierend verließ die Gruppe wieder den Raum und ich ertastete auf meinem Kopf einen Verband. In dem Spiegel, der über einem Waschbecken hing, betrachtete ich daraufhin ein Gesicht, welches mir fremd war.

Später kam ein jüngerer Mann ins Zimmer, den ich endlich verstand! Er erklärte mir, dass ich auf der Straße zwischen Benicarlo und Vinaros bewusstlos und mit einer frisch genähten Kopfwunde aufgefunden worden sei und man mich hierher, ins Hospital Provencial nach Castellon de la Plana, gebracht habe. Das sei vor vier Tagen gewesen. Polizeiliche Ermittlungen bezüglich eines Unfalls oder Überfalls hätten keine Ergebnisse gebracht und man wisse auch nicht, wer meine Kopfwunde genäht habe. Es stünde lediglich fest, dass die Wunde professionell behandelt worden sei.

Der junge Mann wollte wissen, wie ich hieße, woher ich käme und wohin ich unterwegs gewesen sei. So sehr ich überlegte, so sehr ich mich anstrengte an das Vergangene anzuknüpfen, es gelang mir einfach nicht. Es war mir nicht einmal möglich, mich mit mir zu identifizieren. Ich brach in Tränen aus. Wer war ich, warum war ich an diesem Ort? Woher kam ich und wohin sollte mein Weg mich führen? Es gab keine Antwort! Ich war mit mir allein und die Schatten der Vergangenheit verdunkelten mein Gedächtnis. Es wurde eine Amnesie diagnostiziert.

Nach drei Wochen und vielen Gesprächen mit dem Mann, von dem ich nun wusste, dass er Psychiater war und Deutsch mit mir sprach, brachte man mich am Pfingstfreitag zum deutschen Generalkonsulat nach Barcelona. Man hoffte, dort meine Identität klären zu können. Ein Beamter schob mir ein Formular unter der wohl schusssicheren Glasscheibe durch, welches ich bitteschön ausfüllen wolle. Und da waren sie wieder, diese quälenden Fragen nach mir selbst. Fragen, die ich nicht beantworten konnte. Ich weinte und der Beamte glaubte zunächst, dass ich nicht schreiben könne. Dann schien er sich zu erinnern und sagte: »Ach, Sie sind der aus Castellon.« Ich nickte, woraufhin er bedauernd darauf hinwies, dass man im Konsulat bereits auf einen Feiertagsmodus geschaltet habe und sich für mich vor Dienstag kein Ansprechpartner finden ließe. Ich solle bis dahin doch besser in das Hospital de Barcelona gehen. Er gab mir einige Peseten und rief ein Taxi.

Zwar fuhr ich in dieses Krankenhaus, hielt es dort aber keine halbe Stunde aus, nahm meinen Rucksack, der mir trotz aller Umstände neben einem schwarzen Sombrero geblieben war und entfloh dieser sterilen Gesundheitsfabrik, obwohl ich nicht wusste, wie es weitergehen sollte. Draußen nieselte es und abseits einer Rambla vernahm ich klassische Gitarrenmusik aus einem Hof. Ich setzte mich auf eine Steintreppe und lauschte weinend den Klängen, wobei ich mich erneut auf die geistige Suche nach meinem bisherigen Leben begab, ohne dafür Anhaltspunkte zu finden. Wer war ich? Machten sich vielleicht Menschen Sorgen um mich? Was habe ich für ein Leben geführt? Diese Fragen begleiteten mich, als ich wieder auf die Straße trat und jemand »Hut« rief. Ich achtete nicht darauf und wieder rief jemand: »Hut, hey! Hut!« Schritte kamen näher und ich spürte eine Hand auf meiner Schulter. »Hallo, Hut. Was machst du denn hier? Du kennst mich doch.« Der Mann meinte mich, doch ich kannte ihn nicht. Nachdem ich meinem Gegenüber die Situation geschildert hatte, in der ich mich befand, erzählte er von unserer gemeinsamen Zeit in

Portugal und den gemeinsamen Deals. Er wusste auch, dass ich in Deutschland per Haftbefehl wegen Steuerhinterziehung gesucht wurde. Dass mein Betriebsleiter die Firma nicht nach meinen Anweisungen abgewickelt und Unterschriften gefälscht hatte, erfuhr ich Jahre später von der Staatsanwaltschaft.

Unter diesen Umständen durfte ich die deutsche Botschaft auf keinen Fall wieder betreten. Mein neuer, alter Freund wusste Rat. »Als wir zwischen Marokko und Portugal unterwegs waren, mussten wir doch immer damit rechnen, geschnappt zu werden. Darum hatten wir einen zweiten Pass gebunkert. Wenn du nur deinen Kulturbeutel noch hättest.« Ich hatte ihn – und in der Tat war dort im Mittelsteg ein Pass eingeschweißt. Ein italienischer Pass, der auf den Namen Maurizio Poggio ausgestellt war.

Nun wusste ich zwar immer noch nicht wer ich war, hatte aber zumindest einen Namen und ich besaß eine Identität, deren Vorleben des rechtmäßigen Besitzers mir ebenso unbekannt war, wie mein eigenes. Für mein neues Leben musste ich mir eine Legende basteln, welche halbwegs glaubwürdig erschien. Da ich kein Italienisch sprach, erfand ich einen italienischen Vater, der meine deutsche Mutter, bei der ich in Deutschland aufwuchs, früh verließ. Alles Weitere wollte ich dem Zufall überlassen.

Auf der Suche nach meiner verlorenen Identität fuhr ich nach Griechenland, wohin ich laut Aussage meines unbekannten Bekannten eine Beziehung zu haben schien. Und tatsächlich, die Dörfer in der Mani kamen mir bekannt vor und besonders beim Eintreffen in dem kleinen Ort Kotronas erlebte ich mein erstes Déjà-vu. Die Manioten kannten mich und ich konnte mit diesen Menschen auch etwas anfangen. Im Grunde begann dort mein neues Leben, denn ich erfuhr von den Eltern und einer Schwester, nahm Kontakt zu ihnen auf und nach und nach entstand ein neues Persönlichkeitsbild, welches sich im Laufe der Jahre immer weiter vervollständigte. Das Leben war nicht mehr ganz so fremd und die fehlenden Erinnerungen, die es noch heute gibt, ergänze ich mit selbst inszenierten Details. Knapp neun Jahre später kam ich nach Deutschland zurück, wo es wieder hieß: »Alles auf Anfang!«

Den Namen Maurizio Poggio habe ich als meinen Künstlernamen behalten. Unter diesem Namen habe ich Bücher veröffentlicht und ich halte Multimediashows von meinen verschiedenen Reisen und Aufenthalten im In- und Ausland.

MAURIZIO POGGIO wurde 1947 in Essen geboren. Im Jahr 2000 zog er nach Südfrankreich, wo er überwiegend als Fotograf und Journalist arbeitete. Seit 2011 lebt er gemeinsam mit seiner Lebensgefährtin in Lahr und engagiert sich vielfältig im kulturellen und sozialen Leben der Stadt.

Brigitte Täubert

Mein schwerster Neuanfang

Ist nicht das ganze Leben ein Anfang? Wenn ein Kind geboren wird, ist es ein Anfang. Kommt es in die Schule – wieder ein Anfang. Erlernt es einen Beruf – ein Neuanfang. Es heiratet – ein gewaltiger Neuanfang. Dann kommen Kinder. Die Kinder gehen weg – wieder ein Neuanfang. Und zum Schluss das Sterben – wieder ein neuer Anfang. Alles ist geprägt durch Anfänge. Und dann habe ich mir überlegt, dass doch jeder Anfang – wenigstens geht es mir so – irgendwo Ängste auslöst, weil man nicht weiß, was kommt. Manchmal sind es nicht so große Ängste, dann nämlich, wenn der Anfang gewollt war. Wenn ich einen Beruf erlerne, ist das ein Anfang, der positiv zu bewerten ist. Da ist die Neugier wahrscheinlich größer als die Angst. Aber es gibt auch andere Anfänge. Von einem solchen Neuanfang will ich berichten.

Wir kamen 1973 nach Lahr. Es war die erste Pfarrstelle meines Mannes. Er hat nach seiner Ausbildung zum Gemeindediakon eine Zusatzausbildung als Pfarrdiakon gemacht. Wir waren verheiratet, unser ältester Sohn war ein halbes Jahr alt. Mein Mann war 33 und ich 27 Jahre alt. Wir kamen voller Pläne nach Lahr. Was wollten wir alles in der Gemeinde anfangen. Vieles davon haben wir auch verwirklicht. Das war ein sehr positiver Anfang. Geplant war, nach acht Jahren die Gemeinde zu wechseln. Geblieben sind wir 26 Jahre, und es wären vielleicht noch mehr geworden.

Es gab auch unfreiwillige Anfänge in unserem Leben. Solch einen erlebten wir, als unser drittes Kind im Alter von fünf Wochen starb. Ein Jahr später bekamen wir eine Tochter. Viele haben damals gefragt: »War das nicht zu früh? Haben Sie sich das gut überlegt?« Rückblickend denke ich, vielleicht ist das meine Mentalität. Ich versuche immer, alles sofort anzupacken und zu bewältigen. Als wir die Meldung vom Krankenhaus bekamen, dass der kleine Thorsten gestorben ist, habe ich meinen beiden Kindern versprochen, sie würden wieder ein Geschwisterchen bekommen. Ein Jahr später war Maike da.

Ein Neuanfang allerdings hat mein Leben total verändert. Es gibt für mich eine Zeit davor und eine Zeit danach. Noch heute, wenn ich ein Datum höre, dann ordne ich es ein und denke, das war vorher und das war nachher.

In unserer Familie spielen Traditionen eine wichtige Rolle. An Weihnachten, wenn meine Familie kommt und mit mir Weihnachten feiert, mache ich immer wieder einen Versuch und frage:»Wollt ihr nicht mal was anderes essen statt jedes Jahr das Gleiche?« Und jedes Mal bekomme ich zur Antwort:»Nein, wir wollen es so wie immer haben.« Oder wenn ich sage:»Wir könnten den Baum auch mal anders schmücken.« Dann kommt prompt die Antwort:»Nein, der muss genau so aussehen wie eh und je.« Tradition spielt also eine ganz wichtige Rolle.

Es war im Sommer 1999. Wir freuten uns alle auf einen gemeinsamen Urlaub auf der Insel Röm. Die Insel Röm ist das Gegenstück auf dänischer Seite zur deutschen Insel Sylt. Diese Insel hatte es uns angetan. Als ich mit unserer jüngsten Tochter schwanger war, waren wir zum ersten Mal auf dieser Insel. Wir machten einen Tagesausflug von Brestedt in Schleswig-Holstein aus und wussten sofort, hier werden wir zukünftig Urlaub machen. Meine jüngste Tochter ist jetzt 31 Jahre alt. Seit 31 Jahren gehen wir auf diese Insel.

Meine vier Kinder waren im Sommer 1999 alle im Urlaub dabei, obwohl sie schon zum großen Teil erwachsen waren. Sven war 26, Tobias 24, Maike 19 und Silke 14. Mein Mann war 59 Jahre alt und ich 53. Außerdem fuhr noch meine Mutter mit. Sie wohnte damals bei uns und war 81. Später wurde ich gefragt:»Hast du denn im Vorfeld nichts bemerkt?« Das Einzige, was ich bemerkt habe, war das Verhalten meines Mannes, als wir in den Urlaub fahren wollten. Er hat ausnahmsweise gedrängelt und gemeint: »Seid ihr immer noch nicht fertig? Ich will jetzt fort.« Das war ungewöhnlich, da er sonst ein ganz geduldiger Mensch war. Wir hatten gerade den Hof um das Gemeindezentrum herum gefegt. Die Akazien hatten geblüht. Der ganze Boden lag voller Blüten. Wir wurden einfach nicht fertig mit dem Fegen.

In den Urlaub fuhren wir mit zwei Autos. In einem saßen mein Mann, die beiden Töchter und der Hund, im anderen meine Mutter, die beiden Söhne und ich. Später hat mir mein Mann erzählt, er habe in einer Raststätte in Göttingen das seltsame Gefühl gehabt, es stülpe ihm jemand einen Sack über seinen Kopf. Wir saßen am ersten Urlaubstag auf Röm beim Frühstück. Da fiel uns auf, dass mein Mann sein Frühstück nur ganz mechanisch aß. Als wir ihn fragten, was er habe, konnte er uns nicht richtig sagen, was mit ihm los war. Wir bekamen es mit der Angst zu tun. Es war Sonntag – wie immer, wenn man krank wird. Wir haben herumtelefoniert und uns erkundigt, wo wir Hilfe bekommen könnten. Wir waren ja in Dänemark und kannten uns nicht besonders gut aus. Uns wurde gesagt, wir sollten ins nächste Krankenhaus fahren, das befinde sich Richtung deutsche Grenze, etwa 50 Kilometer von der Insel Röm entfernt. Dort stellte man die Diagnose: Herzinfarkt. Die Vorzeichen dazu hatten sich wahrscheinlich schon in Göttingen gezeigt. Die Schwestern im Krankenhaus waren sehr nett. Überhaupt ist die Krankenhaussituation eine ganz andere als bei uns. Sie ist viel familiärer, es gibt nicht so viele Apparate, und die Ärzte und Schwestern haben unendlich viel Zeit. Man kann jede Frage stellen. Es setzt sich immer jemand ans Bett und redet mit einem. Wir hatten insgesamt einen sehr positiven Eindruck. Nach der letzten Untersuchung beruhigte uns eine Schwester: »Machen Sie sich mal keine Sorgen, in zehn Tagen ist ihr Mann mit Ihnen wieder am Strand. Warten Sie es nur ab, das haben wir schon öfter erlebt.«

Nach zehn Tagen kam er wirklich wieder zurück ins Ferienhaus. Aber einen Tag später, vielmehr in der Nacht, wollte er zur Toilette gehen und torkelte von einer Wand zur anderen. Wir haben ihn wieder ins Krankenhaus gefahren. Dort wurde ein Schlaganfall vermutet. Nach einigen Tagen im Krankenhaus hatte sich sein Zustand wieder stabilisiert. Die Söhne sagten, wenn es dem Vater wieder besser geht, können wir ihn alleine lassen. Sven wollte mit seinen Freunden nach Südfrankreich und Tobias wollte zu Hause bleiben. Am nächsten Tag hat auch der Arzt gesagt, er denke, in ein, zwei Tagen sei es soweit, dass wir die Rückfahrt nach Deutschland antreten könnten. Es schien tatsächlich so, als ob der Zustand meines Mannes viel besser sei. An diesem Abend rief er mich noch an, was er die ganze Zeit nicht hatte machen können, da in Dänemark nicht in jedem Krankenzimmer ein Telefon ist. Er sagte, es gehe ihm viel besser, und ich solle ihm am nächsten Tag die Zeitung und die Brille mitbringen, er wolle was zu tun haben. Dies war die erste Nacht, in der ich mich ganz ruhig hingelegt habe und einschlafen konnte. Gegen Morgen, um fünf oder sechs Uhr, weckte mich das Telefon. Ich höre es heute noch: Es war unheimlich schrill. Ich wusste sofort, was passiert war. Man sagte mir: »Es tut uns leid, Ihnen das sagen zu müssen: Ihr Mann ist gestorben.«

Ein Verwandter von uns, der auch auf der Insel war, brachte uns ins Krankenhaus. Keiner von uns wäre in der Lage gewesen, 50 Kilometer weit zu fahren. Wir haben uns dann von meinem Mann verabschiedet. Meine zwei Töchter waren dabei. Wir hatten alle drei den Eindruck, mein Mann sei noch in diesem Raum, als habe er auf uns gewartet, um sich von uns zu verabschieden. Dies habe ich bei keinem anderen Todesfall so empfunden wie bei dem meines Mannes. Ich hatte noch ein sehr gutes Gespräch mit der Krankenschwester. Als ich ihr sagte, sie sei doch heute Nacht schon da gewesen und hätte schon längst Feierabend, antwortete sie, das mache nichts, sie bleibe so lange, wie wir sie bräuchten. Das hat mich sehr berührt.

Wir haben dann die Koffer gepackt, ich weiß nicht wie, und sind in einem Golf mit Hund nach Hause gefahren. Ich kann mich noch gut erinnern. Auf einem Parkplatz

bin ich mit meinen Kindern auf der Bordsteinkante gesessen, die Bänke waren alle besetzt, und habe gesagt:
»Es ist schlimm, was passiert ist. Aber wir müssen uns das
Versprechen geben, dass wir daran denken, dass das Leben weiter geht und wir ein neues Ziel brauchen.« Jetzt
komme ich wieder auf das zurück, was ich damals beim
Tod meines Kindes gesagt habe. Vielleicht ist es meine
Mentalität, ich weiß es nicht. Auf jeden Fall habe ich
meinen Kindern gesagt, jeder von uns muss sich jetzt ein
neues Ziel setzen. Ich habe ihnen auch gesagt, was mein
Ziel ist: Ich will Gottesdienste halten im Sinne meines
Mannes. Früher hatte ich ihm immer gesagt: »Gottesdienste halten, das kannst du viel besser. Du stehst vorne
hin, du bist groß, und mir macht es überhaupt nichts aus,
zurückzustehen.« Jetzt aber wollte ich weiterführen, was
er angefangen hatte.

Natürlich war es nicht so, dass ich alles weggesteckt
habe. Auf der Heimfahrt überkamen mich unheimliche
Ängste vor der Zukunft. Ich wusste, wir müssen aus dem
Pfarrhaus ausziehen. Die Gemeinde braucht einen neu-
en Pfarrer und dieser braucht auch eine Wohnung. Wir
waren sechs Personen. Auch wusste ich nicht, wie viel
Rente ich bekommen würde. Mein Mann war 59 Jahre
alt gewesen, als er starb. Ich selber habe ein paar Stunden
Religionsunterricht in der Schule gegeben. Ich wusste
nicht, wovon wir künftig leben sollten. Es hat sich dann
herausgestellt, dass die Kinder eine Waisenrente bekommen. Auch meine Mutter half uns mit ihrer Rente. Sie
sagte, sie habe sich vorgenommen, noch lange zu leben,
um uns unterstützen zu können. Sie hat das auch noch
fünf Jahre geschafft. Trotzdem: Die Ängste waren groß,
und ich wusste, ich musste stark sein für meine Kinder
und auch für meine Mutter. Meine zwei älteren Kinder,
Sven und Tobias, studierten noch. Maike hatte gerade das
Abitur hinter sich. Silke war erst 14. Mein Mann hatte
sie noch konfirmiert. Ich habe mich nur um die anderen
gekümmert. Vielleicht kam meine eigene Trauer dadurch
etwas zu kurz. Ich musste da sein, musste stark sein, und
habe mir die Trauer gar nicht gestattet.

Meine Kinder haben mich später gefragt, wie ich das eigentlich gemacht hätte. Ich sagte:»Wenn ich euch zum Beispiel zu einer Tanzveranstaltung gefahren habe, dann habe ich auf dem Heimweg immer geweint.« Ich hatte Angst, heimzukommen, aber für mich war die Gemeinde immer wie eine große Familie. Wir alle haben das so gesehen. Nach dem Tod meines Mannes haben mich ganz viele Menschen aus der Gemeinde besucht. Sie haben mir dadurch unwahrscheinlich geholfen. Am ersten Morgen, nachdem wir wieder da waren, kam eine Frau mit einer riesigen Gebäcktüte, dazu Marmelade und Butter und sagte:»Ihr müsst auch was essen, und da habe ich euch etwas mitgebracht.« Das werde ich nie vergessen. Mitglieder des Ältestenkreises der Nachbargemeinde kamen zu Besuch und haben mir ein Büchlein mitgebracht. Als sie weg waren, habe ich dieses durchgeblättert und Geldscheine drin gefunden sowie einen kleinen Zettel. Darauf stand:»Für Sie und Ihre Kinder, machen Sie sich eine Freude.« Beim ersten Gottesdienst nach unserer Rückkehr von Röm habe ich am Ausgang die Leute verabschiedet. Viele kamen auf mich zu, haben mich in den Arm genommen, haben geweint und gesagt:»Eigentlich müssten wir Sie trösten und nicht umgekehrt.« Ich erwiderte:»Wenn Sie mit mir trauern, dann ist dies für mich viel mehr Trost, als wenn Sie mir Trost zusprechen.«

Aber ich wusste, ich musste von der Gemeinde und von dieser »Familie« Abschied nehmen. Ich durfte sie nicht zu sehr an mich binden. Es kamen viele auf mich zu, gerade von den Spätaussiedlern, die das nicht verstanden und fragten:»Können Sie nicht dableiben? Sie können doch auch alles. Warum bleiben Sie nicht da?« Da war mir klar, ich muss mich wirklich lösen, nicht nur für mich, sondern auch für die, die zurückbleiben. In dieser Zeit habe ich mich wirklich heimatlos gefühlt und mich gefragt: Wo gehöre ich eigentlich hin?

Nach der Beerdigung kam die Wohnungssuche. Zu dieser Zeit geschahen für mich verschiedene Wunder – ich kann es nur so sagen. Das erste war: In Kürzell wurde das Pfarrhaus frei. Der dortige Pfarrer May ging in den Ruhestand. Die evangelische Kirchengemeinde Kürzell wurde mit der Kirchengemeinde Meißenheim zusammengelegt. Es war klar, die Pfarrstelle Kürzell würde nicht mehr besetzt werden, und dieses Pfarrhaus mit acht Räumen würde frei werden. Dann kam der Anruf einer Kirchgemeinderätin von Kürzell, wir hatten uns bei einer Visitation kennengelernt. Sie fragte mich:»Wollen Sie nicht mit Ihrer Familie zu uns ins leere Pfarrhaus ziehen und die Gemeindearbeit für Kürzell übernehmen?«

Das zweite Wunder war: In dieser Zeit wurde die Pfarrstelle Meißenheim neu besetzt. Als Pfarrer kam ein Freund von uns aus der gemeinsamen Studienzeit, Pfarrer Bauer. Seine Frau, mein Mann und ich waren in der Ausbildung zu Gemeindediakonen alle zusammen in Freiburg gewesen. Mein Mann und ich waren die Paten ihrer Kinder, Bauers waren die Paten unserer Kinder.

Dann kam das dritte Wunder: Das Pfarrhaus in Kürzell gehörte zu jener Zeit noch dem Land Baden-Württemberg. Wir nahmen das Wohnungsangebot freudestrahlend an. Die Miete von 600 Euro für das ganze Haus und den großen Garten war bezahlbar. Dann kam die Mitteilung vom Land Baden-Württemberg, ins Pfarrhaus könne nur jemand einziehen, der im Predigtdienst stehe. Mein Argument, ich gäbe doch Religionsunterricht, wurde nicht akzeptiert, es müsse Predigtdienst sein. So sei die Bestimmung, es gehe nicht anders. Da blieb als Lösung nur, was ich mir schon als Ziel gesetzt hatte: die Prädikantenausbildung. Ein Prädikant kann Gottesdienste, Taufen, Abendmahl, Beerdigungen und so weiter halten. Normalerweise gibt es für diese Ausbildung eine lange Warteliste. Zuerst muss man vom zuständigen Ältestenkreis vorgeschlagen werden, dann geht der Antrag zum Bezirkskirchenrat und man kommt auf eine Warteliste. Ich konnte aber schon im Herbst 1999 mit der Ausbildung beginnen. Als ich die Mitteilung bekam, ich könne schon am nächsten Kurs teilnehmen, konnte ich mir das nicht erklären. Erst im Nachhinein habe ich erfahren, dass sich viele Leute im Oberkirchenrat für mich eingesetzt haben, Menschen, die ich persönlich gar nicht gekannt habe, einschließlich des Landesbischofs Fischer. Ich habe davon nur erfahren, weil der Leiter der Prädikantenausbildung zu mir gesagt hat: »Sie haben aber gute Beziehungen zum Landesbischof.« Wir konnten im Dezember 1999 ins Pfarrhaus in Kürzell einziehen und haben dort bis 2012 gewohnt. Da in diesem Jahr das Pfarrhaus verkauft worden ist, bin ich wieder nach Lahr gezogen.

Seit dem Tod meines Mannes haben wir als Familie eine ganz enge Beziehung zueinander. Nach der Beerdigung gingen wir fast jeden Abend auf den Schutterlindenberg, um den Sonnenuntergang zu sehen und – vor allem – um zu reden. Seit 1999 gehen wir immer in das gleiche Ferienhaus. Ausnahmsweise – das hatte er vorher nie gemacht – hatte mein Mann dieses Ferienhaus bereits für das Jahr 2000 gemietet. Als meine Kinder vorschlugen, in diesem Jahr dort Ferien zu machen, war meine erste Reaktion: »Kann ich nicht, ich gehe nicht mehr in das Haus rein.« Meine Kinder sagten: »Unser Vater hat das so gewollt. Wir gehen mit dir. Du brauchst keine Angst zu haben.« So gehe ich seither jedes Jahr zumindest mit einem Teil meiner Kinder in den Ferien nach Röm. Ich habe ihnen versprochen, solange sie mitgehen, gehe ich auch.

Seit dem Tod meines Mannes sind 17 Jahre vergangen. Es war eine schlimme Zeit. Wie gesagt, es gibt eine Zeit davor und eine Zeit danach. Sie hat mich verändert, und ich habe mich weiterentwickelt. Ich muss sagen, ohne Glauben hätte ich diesen unfreiwilligen Neuanfang nicht überstanden. Als ich so über das Ganze nachgedacht habe, ist mir das Bekenntnis Bonhoeffers eingefallen: »Ich glaube, dass Gott uns in jeder Notlage so viel Widerstandkraft geben will, wie wir brauchen. Aber er gibt sie uns nicht im Voraus, damit wir uns nicht auf uns selbst, sondern allein auf ihn verlassen. In solchem Glauben müsste alle Angst vor der Zukunft überwunden sein.«

*****

BRIGITTE TÄUBERT, geborene Fischer, wurde 1946 in Karlsruhe geboren. Nach dem Schulabschluss ging sie nach Freiburg auf die Fachhochschule für Wohlfahrtspflege und Gemeindedienst. Daraus ergab sich ihre spätere berufliche Tätigkeit als Gemeindediakonin. Während der Ausbildung lernte sie ihren späteren Ehemann kennen.

Irma Barraud

»Das kannst du!«

Ich wurde 1936 in Ostpreußen in der Nähe von Königsberg, heute Kaliningrad, geboren. Wir hatten einen wunderbaren Garten, und ich erinnere mich an einen großen Baum mit überhängenden Zweigen, unter dem Kaffee getrunken wurde. Dort lebten wir bis ich acht Jahre alt war, und es war Krieg. Im Januar 1945 wurde an die Tür geklopft. Soldaten standen draußen und sagten zu meiner Mutter:»Ihr müsst flüchten, ihr müsst sofort hier weg.« Meine Mutter wollte nicht fort. Aber die Soldaten und ihre Schwester, die bei uns wohnte, drängten sie, unsere Sachen zu packen, denn man wusste schon, dass alles zusammengebrochen war und die Menschen auch aus Königsberg flüchteten. Wir drei Kinder wurden noch einmal ins Bett gesteckt, und ich habe auch gut geschlafen in dieser Nacht. Meine Mutter aber briet Hühner, die sie als Essensproviant für die Flucht in Milchkannen stopfte. Sie packte alles Mögliche zusammen und am frühen Morgen, es war eisig kalt, so um die 25 Grad minus, machten wir uns zu Fuß auf den Weg, mit einem vollbepackten Kinderwagen.

Ganz genau kann ich mich daran erinnern, wie sie weinend die Türe abschloss, wir alle meinten, dass wir bald zurückkommen würden. Wir Kinder heulten natürlich auch, und in der Kälte sind unsere Tränen angefroren. Soldaten nahmen uns ein Stück auf ihren Wagen mit, und am ersten Abend übernachteten wir in einem Keller. Wir froren entsetzlich, hatten aber wenigstens noch etwas zu essen, nämlich Brot und Hähnchenschlegel. Wir mussten über das Haff nach Pillau, einer Stadt an der östlichen Ostsee. Überall lag viel Schnee, man musste beim Gehen auf einem schmalen Weg über das Eis aufpassen, dass man nicht einbrach, und wir haben schreckliche Szenen gesehen und erlebt. Wenn Wagen überholten, um schneller voranzukommen, sind sie im Eis eingebrochen und alle ertranken. Die Schreie der Kinder und der Pferde in Todesangst kann man sich nicht vorstellen, ich werde das nie vergessen.

Wir sind unversehrt über das Eis gekommen, aber keiner wusste eigentlich, wohin es gehen sollte. Wir sind gelaufen und gelaufen, bis wir in Pillau im Hafen ankamen, wo ein großes Schiff, die »Deutschland«, lag. Frauen und Kinder sollten auf das Schiff, und wir hatten Glück, dass wir noch bis Kiel mitgenommen wurden. Wie lange die Fahrt dauerte, weiß ich nicht mehr, wohl aber, dass es keine Kabinen gab und wir auf dem Boden saßen. Von Kiel aus fuhren wir im Viehwaggon nach Niebüll, was wieder, trotz der kurzen Entfernung, drei Tage dauerte.

Inzwischen waren unsere wenigen Habseligkeiten abhandengekommen und wir besaßen nur noch, was wir am Leib trugen. Aber es geschah ein kleines Wunder: Nach Jahren schickte jemand meiner Mutter per Post einen Koffer mit unserer Bibel, einem Gesangbuch und einem Holzkästchen, in dem das Familienstammbuch lag – das ist unser Familienschatz.

Der große Neuanfang begann, als wir von Niebüll aus auf die Insel Föhr gebracht wurden. Für meine Mutter, die in Ostpreußen aufgewachsen und nie weit herumgekommen war, die auch Angst vor dem Wasser und vor einer Fahrt auf dem Schiff hatte, war das alles sehr schwierig. Ich denke aber, dass wir damals bei allem Unglück doch Glück hatten, auf diese friedliche Insel gekommen zu sein, wo man für uns Flüchtlinge Baracken baute. Bei den Einheimischen waren »die Leute aus der Baracke« nicht erwünscht, was teilweise verständlich war: Wir waren wochenlang unterwegs gewesen, hatten Läuse und sahen heruntergekommen aus. Hier auf der Insel waren die Friesenhäuser wunderschön, alles war sauber und glänzte. In der Schule, die wir besuchen mussten, wurden wir »Auswärtige« mit Misstrauen beäugt. Mit acht Jahren war meine Kindheit vorbei, dieser Anfang war nicht so glücklich.

Als ich konfirmiert wurde, waren wir 90 Konfirmanden, so viele Flüchtlinge lebten auf der kleinen Insel. Für mich gab es nach Schulabschluss keine Lehrstelle, da verständlicherweise Einheimische, die man ja kannte, als Lehrlinge vorgezogen wurden. Ich fragte mich, wie es mit meinem Leben weitergehen sollte. Irgendeine Möglichkeit zu arbeiten oder weiter zu lernen müsste es doch auch für mich geben.

Auf einmal eröffneten sich mir ganz neue Perspektiven. Ich erfuhr, dass die Schwester meiner Freundin, die in Müllheim in Baden lebte, ein Kindermädchen für eine befreundete Familie suchte. Obwohl ich eigentlich immer sehr schüchtern gewesen war, sagte ich zu meiner Mutter: »Da gehe ich hin!« Ich hatte keine Ahnung, wo Müllheim und der Schwarzwald lagen, aber ich hatte mich entschieden. Da wir arm waren, wurde mir die Fahrkarte geschickt. Mit meiner Freundin fuhr ich über Hamburg und Frankfurt nach Müllheim, von dort aus sollte ich mit dem Bus nach Badenweiler fahren, wo die Familie lebte. »Stieg i«, sagte der Busfahrer zu mir, als ich die Fahrkarte vorzeigte. Ich verstand kein Wort und blieb ratlos stehen. Als der resolute Mann meinen Koffer nahm und im Bus verstaute, stieg ich eben ein. Von Wyk auf Föhr nach Badenweiler – das war ein großer Schritt und wieder ein Neuanfang.

Badenweiler war noch klein und sehr schön, heute ist es viel mondäner. Ich kam in die ganz wunderbare Familie Krohn. Trotzdem habe ich tagelang geheult, weil ich meine Mutter vermisste, mit der ich mich daheim eigentlich nicht so gut verstanden hatte. Bei der Familie in Badenweiler lernte ich Kultur kennen, ich konnte Musik hören und Bücher lesen – es war eine neue Welt für mich. Das alles hatte es bisher in meinem ärmlichen, engen Leben nicht gegeben, wir konnten uns finanziell nichts leisten. Leider ist Luise Krohn nun schon lange verstorben, aber sie hat mich sehr gefördert, mich in Konzerte mitgenommen und mein kulturelles Interesse geweckt. Dafür bin ich ihr bis heute dankbar.

Als das Kind, das ich betreute, in die Schule kam, ermunterte sie mich, etwas Neues zu suchen. Da meine Mutter inzwischen in Lahr lebte, zog ich zu ihr und hatte nun die Möglichkeit, in Offenburg in eine Schule zu gehen und eine kaufmännische Ausbildung zu absolvieren. Es war ein hartes Jahr, denn ich schloss die Ausbildung, für die man eigentlich drei Jahre Lehre brauchte, in einem Jahr ab. Ich war schon 21 Jahre alt und musste Geld verdienen, meine Mutter hatte nur eine kleine Rente. Ich bekam eine Arbeitsstelle in Lahr – und schon wartete wieder ein Neuanfang auf mich.

In Lahr lernte ich auch meinen Mann kennen; er war Franzose aus Bordeaux, Soldat und in Lahr stationiert. Wir heirateten nach einem Jahr, ohne lange zu überlegen. Ich traf seine Familie in Bordeaux, 1000 Kilometer von Lahr entfernt, genau wie Königsberg. Meine Schwiegermutter, eine ganz liebe Frau, meinte, dass es wohl so sein sollte, dass wir uns genau in Lahr, gewissermaßen in der Mitte, getroffen haben. Obwohl meine Schwägerin im Krieg schlimme Erlebnisse mit den Deutschen hatte, nahm man mich liebevoll in der Familie auf. Wir haben uns immer gut verstanden und sie wussten, dass ich nichts dafür konnte, was im Krieg passiert war. Ich hörte nie einen Vorwurf.

Ein weiterer Anfang begann 1965, als ich in den Vorstand der Landsmannschaft Ost-/Westpreußen als Frauengruppenleiterin gewählt wurde und die Kulturarbeit übernahm. In diesem Rahmen habe ich auch den Ostdeutschen Lesekreis gegründet. Seit vielen Jahren bin ich auch Vorsitzende der Landsmannschaft. Das Heimatgefühl ist bei mir wohl geblieben, denn seit Langem organisiere ich in Lahr den »Tag der Heimat«.

Leider gab es nach vielen Jahren noch einen Neuanfang, als mein Mann vor 18 Jahren nach schwerer Krankheit starb. Er war ein Mensch, der mir immer viel Kraft gegeben und mich unterstützt hat. Als ich gefragt wurde, ob ich Prädikantin in der evangelischen Kirche werden wollte und ich zweifelte, ob ich dazu fähig sei, sagte er: »Das kannst du!« Wenn ich zu Sitzungen ging, auch als Vorsitzende der Ostpreußischen Landsmannschaft, hat er zuhause abgewaschen und die Wohnung geputzt, und das fand er gut so.

Heute bin ich froh darüber, dass ich diese Aufgaben, nach denen ich nie strebte, übernommen habe – 1989 wurde ich als Kirchenälteste in die Kirchengemeinde der evangelischen Stiftskirche in Lahr gewählt. Unser Sohn und unsere Tochter sind evangelische Pfarrer geworden, eine bereichernde Arbeit in unserer oft so heimatlosen Welt. Ich bin gerne Lahrer Bürgerin. Wenn auch meine Heimat im Herzen Ostpreußen ist, so ist mein Zuhause doch heute hier in dieser Stadt, wo so vieles in meinem Leben angefangen hat.

*****

Irma Barraud, geborene Bobeth, kam 1936 in Ostpreußen auf die Welt. 2009 erhielt sie die Goldene Ehrennadel der evangelischen Kirchengemeinde Lahr. Außerdem wurde ihr als Anerkennung ihrer Arbeit im Ehrenamt, besonders in kirchlichen Gremien und für die Heimatvertriebenen, die Bürgermedaille der Stadt Lahr verliehen.

Prägungen:

Fluch oder Segen?

Lukas Maria Oßwald

Gemeinsam schafft man vieles leichter

Warum wurde aus einem Landei, das ich ursprünglich mal war – und vielleicht auch noch bin – ein überzeugter Linker und Kommunist?

Ich wurde 1966 in Offenburg geboren und bin mit meinen vier Geschwistern in Schutterwald aufgewachsen, genauer gesagt in Schutterwald-Höfen, mit damals rund 400 Einwohnern. Wir waren ein ganz typischer katholischer Haushalt, außer CDU gab es nichts. Wir hatten eine klassische Nebenerwerbslandwirtschaft und eine Kuh und zwei Stiere. Meine Mutter bewirtschaftete einen riesigen Garten, die Familie konnte sich dadurch praktisch selbst versorgen. Alle 14 Tage sind meine Eltern mit einem Kreidler Florett nach Offenburg zu Aldi gefahren und haben für die Familie eingekauft. Das Bild, wie sie voll bepackt mit diesem 50er-Kreidler wieder nach Hause kamen, ist mir bis heute im Kopf geblieben.

Ich war ein guter Grundschüler. Wir waren ein relativ starker Jahrgang mit 44 Schülern in der Klasse. Es gab drei Klassen. Ich erinnere mich noch an die gute Frau Maier aus Düsseldorf, die sich mit uns herumschlagen musste und keinerlei Dialekt verstand. Sie hat mich in der Hinsicht geprägt, dass sie nie die Schwächsten aus den Augen verloren hat. Sie hat immer alle mitgenommen. Ich habe auf dem Dorf die »klassischen« Stationen durchlaufen, war lange Ministrant, Sternsänger und in der Kolpingfamilie. Ich bekam die Gymnasialempfehlung. Meine Mutter war der Ansicht, dass ich eine besondere musikalische Begabung hätte. Ich weiß bis heute nicht, woher sie diese Erkenntnis hatte. Man hat mich dann als einzigen Schüler aus unserem Ort auf das Schiller-Gymnasium in Offenburg geschickt. Mit Musik als Hauptfach ist man als Arbeiterkind nicht mehr unter seinesgleichen. Man ist plötzlich Außenseiter, findet keine Freunde und hat keine Kontakte mehr. Verstärkt wurde diese für mich schwierige Situation noch dadurch, dass man meinte, ich müsste unbedingt Latein als zweite Fremdsprache lernen. Das war grausam, mehr kann ich dazu nicht sagen. Die Gymnasialzeit war schrecklich, und in der achten Klasse bin ich dann auch sitzen geblieben. Das verschlimmerte meine Lage, da der Altersunterschied sehr groß wurde. Ich war schon immer einer der Ältesten, da ich im Juli Geburtstag habe und erst mit sieben eingeschult worden bin.

Als ich 16 Jahre alt wurde, traf ich durch Zufall einen alten Schulkameraden aus der Grundschulzeit wieder, und wir haben viel zusammen unternommen. Ihm ging es auf dem sprachlichen Grimmelshausen-Gymnasium in Offenburg ähnlich wie mir. Von ihm habe ich gelernt, mich gegen unsere Lebensbedingungen, vor allem in der Schule und im Elternhaus, zur Wehr zu setzen. Wir hatten in den letzten beiden Schuljahren mit Sicherheit an die 50 Prozent Fehltage und haben alles andere gemacht, nur keine Schule besucht. Wir haben uns kritisch mit dem Militär auseinandergesetzt. Das hing auch damit zusammen, dass mein Klassenlehrer ein ehemaliger Zeitsoldat war, der außer Hierarchie und Befehlen nicht viel kannte und auch pädagogisch nicht besonders geschult war. Hinzu kam, dass sein bester Kompagnon aus der Militärzeit gleichzeitig unser Schulleiter war. Seine Abneigung mir gegenüber ging dann soweit, dass er mir nicht einmal die Mittlere Reife gönnte. Als ich mit 18 Jahren das Gymnasium verließ, hat er bei der Gesamtlehrerkonferenz bewirkt, dass ich in Englisch eine 5 bekam, obwohl ich im Schriftlichen auf einer 4 stand. Am Tag, als ich 18 Jahre alt wurde, fuhr ich mit dem Auto meiner Schwester zum Landratsamt und holte meinen Führerschein ab. Anschließend besuchte ich meine ehemalige Schule – zufälligerweise war gerade Englischunterricht – und sagte meinem Lehrer die Meinung. Das hat mir so gut getan, dass ich es an dieser Stelle unbedingt erwähnen muss. Es war für mich eine Art Befreiung. Endlich war ich die Schule mit dem verhassten Notensystem los, von dem ich bis heute nichts halte. In dieser Zeit ging ich in Schutterwald zum Rathaus, um auch aus der Kirche auszutreten. Wenig später wusste das natürlich das ganze Dorf. Es war skandalös, dass jemand so einfach aus der Kirche austrat. In meiner Jugendzeit lernte ich auch anderweitig, mich zu wehren. Zu Hause war es an der Tagesordnung, dass mein Vater gewalttätig wurde, wenn man nicht spurte. Dieser psychische Druck ist heute noch da, und ich denke mit Grauen an diese Zeit zurück. Mit meinem damaligen Freund habe ich ständig trainiert, wir haben getestet, wie stark wir schon sind. Ich war 17 Jahre alt, kräftig gebaut und größer als mein Vater. Als er mich wieder einmal schlagen wollte, schlug ich zurück. Das war das allerletzte Mal, dass er mich geschlagen hat. Dieser Vorfall war für mich sehr prägend, wichtig und sehr befreiend.

Nach der Schule kam eine sehr schöne Zeit. Immer mal wieder arbeitete ich in der Logistikbranche und konnte dadurch meine Reisetätigkeit finanzieren. Ich wollte wissen, wie es anderswo aussieht, und habe Südeuropa im Prinzip komplett bereist – per Interrail, per Anhalter oder per Bus. Zeitweise hatte ich in Südeuropa Gelegenheitsjobs. Es war eine wunderbare Zeit, ich habe viel gesehen und auch endlich Englisch gelernt – weil ich es wollte und nicht musste. Nach diesem Jahr begann ich eine Lehre, ganz untypisch in der Landwirtschaft. Dazu brauchte man viel Durchhaltevermögen. Unter den damaligen Bedingungen in einem Schwarzwaldbetrieb eine Landwirtschaftslehre zu machen, das waren täglich 14 bis 16 Arbeitsstunden, Freizeit nur an jedem zweiten Wochenende und 200 DM im Monat, denn 400 DM wurden für Kost und Logis einbehalten. Das war ein gutes Geschäft für den Bauern. Ich zog die Lehre durch, obwohl es mir nicht leicht fiel. Es machte mich aber auch stolz, und ich hatte jetzt einen Beruf.

Nach der Lehre gönnte ich es mir, ein ganzes Jahr lang zu reisen. Zum ersten Mal kam ich dabei in den Osten der Türkei. Ich reiste entlang der Außengrenze der Türkei und wurde in ein Dorf in den kurdischen Bergen eingeladen. Es herrschte Krieg in den kurdischen Dörfern. Im

Nachhinein muss man sagen, dass es äußerst gefährlich war, dort unterwegs zu sein. Wir fuhren ausgerechnet mit einem alten umgebauten Militärjeep herum, wir waren einfach jung und leichtsinnig. Ich habe erlebt, wie gastfreundlich die Menschen dort sind, obwohl sie selber kaum was zum Leben haben. Ich habe erlebt, wie man bei null Grad Celsius um den Suppentopf herum sitzt und gemeinsam aus einer Schüssel isst, weil sonst nichts da ist. Jedes Mal, wenn wir im Dorf unterwegs waren oder aus dem Dorf heraus gingen, begleiteten uns zwei bewaffnete Leute, um uns zu beschützen. Ihren Gästen sollte nichts passieren. Sie begleiteten uns auch noch hunderte von Kilometer lang auf der Rückreise. Damals habe ich kennen- und schätzen gelernt, was wirkliche Gastfreundschaft ist. Das beeindruckt mich noch heute.

In dieser Zeit kam ich auch nach Jugoslawien, besuchte Sarajevo und das heutige Dreiländereck, wo Serbien, Kroatien und Bosnien zusammenstoßen. Ich war dort zu einer Hochzeit eingeladen. Es ist eine wunderbare Gegend. Ich war ein Jahr später nochmals dort, 14 Tage vor Ausbruch des Jugoslawienkrieges. Man riet mir, das Land zu verlassen, weil es Krieg gäbe. Wenn man sich überlegt, wodurch dieser Krieg letztlich angezettelt worden ist und dass er nur stattgefunden hat, weil kein sozialistisches Land in Europa mehr existieren durfte ... Diese Erkenntnis hat auch mein weiteres Leben wesentlich mitgeprägt.

Ich hatte mir vorgenommen, die Mittlere Reife und die Fachhochschulreife zu erwerben. Da ich einen landwirtschaftlichen Beruf erlernt hatte, wollte ich Biologie als Hauptfach nehmen, und das wurde nur auf der beruflichen Schule im Mauerfeld in Lahr angeboten. So landete ich in Lahr. Zunächst wohnte ich für ein knappes Jahr in Lahr-Kuhbach. Die Mittlere Reife war wie ein Spaziergang, ich musste nicht viel dafür tun und schloss mit einem Notendurchschnitt von 1,2 ab. Als Nachhilfelehrer in Mathe und Physik war ich sehr begehrt, vor allem bei den Frauen. Diese Tätigkeit hatte auch für mich den Vorteil, dass ich mir das, was ich selbst nicht gelernt hatte, bei der Nachhilfetätigkeit gleich aneignete. Nach der

Mittleren Reife machte ich die Fachhochschulreife, nicht auf dem gleichen hohen Niveau, aber immer noch mit einem sehr guten Notendurchschnitt von 1,8. In der Zeit meines Nachhilfeunterrichts lernte ich dann meine Frau kennen.

Damit veränderte sich mein Leben völlig. Da meine Frau ein Kind hatte, habe ich Verantwortung übernommen, das Kind groß gezogen und auf das Studium verzichtet, obwohl ich schon in Karlsruhe zum Bauingenieurstudium eingeschrieben war. Aus diesem Grund ist aus mir kein Akademiker geworden. Wir sind dann relativ bald in die Schutterlindenbergstraße gezogen, wo wir jetzt noch wohnen. In ein altes Häuschen bei der Burgheimer Kirche, sehr zugig, aber günstig, mit sehr netten Vermietern. Ich fing gleich an, den Keller auszubauen, winddicht zu machen und trocken zu legen und ich baute eine Kellertür ein. Drei Jahre später kratzten wir unser Erspartes zusammen und kauften das Häuschen. Es war ein Kraftakt, mit so wenig Geld ein Haus zu finanzieren. Meine Frau und ich haben 15 Jahre lang all unsere Mittel in Aus- und Weiterbildung gesteckt; sie absolvierte zwei Studiengänge (Diplom und Master), ich ging auf die Meisterschule und schloss die Ausbildung zum Forstwirtschaftsmeister erfolgreich ab. Generell haben wir viel Zeit in Bildung investiert, aber auch sehr viel Zeit dafür verwendet, die Tochter groß zu ziehen. Ich adoptierte dann Corinna, die Tochter meiner Frau. Da wir zwischenzeitlich viele englische Freunde gewonnen hatten, schickten wir Corinna nach England. Sie kam mit einem englischen Schwiegersohn zurück. Inzwischen haben wir auch zwei Enkelkinder, was mich überaus glücklich macht.

Wir sind eine sehr untypische Familie. Wir wohnen in einem Haus, essen zusammen und wir teilen alle Einnahmen unter uns auf. Es gibt keine getrennten Kassen. Dadurch, dass wir alles teilen, haben sich für uns alle viele Vorteile ergeben. Meine Tochter konnte mit Anfang 20 Kinder kriegen, was ihr größter Wunsch war. Sie hatte uns immer gesagt, wie sehr auch sie es genossen hat, junge Eltern zu haben, und das wollte sie für sich auch realisieren. Wir haben ihr zugesagt, dass wir für die Kinder da sind, wenn sie studieren will, und dass wir sie unterstützen werden. Mittlerweile ist sie kurz vor dem Abschluss ihres Master-Studiums als Wirtschaftsingenieurin und in einer guten Stellung. Meine Frau hat ebenfalls einen guten Arbeitsplatz. Es hat sich also letztlich alles gelohnt. Ich habe die Erfahrung gemacht, dass vieles leichter zum Erfolg führt, wenn man zusammensteht, die Dinge teilt und nicht alles alleine macht.

Diese Erfahrungen haben mich zu dem gemacht, was ich heute bin. Natürlich haben mich auch die früheren Kontakte zu den Linken und der VVN-Bund der Antifaschisten und das Kennenlernen der kurdischen Bewegung dazu motiviert, mich – als es uns wirtschaftlich besser ging und ich auch mehr Zeit hatte – der Politik zuzuwenden. All dies hat mich zu einem überzeugten Kommunisten gemacht.

Der 1966 in Offenburg geborene Lukas Maria Osswald zog 1988 nach Lahr, wo er als Linker 2009 in den Stadtrat und 2014 in den Kreistag gewählt wurde.

214

Ercan Tarakci

Stolz auf das Erreichte

Ich stamme aus der Türkei und bin im Alter von sechs Jahren nach Deutschland gekommen. Mein Vater war Schneider in einem Vorort von Istanbul. Er wurde schlecht bezahlt, deshalb entschloss er sich, für ein paar Jahre nach Deutschland zu gehen, um Geld zu verdienen. Später wollte er zurückkehren und ein eigenes Geschäft in Istanbul aufmachen. Ich war ein Einzelkind, und für mich brach die Welt zusammen, als meine Eltern 1972 nach Deutschland gingen, denn ich musste in der Türkei bleiben. Ich lebte dann bei meiner Großmutter und besuchte die erste Klasse in Istanbul. In den Sommerferien 1973 sind meine Eltern in die Türkei gekommen und holten mich nach Deutschland. Das hat mich zwar gefreut, aber ich wusste nicht, wohin es ging. Unter Deutschland konnte ich mir nichts vorstellen.

Ich weiß noch genau, wie wir am Samstagabend ziemlich spät in Stuttgart gelandet und dann mit dem Auto nach Schramberg gefahren sind. Meine Eltern wohnten dort und arbeiteten bei der Firma Junghans. Am Sonntagmorgen, ich lag noch im Bett, hörte ich ein seltsames Geräusch. Ich riss die Fenster auf und hörte zum ersten Mal in meinem Leben Kirchenglocken läuten. In der Türkei kannte ich keine Kirchen, nur die Muezzin-Gebete. Meine Eltern haben mich beruhigt und mir alles erklärt.

Am Montag musste ich gleich zur Schule. Ich konnte kein Wort Deutsch und natürlich hatte ich auch keine Freunde. Es war niemand für mich da. Meine Eltern sprachen auch kein Deutsch. Sie waren gerade mal ein Jahr in Deutschland und hatten in dieser Zeit als Küchenhilfe in Berchtesgaden gearbeitet. Die Lehrerin hat versucht, mir den Unterrichtsstoff zu erklären, aber ich hatte sehr große Schwierigkeiten mit der Verständigung. Ich hatte das Gefühl, sie würde mich beschimpfen. Später erfuhr ich, dass sie mich nicht beschimpft hat, sondern gefragt hat, was ich hier mache, und ob ich wieder in die Türkei zurückgehe.

Innerhalb von vier Jahren lernte ich Deutsch. Früher konnte man nach der vierten Klasse Grundschule eine Aufnahmeprüfung für eine weiterführende Schule wie Realschule oder Gymnasium machen. Ich bestand die Aufnahmeprüfung für das Gymnasium. Mit diesem Dokument ging ich zu meinen Eltern. Sie fragten, was denn da stehe. Ich erklärte es ihnen und sie meinten, ich bräuchte keine höhere Schule, da wir sowieso irgendwann in die Türkei zurückgehen würden. Dort wollten sie einen Laden aufmachen. Ich besuchte dann die Hauptschule – ich hatte keine andere Möglichkeit.

Als ich in die Pubertät kam, hatte ich eine Zeit lang keine Lust mehr auf Lernen und Schule. Mit Ach und Krach schaffte ich die achte Klasse. Anschließend aber legte ich mich dann doch wieder ins Zeug und bestand die neunte Klasse mit sehr gutem Abschluss. Ich wechselte auf die Kaufmännische Berufsfachschule und machte die Mittlere Reife. Darauf folgte die zweijährige Berufsfachschule, in der ich auf dem zweiten Bildungsweg das Abitur nachholte.

Ich wollte in Singen Betriebswirtschaft studieren und hatte auch schon einen Studienplatz, aber dazu kam es nicht. Mein Vater wurde entlassen. Meine Eltern hatten Schulden, da sie inzwischen in der Türkei ein Häuschen gebaut hatten. Ich musste mich entscheiden: War mir die Familie wichtiger oder das Studium? Ich habe mich für die Familie entschieden, den Studienplatz abgesagt und versucht, als einfacher Fabrikarbeiter einen Job zu finden. Das Problem war, dass mich niemand einstellen wollte, da ich überqualifiziert war.

Mit Mühe und Not fand ich dann doch in Lauterbach bei einer Standuhrenfirma einen Job. Diese Firma stellte Standuhren aus massiver Eiche her. Diese wurden in den USA und in Kanada auf den Markt gebracht. Im Sägewerk in Lauterbach setzte ich jeden Tag acht Stunden lang Holz auf Paletten. Das hat mich nicht befriedigt. Ich hatte ja kaufmännisches Grundwissen. Deshalb schlug ich dem Chef vor, einen Vertrieb für die Standuhren aufzubauen. Zuerst war er gar nicht begeistert, dann konnte ich ihn aber doch überreden. So eröffneten wir eine Standuhrenausstellung in Lauterbach. Schließlich expandierten wir nach Lahr, wo wir die Uhren an die dort ansässigen kanadischen Streitkräfte verkauften und auslieferten. Dadurch war ich dreimal in der Woche mit dem Fahrzeug von Lauterbach nach Lahr unterwegs.

In dieser Zeit lernte ich in den Sommerferien in der Türkei meine spätere Frau kennen. Ein Jahr später kam unser Sohn auf die Welt. Er ist inzwischen 26 Jahre alt. Als die Kanadier Lahr verließen, wurde ich damit beauftragt, die bei uns gekauften Uhren der Kanadier zu verpacken. Das wiederum machte ich zusammen mit meiner Frau. Fast jeden Tag waren wir in Lahr und dort gefiel es uns so gut, dass wir beschlossen, in Lahr eine Wohnung zu kaufen.

Wir gründeten dann in Schramberg eine Gebäudereinigungsfirma und versuchten, sie in der Ortenau publik zu machen. Inzwischen kam unsere Tochter zur Welt. Sie ist mittlerweile 23 Jahre alt. Unsere Kinder gingen in einen Kindergarten in Lahr und von Anfang an besuchte ich die Elternabende. Gleich am ersten Abend wurde ich zum Elternbeiratsvorsitzenden gewählt. Nach der Kindergartenzeit unserer Kinder sagte man mir in der Grundschule, ich sei ja schon in der Thematik drin und solle doch bitte auch hier als Elternbeirat tätig sein. Dieses Amt hatte ich dann jahrelang inne. Unsere Kinder besuchten in Lahr parallel die türkische Schule. So haben sie den türkischen und den deutschen Schulabschluss. Auch in der türkischen Schule war ich Elternbeiratsvorsitzender. In dieser Zeit habe ich sehr nette Menschen kennengelernt. Wir haben zusammen gute Projekte verwirklicht und auch viele Feste gefeiert. Ich bin Hobbymusiker und habe 15 Jahre lang professionell zum Tanz aufgespielt. Man wusste, dass ich eine Musikanlage habe. Deshalb wurde ich bei jedem Fest engagiert und habe für Stimmung gesorgt. Ich bin stolz darauf, es so weit gebracht zu haben.

Für unser Gewerbe hatten wir mittlerweile auf dem Flugplatzgelände in Lahr Hallen angemietet, aber leider mussten wir diese wegen des geplanten Flugbetriebs wieder verlassen. Was sollten wir machen? Da wir wahrscheinlich in Deutschland bleiben werden, entschlossen wir uns zu bauen. Wir suchten ein passendes Grundstück und wurden im Gewerbegebiet in Kippenheim fündig. Vor elf Jahren bauten wir dort eine Halle plus Wohngebäude. 15 Jahre lebten wir zuvor in Lahr.

Für mich war es ein Segen, dass meine Eltern nach Deutschland gekommen sind, trotz der schwierigen Anfangszeit. Inzwischen sind wir gut integriert, unser Sohn hat studiert, auch Betriebswirtschaft. Er arbeitet in unserer Firma. Unsere Tochter macht eine Ausbildung bei einer Krankenkasse in Freiburg. Wir sind stolz auf unsere Kinder und hoffen, dass sie irgendwann heiraten und uns zu Großeltern machen werden.

ERCAN TARAKCI wurde im Januar 1967 in Istanbul geboren. Seine Eltern gingen 1972 nach Deutschland, er selbst kam ein Jahr später nach. 15 Jahre lang wohnte er in Lahr. Zusammen mit seiner Familie lebt er heute in Kippenheim, wo er eine Gebäudereinigungsfirma leitet.

Birgit König

Die erste Entscheidung ist meist die beste

Stelle ich mir die Frage »Was hat mich geprägt?«, so ist es die Zeit, in der ich aufgewachsen bin, ebenso wie der Ort und mein Umfeld. Ich bin im Erzgebirge geboren und in den 1960er- und 70er-Jahren in der DDR aufgewachsen. Mein Vater war Bergbauingenieur im Uranbergbau in Aue im Erzgebirge. Als in Königstein bei Pirna ein neues Uran-Abbaugebiet entstand, zog mein Vater mit uns in die Sächsische Schweiz. Ich kam als »Neue« in die zweite Klasse und war geschockt, weil ich wegen meines erzgebirgischen Dialektes von meinen Mitschülern ausgelacht wurde. Noch mehr setzte mir zu, dass ich nicht wie die anderen von Beginn an in der Klasse gewesen war und deshalb als Sitzenbleiberin angesehen wurde. Nicht anders als im Westen bedeutete das eine große Schande. Zum Glück währte dieses Vorurteil nicht sehr lange, bald konnte ich mit guten schulischen Leistungen überzeugen. Die Anfangszeit am neuen Wohnort war bedrückend für mich.

Ursprünglich Bergmann, absolvierte mein Vater ein Fernstudium zum Bergbauingenieur und musste kaum noch unter Tage arbeiten. Wie viele andere, die im Uranbergbau gearbeitet hatten, erkrankte mein Vater an Krebs. Bei der Arbeit wurden sie durch unzulängliche Sicherheitsmaßnahmen verstrahlt, die Gefahren wurden heruntergespielt oder ganz verschwiegen. Mit 42 Jahren hatte er die erste Krebstherapie, mit 67 Jahren erkrankte er wiederum an Krebs und starb ein Jahr später.

Trotz solcher Unzulänglichkeiten wie fehlender Prävention und Information, glaubten meine Eltern, beides Kriegskinder, an ein besseres Deutschland, an einen Arbeiter- und Bauernstaat. Als Kind wuchsen wir ganz selbstverständlich in diesen Staat hinein – in meiner Klasse wurden alle Jungpioniere, später Thälmannpioniere und wieder später Mitglied der Freien Deutschen Jugend. Als Kind erlebte man aber auch die Widersprüche zwischen dem, was uns in der Schule gelehrt wurde, den Berichten in den Medien und der Wirklichkeit. Uns wurde zum Beispiel das Schulsystem in der Bundesrepublik so beschrieben, dass es nur Zwergschulen mit mehreren Klassen in einem Raum gäbe. Das Bild, das man uns von anderen, vor allem kapitalistischen Ländern vermittelte, war sehr einseitig.

Für mich, die in der Sächsischen Schweiz aufwuchs, im »Tal der Ahnungslosen«, da im Raum Dresden kein Westfernsehen oder -rundfunk empfangen werden konnte, bedeutete das, dass ich mir aus Zeitungsdementis zusammenreimte, was wohl die Grundlage einer Nachricht war. Mit zunehmendem Alter wuchs auch das Gefühl, in Schule und Medien verdummt und angelogen zu werden. Vor allem mit meinem Vater hatte ich deshalb viele hitzige Diskussionen. Ich bin nie geschlagen worden zuhause, aber diese Diskussionen setzten mir zu und ich verbrachte möglichst viel Zeit außer Haus. Dabei kam mir das Hobby Segelfliegen sehr gelegen. Nicht weit von meinem Elternhaus war ein Segelflugplatz, zu dem es mich von klein auf zog. Um diesen Sport ausüben zu können, musste man in die Gesellschaft für Sport und Technik (GST) eintreten, was ich mit 16 Jahren tat. Das Segelfliegen und die damit verbundene Kameradschaft am Flugplatz prägten mich für mein weiteres Leben. Da die GST eine vormilitärische Organisation war, lief auch ein Flugtag ein wenig militärisch ab. Morgens um 7 Uhr hatte man zum Appell anzutreten, wer den verpasste, durfte an diesem Tag nicht fliegen. Nach dem Apell ging es ans Vorbereiten des Flugtages, wobei jeder seine speziellen Aufgaben hatte. Ich war Fallschirmwart, das heißt, ich hatte alle Fallschirme zu packen, zu überprüfen und die Flugzeuge damit zu bestücken.

Schon mit 21 Jahren wurde ich Fluglehrerin. Jahrelang war ich fast jedes Wochenende auf dem Flugplatz, in den

Sommerferien vier Wochen am Stück zu Fluglehrgängen. Dort war ich lieber als Zuhause, der Zusammenhalt der Kameraden und das Fliegen waren neben der Schule Mittelpunkt meines Lebens.

Damals startete man auf unserem Flugplatz noch mit der Seilwinde, was eine größere Zusammenarbeit aller erforderte als bei einem Start mit dem Schleppflugzeug. So stand am einen Ende des Platzes das Segelflugzeug und am anderen die Seilwinde. Das Seil wurde am Flugzeug eingehängt, die Winde zog das Seil an und wickelte es derart schnell auf eine Seiltrommel auf, dass das Flugzeug wie ein Papierdrachen in die Luft steigen konnte. In einem bestimmten Flugwinkel zur Winde klinkte das Seil automatisch aus. Für diese Arbeitsvorgänge waren viele eingespielte Helfer notwendig, sodass wir alle einander halfen, um diesen Sport ausüben zu können.

Die erfahreneren Fluglehrer waren meine Vorbilder. Sie gaben mir wertvolle Tipps für die Schulung. Es gibt zum Beispiel Gefahrensituationen, die man mit den Flugschülern üben muss, damit sie solche Situationen erkennen und richtig reagieren. Eine solche Übung ist das Trudeln des Flugzeugs und vor allem das Beenden dieser gefährlichen Fluglage. Als ich es meinem ersten Flugschüler vermitteln wollte, verzweifelte ich fast über seine langsame Reaktion. Ich sprach mit einem älteren Fluglehrer darüber und er gab mir den Rat:»Gib dem Schüler Zeit. Wenn du ihm sagst, er soll das Trudeln beenden, muss das erst in seinem Kopf ankommen und verarbeitet werden. Dann überlegt er, was zu tun ist und erst danach reagiert er. Du kannst nicht erwarten, dass seine Handlung sofort nach deinen Worten kommt.« An diesen Rat denke ich oft in meinem Leben, wenn ich ungeduldig mit anderen werde.

Trotzdem ist in der Fliegerei schnelles Handeln überlebenswichtig. Man kann nicht, wie im Straßenverkehr, wenn es brenzlig wird, rechts ranfahren, sich sagen:»Das war aber eng!« und nach dem Durchatmen weiterfahren. Im Flugzeug muss man so lange reagieren, bis man wieder auf dem Boden ist. Deshalb sagen Flieger, die erste

Entscheidung, die man in einer Situation trifft, ist auch meist die beste. Ich habe die Erfahrung gemacht, dass dieser Spruch oft stimmt.

Aus Mangel an vielem hat man in der DDR oft improvisiert, aus dem Vorhandenen das Beste gemacht. Auch das hat mich geprägt und das Improvisieren-Können hat mir schon oft in meinem Leben geholfen.

Es wäre falsch, wenn ich das Leben in der DDR nur schlecht darstelle. Es gab auch Gutes, wie zum Beispiel das Prinzip der Patenbrigaden. Jede Schulklasse hatte als Paten ein Team aus der Produktion, ganz gleich, welcher Sparte. Bei meiner Klasse war es eine Brigade aus dem Uranbergbau. Bei Schulveranstaltungen wie der Zeugnisausgabe kamen ein oder zwei Vertreter dieser Brigade zu uns. Die besten Schüler bekamen von ihnen zu diesem Anlass Blumen und oft durfte ich mich über einen Blumenstrauß freuen. Diese Würdigung durch die »Großen« bedeutete uns »Kleinen« viel. Aber auch andere Aktionen vereinte Schüler und Arbeiter, das war etwas, was ich mir auch in der heutigen Zeit wünsche, denn so finden Kinder leichter Vorbilder unter den Erwachsenen, die nicht zur Familie gehören.

Auf meinen Reisen, die wie für alle in der DDR auf wenige Länder beschränkt waren, erlebte ich viel Freundlichkeit und Gastfreundschaft, aber auch immer wieder das Desinteresse an uns DDR-Bürgern nach der Frage, ob man aus der BRD oder aus der DDR komme.

Nach sehr langer Diskussion zwischen meinem damaligen Mann und mir entschlossen wir uns, den Antrag auf Ausreise aus der DDR zu stellen. Das war ein schwerer Schritt vor allem für mich, da mein Bruder Offizier und meine Eltern überzeugte Genossen waren. 1986 haben wir diesen Antrag gestellt, der zur Folge hatte, dass wir im Berufsleben von jeglicher Beförderung ausgeschlossen waren und ich nicht die Delegierung zum gewünschten Studium der Bibliothekswissenschaft bekam. Nach drei Jahren, im Sommer 1989, erhielten wir die Ausreisebewilligung. Über die Auffanglager Gießen, Unna und Neuss kamen wir nach Stuttgart. Im Frühjahr 1990, als

meine Tochter drei Jahre alt war, begann ich in der Stadt-
bibliothek Stuttgart noch als ungelernte Kraft zu arbeiten.
Relativ bald nach der Ausreise trennten sich mein damaliger Mann und ich, die Kinder blieben bei mir. So konnte
ich meinen Berufsabschluss als Bibliotheksassistentin nur
neben der Arbeit absolvieren, genauso wie das Fernstudium zur Bibliothekarin, das ich an der Humboldt-Uni-
versität zu Berlin abschloss. Sofort nach Beendigung des
Studiums arbeitete ich als Bibliothekarin und leitete bald
darauf eine Stadtteilbibliothek in Stuttgart.

Mein heutiger Mann stammt aus Lahr. Wir haben beide
je zwei Kinder, die im gleichen Alter sind. Als sie alle ihren eigenen Weg gingen und aus dem Haushalt auszogen,
beschlossen wir, zusammenzuziehen. Wir vereinbarten,
wer zuerst beim anderen Arbeit findet, zieht in dessen
Heimatstadt. Welch' ein Glück, dass zu diesem Zeitpunkt
die Stelle hier in Lahr an der Mediathek frei geworden ist.
Ich bewarb mich, arbeite seit 2008 in Lahr und es gefällt
mir sehr gut. Ich finde unser Team toll und freue mich,
dass wir alle so gut zusammenarbeiten.

Wenn ich mit dem Rad oder zu Fuß in und um Lahr herum unterwegs bin, denke ich immer wieder, wie schön
es hier ist. Lahr ist meine neue Heimat. Meine Prägungen
habe ich trotzdem nicht vergessen. Ich versuche, immer
nach vorn zu blicken, auch aus wenig etwas zu machen
und nicht den Mut sinken zu lassen. Bis jetzt ist das auch
gelungen.

*****

Birgit König, geborene Valta, wurde
im August 1960 im Erzgebirge geboren. Gemeinsam mit ihrem damaligen
Ehemann und den Kindern verließ sie
die DDR im Jahr 1989. Seit 2008 leitet
sie die Mediathek Lahr.

Teilen kann man immer

Siegrid Schäfer

Ehrenamtliche bekommen viel zurück

Meine Hündin Nala ist fünf Jahre alt und nimmt gemeinsam mit mir am Besuchshundedienst der Stadt Lahr teil. Eigentlich wollte ich schon 2012 in das Projekt einsteigen, doch dann verstarb leider mein damaliger Hund. Immer wieder aber wurde ich gefragt:»Könnten Sie vielleicht?« – »Hätten Sie vielleicht Zeit?« Das ist im Ehrenamt gefährlich! So kam ich zum Treffpunkt Stadtmühle Lahr und fing an, dort Vorträge zu halten. Ich begann mit Geschichten und Sagen von der Burg Hohengeroldseck. Andere Themen kamen hinzu, zum Beispiel »Wo kommt die Schokolade her?« zum Muttertag oder eine Nachmittagsgestaltung mit Gedichten. Am 6. Dezember durfte ich sogar den Nikolaus spielen. Das Themenspektrum war sehr vielfältig, aber immer waren es Dinge, die mich interessierten, mit denen ich mich gern beschäftigte und die ich gern recherchiert habe. In dieser Zeit habe ich mich eigentlich selbst beschenkt.

Seit 2015 betreue ich die Ehrenamtlichen für den Besuchshundedienst der Stadt Lahr. Das Konzept an sich gibt es bereits seit 2008. Die Hundeführer und die Hunde werden auf Kosten der Stadt Lahr ausgebildet. Zuerst wird in einem Gespräch festgestellt, welche Hunde und welche Herrchen überhaupt für diesen Dienst geeignet sind. Natürlich darf kein Hund knurren, beißen oder nach jemanden schnappen. Nach der Ausbildung mit abschließender Prüfung darf man in die Heime oder Einrichtungen gehen, die Bedarf angemeldet haben. Der Wunsch nach diesen Besuchen ist sehr groß, nicht nur in Lahr. Immer wieder kommen Nachfragen von umliegenden Tagespflegegruppen und Heimen, die sich für ihre Senioren auch einen solchen Hundebesuchsdienst wünschen.

Man erlebt bei diesen Besuchen in den Einrichtungen ganz unterschiedliche Dinge, manchmal auch komische oder peinliche Situationen. Meine Tochter Johanna, die auch die Ausbildung gemacht hat, besuchte einen älteren Mann, der sich sehr freute und den Hund anknurrte, woraufhin sich das Tier sehr erschrak. Einmal hatte mein Hund plötzlich das Gebiss des besuchten Bewohners im Maul. Und ein anderes Mal fütterte ein Senior vor lauter Freude, dass sein Lieblingshund kam, diesen mit dem Marmorkuchen, in dem er seine Herztabletten versteckt hatte. Ein anderer Bewohner hielt einfach die Hundeleine fest und wollte sie nicht mehr loslassen. Und noch eine kleine Episode will ich erzählen: An einem 1. April machten meine beiden Hunde einen Ausflug. Sie liefen schnurstracks die Straße hinunter, direkt ins Pflegeheim, dessen automatische Türen sich öffneten und sie einließen. Ohne mich wohlgemerkt. Ich hatte sie an der Garage abgesetzt, wo sie auf mich warten sollten. Im Heim holten sich meine Hunde dann ihre Streicheleinheiten ab. Ein echter Aprilscherz!

Eine besonders schöne Erfahrung machte meine Tochter, als jemand, der seit langem kein Wort mehr gesprochen hatte, plötzlich den Namen seines eigenen Hundes nannte. Es war eine große Überraschung für alle, diesen Mann, der jahrelang überhaupt nichts gesagt hatte, auf einmal sprechen zu hören.

Alle Bewohner freuen sich, wenn wir kommen und sie die Hunde streicheln dürfen; sie kaufen Leckerlis, damit sie für den Besuch etwas parat haben. Ohne viele Worte erreicht man über die Tiere das Innere dieser Menschen, die Herzen öffnen sich. Nicht nur die Senioren, auch die Pflegepersonen sind in der Regel sehr aufmerksam und fragen zum Beispiel: »Geht es dem Hund gut, braucht er Wasser?« Wir und unsere Hunde sind gern gesehene Gäste, die Abwechslung bringen und freudig erwartet werden. Aber auch wir, die wir uns mit dem Besuchsdienst zur Verfügung stellen und unsere Zeit mit anderen Menschen teilen, bekommen viel zurück. Sei es ein Lächeln oder ein Spruch, wie »Schön, dass Sie wieder da sind«. Die Hunde freuen sich natürlich über die Leckerlis und die Streicheleinheiten.

Nach wie vor bin ich in der Stadtmühle in Lahr anzutreffen, aber das Hauptaugenmerk meiner ehrenamtlichen Tätigkeiten liegt derzeit im Bereich des Hundebesuchsdienstes. Was mich für die ehrenamtliche Arbeit motiviert? Mein Motto ist: »Es gibt immer ein Licht im Herzen, das einen führt.«

*****

SIEGRID SCHÄFER, geborene Wüst, kam 1964 in Karlsruhe auf die Welt. Sie machte eine Ausbildung zur Krankenschwester, anschließend absolvierte sie ein Pflegestudium in Heidelberg. 2008 zog sie mit ihrem Mann und ihren beiden Töchtern nach Seelbach, wo sie sich bald vielfältig ehrenamtlich engagierte.

Heike Wieseke

Etwas von der eigenen Zeit abgeben

Als ich vor 28 Jahren zur Freiwilligen Feuerwehr Lahr ging, war es eigentlich nicht meine Absicht, mich ehrenamtlich zu engagieren. Vielmehr war es so, dass mein Bekannten- und Freundeskreis überwiegend aus Mitgliedern der Feuerwehr bestand. Einmal waren wir alle auf den Langenhard gefahren, wo ein Löschteich geklärt und neu befüllt wurde. Anschließend saßen wir nett beieinander. Bei dieser Gelegenheit legte ein Feuerwehrkollege Anmeldebögen vor. Er meinte, es sei an der Zeit, dass auch Frauen zur Feuerwehr kämen. Wir drei anwesenden Frauen waren sofort bereit dazu und füllten die Formulare aus. Als dann die Zusage kam, waren einige doch geschockt. Aber viele waren auch erfreut darüber. In der Zeitung stand, drei Damen seien jetzt bei der Feuerwehr tätig. Und das würde in die Geschichte von Lahr eingehen. Allerdings stimmt das so nicht ganz. Es gab schon während des Krieges Frauen bei der Feuerwehr, weil die Männer im Feld waren. Soviel mir bekannt ist, gab es in Schönberg einen ganzen Löschzug mit Frauen. Erst später wurden Frauen zu Exoten, als die Feuerwehr sich in der Gesellschaft zu einer typischen Männerdomäne entwickelte.

Auf jeden Fall waren wir jetzt angemeldet – und mussten zur Grundausbildung. Ich hatte keinen Bezug zur Technik und habe mich während der Grundausbildung schon manchmal gefragt, ob meine Entscheidung richtig war. Aber mein Stolz ließ es nicht zu, einen Rückzieher zu machen. Mit der Zeit und mit der Unterstützung der Kameraden, und auch durch Erfolgserlebnisse, fand ich Gefallen daran.

Am Anfang kam es durchaus vor, dass Ehefrauen von Feuerwehrangehörigen verlangten, ihre Männer sollten nicht mehr zur Feuerwehr gehen, weil dort ja jetzt auch

Frauen wären. Es gab außerdem Feuerwehrkameraden, die uns beim Einsatz oder Übungsdienst beim Aussteigen die Fahrzeugtür nicht aufhielten, sondern sie uns vor der Nase zuschlugen. Vor allem ein Teil der älteren Lahrer Feuerwehrmänner hatte mit der Anwesenheit von Frauen Probleme. Jedoch der größte Teil, diejenigen, die sozusagen unsere Ziehväter waren, haben uns respektiert und motiviert.

Als nach der Grundausbildung der erste Einsatz kam, war ich mächtig stolz. Natürlich waren neben den Erfahrungen im Einsatz auch die sozialen Aspekte sehr wichtig, und dass die Kameradschaft stimmte. Man musste sich ja aufeinander verlassen können. Ich bin bei und mit der Feuerwehr groß geworden, weil ich Jahr für Jahr sehr viel dazulernen konnte. Ich war einfach immer zur richtigen Zeit am richtigen Ort, habe alle Lehrgänge absolviert und wurde dann auch Gruppenführerin. Später ließ ich mich noch zur Zugführerin ausbilden. Zugführer sind für die Ausbildungs-, Übungs- und Einsatzdienste zuständig. Sie organisieren die Übungsdienste in Zusammenarbeit mit dem Kommando, damit alle immer auf dem neuesten Stand sind. Der Zugführer leitet seinen Zug im Einsatz. An der Einsatzstelle ist der Kommandant der Einsatzleiter vom Dienst. Ein Zug besteht aus zwölf Personen mit drei Fahrzeugen.

Die Zeit bei der Feuerwehr hat mir immer sehr viel Spaß gemacht. Wenn man mich fragt, wie es Spaß machen kann, zu Notfällen oder Schadenslagen von anderen Menschen gerufen zu werden, dann kann ich das nur relativ schwer erklären. Vielleicht so: Ich kann helfen, ich bin ausgebildet, kann viel erreichen und Schaden abwehren. Am Ende des Einsatzes habe ich etwas erreicht, wofür die betroffenen Leute dankbar sind.

Das Ehrenamt bei der Feuerwehr ist kein Vollzeitjob, das macht man neben dem Hauptberuf. Mit den Jahren wurde es für mich schwieriger, mich dem Ehrenamt zu widmen, da sich mein Lebensmittelpunkt veränderte. Neben Beruf und Familie wollte ich auch für meine kranken Eltern da sein. Vor einigen Jahren gab ich deshalb das Amt der Zugführerin ab. Ich konnte mich nicht mehr so intensiv wie früher engagieren. Aber die Feuerwehr an und für sich macht mir nach wie vor Spaß und ich bin immer noch aktiv. Wenn man dabei ist, dann muss man wirklich mit Herzblut dabei sein und regelmäßig die Übungsdienste besuchen, um auf dem aktuellen Stand zu sein. Statistisch gesehen gibt es im Schnitt zwei Einsätze pro Tag. Da ich Feuerwehrfrau bin – mein Mann ist hautamtlicher Gerätewart der Feuerwehr Stadt Lahr und Leiter der Abteilung in Reichenbach – haben wir beide Verständnis dafür, wenn einer von uns wegen eines Einsatzes die Familie verlassen muss. Ich kann mir aber gut vorstellen, dass Angehörige Probleme damit haben, wenn an Weihnachten oder bei anderen familiären Veranstaltungen plötzlich einer weg muss.

Das Ehrenamt insgesamt braucht sicher dringend eine größere gesellschaftliche Wertschätzung. Man investiert sehr viel Zeit. Deshalb ist es nötig, die Ehrenamtlichen zu fördern und zu motivieren, egal in welchem Ehrenamt sie tätig sind, ob im sozialen Bereich oder bei der Feuerwehr. Der respektvolle Umgang und die Anerkennung sind für Jeden, der ehrenamtlich tätig ist, sehr wichtig.

Mittlerweile bin ich auch ehrenamtlich im Verein Spital Vital tätig, ich bin dort Gründungmitglied. Spital Vital ist ein Freundeskreis zur Förderung der Arbeit im Lahrer Pflegeheim Spital. Wir haben gerade ein weiteres Projekt ins Leben gerufen: Ehrenamtliche sollen ein- bis zweimal im Jahr mit den Bewohnern Ausflüge unternehmen. Mir macht es einfach Freude, etwas von der eigenen Zeit zum Wohle anderer abzugeben.

HEIKE WIESEKE, geborene Armbruster, wurde 1968 in Lahr geboren. Nach der Schulzeit absolvierte sie ein freiwilliges soziales Jahr im Bereich der Pflege und eine Ausbildung zur Altenpflegerin. Seit 1990 ist sie im Lahrer Pflegeheim Spital tätig, derzeit als Pflegedienstleiterin.

Heimfried Furrer und Huthifa Al Saady

Mehr zurückbekommen, als man gibt

Heimfried Furrer: Zwei meiner Freundinnen und ich hatten die Idee, in der Volkshochschule einen internationalen Singkreis zu gründen – das war der Anfang. Wir haben mit Immigranten deutsche Lieder gesungen und ihnen Deutsch beigebracht. Das war sehr nett, aber es kamen immer weniger Immigranten und schließlich nur noch Deutsche. Also haben wir unsere Tätigkeit dorthin verlegt, wo die Immigranten sind, nämlich ins Flüchtlingsheim. Dort gab es schon Personen, die Deutsch unterrichteten und Flüchtlinge betreuten. Ende 2014 beschlossen wir, ein Benefizkonzert zu veranstalten, das dann tatsächlich im Januar 2015 stattgefunden hat. Wir konnten dafür die bekannte Lahrer Sängerin und Songschreiberin Linda Tang gewinnen, dazu die Frauengesangsgruppe Tonikum und den Trommler Paul Famous Kadango. Das Konzert wurde ein riesiger Erfolg, der Stiftsschaffneikeller war brechend voll, und wir mussten sogar einige Leute nach Hause schicken.

Anschließend kamen viele Interessierte, die mitmachen wollten. Der Kreis wurde immer größer. Wir haben uns einen Namen überlegt und kamen so auf den »Freundeskreis Flüchtlinge«. Dieser wuchs ständig, und als wir im Sommer 2015 den Preis der Stiftung Bürger für Lahr erhielten, hat uns das enorm geholfen, vor allem in der öffentlichen Wahrnehmung. Wir hatten eine sehr gute Berichterstattung in der Presse, und so sind es jetzt, Stand Ende 2016, rund 100 Personen, die auf die eine oder andere Art mitarbeiten.

Ich war vor kurzem bei einer Preisverleihung in der Ina Nadellager, bei der junge Menschen für ihr Engagement geehrt wurden. Ich war beeindruckt, wie viele sich schon als Schüler engagieren. In diesem Alter war ich ganz anders: Ich habe mich damals nur für meine Freundin – meine heutige Frau – interessiert. Nach der Schule, während meines Jurastudiums, engagierte ich mich aber in einer Freiburger Gruppe, die mit Strafgefangenen im offenen Vollzug Gespräche führte. Wir haben Entlassene betreut und die jetzt noch bestehende Anlaufstelle für Strafentlassene in Freiburg gegründet. Ich war außerdem gerichtlich bestellter Bewährungshelfer. Ein weiteres Engagement ergab sich im Wahlkampf für Willy Brandt. Viele von uns haben in diesem Semester Wahlkampf gemacht und wenig studiert. Nach dem Juraexamen wechselte ich dann das Studienfach und studierte dieses Mal relativ schnell Englisch und Geografie, nachdem ich viel Zeit mit Jura »verplempert« hatte. Ich kam als Lehrer ans Max-Planck-Gymnasium in Lahr und fand dort viele Möglichkeiten, mich weiter zu engagieren. So habe ich zum Beispiel gemeinsam mit Schülern Aktionen der Casa-Verde-Gruppe organisiert. Wir unterstützten damit finanziell das Projekt eines ehemaligen Schülers aus Lahr, der in Peru ein Kinderheim und neuerdings auch ein Lehrlingsheim aufgebaut hat. Ich habe mit Schülern eine Schülerfirma gegründet, die auf Kredit Schließfächer gekauft und sie gegen eine geringe Gebühr an Schüler verliehen hat. Mit dem Verkauf der Schließfächer haben wir 4 000 Euro Gewinn gemacht, die in die Flüchtlingsarbeit geflossen sind. In der Schule war ich außerdem im Personalrat tätig, was mir allerdings in den Auseinandersetzungen mit der damaligen autoritären Schulleitung nicht viel Spaß gemacht hat.

Ich glaube, dass es allen Ehrenamtlichen so geht, die in einer Gruppe mit engagierten Menschen zusammenarbeiten und die über ihren Beruf hinaus einfach noch etwas anderes machen möchten. Auch ist bei mir sicher ein soziales Gewissen angelegt, denn schon früh hatte ich ein ausgeprägtes Gefühl für Ungerechtigkeit. Wenn anderen Unrecht geschah, hat mich dies noch viel mehr geärgert, als wenn es bei mir geschah. Es spielt sicher auch eine Rolle, dass mein Vater und auch mein Großvater politisch engagiert waren und im »Dritten Reich« verfolgt worden sind. Mein Großvater war im Konzentrationslager und mein Vater im Gefängnis. Auch nach dem Krieg haben sich beide in Parteien oder Vereinen betätigt, was mich sicher geprägt hat.

Meine jetzige Tätigkeit bei der Arbeit mit Flüchtlingen besteht unter anderem darin, dass ich in einer Flüchtlingsunterkunft Deutsch unterrichte. Wir trinken Tee zusammen und unterhalten uns dabei, ich führe auch Beratungsgespräche, wenn zum Beispiel Formulare nicht verstanden werden. Wir spielen Gesellschaftsspiele oder ich bringe meine Gitarre mit und wir singen deutsche Lieder. Inzwischen bin ich einer der fünf gewählten Sprecher des Freundeskreises, die den Kreis nach außen vertreten. Wir nehmen an verschiedenen Sitzungen der Stadt Lahr, die Flüchtlinge betreffen, und an den Kontaktgesprächen mit dem Landratsamt teil. Wir sind Ansprechpartner und werden hin und wieder gebeten, von unserer Arbeit zu erzählen. Es gibt in unserer Hilfe viele Einzelaktionen, die ich gerne mitmache und zum Teil initiiere. Zum Beispiel haben Flüchtlinge und Ehrenamtliche zusammen aus Paletten Möbel gebaut oder wir veranstalten Fahrradreparaturtage. In Zusammenarbeit mit den Rotariern und der Evangelischen Fachschule für Sozialpädagogik Nonnenweier wurden Spielgruppen für Kinder organisiert. Die Kontaktdaten auf unserer Internetseite sind eine Art Anlaufstelle für Leute, die etwas über unsere Arbeit wissen oder uns etwas spenden möchten. Ich verwalte das Spendenkonto und betreue einzelne Flüchtlinge. Dadurch, dass wir fünf Sprecher sind, verteilen sich die Aufgaben recht gut. So finde ich wieder mehr Zeit, mich um meine Schützlinge zu kümmern.

Oft habe ich das Gefühl, dass ich in meiner ehrenamtlichen Arbeit mehr zurückbekomme als ich gebe. Ganz unterschiedlichen Menschen – vom Analphabeten bis zum Akademiker – Deutsch beizubringen ist sehr spannend und eine große Herausforderung. Ich führe sehr interessante Gespräche, nicht nur mit Flüchtlingen, sondern auch mit Ehrenamtlichen aus unserer Gruppe. Privat konnte ich dadurch neue Kontakte knüpfen. Sehr frustrierend ist es, wenn Menschen plötzlich über Nacht verschwinden, und man nicht informiert wurde. Auch die Sozialarbeiterinnen, mit denen wir eng zusammenarbeiten, wissen oft nicht, wohin die Menschen abgeschoben oder verlegt worden sind und was der Grund dieses Vorgehens ist. Tatsächlich überwiegen aber die positiven Erlebnisse, wenn ich zum Beispiel sehe, wie sich manche der Flüchtlinge anstrengen und unheimlich schnell Deutsch lernen. Oder wenn man nach monatelangem Suchen und Herumfragen eine Einzimmerwohnung für einen jungen Mann findet, etwas, was man schon nicht mehr für möglich gehalten hatte. Er hatte keine Bleibe mehr und hat immer irgendwo bei verschiedenen Freunden übernachtet. Das sind Glücksgefühle, die bei weitem den Frust überwiegen, den ich manchmal empfinde.

HUTHIFA ALSAADY: *Ich bin 25 Jahre alt und Fotograf. Ich spreche noch nicht gut Deutsch, kann aber sehr gut Englisch und Arabisch. An der Universität Bagdad habe ich Jura studiert. 2015 bin ich aus dem Irak nach Deutschland geflüchtet. Ich lebe in der Lahrer Flüchtlingsunterkunft und habe dort Heimfried Furrer kennengelernt. Aus meiner Sicht ist Hilfe am wichtigsten beim Erlernen der deutschen Sprache und bei der Wohnungssuche. Wir Flüchtlinge müssen auch mehr über die Regeln und die Politik hier erfahren, denn in den arabischen Ländern ist alles anders. Sowohl in den Lebensweisen als auch im Umgang miteinander. Die kulturellen Unterschiede sind groß, wir bemühen uns, immer pünktlich und höflich zu sein, und wir sind gastfreundlich und hilfsbereit. Es ist gut, dass wir in unserer Unterkunft unser Essen selbst kochen können. Ich besuche jeden Tag in der Volkshochschule den Deutschkurs, denn ich muss gut Deutsch sprechen, um mir hier eine Existenz als Fotograf aufzubauen. Mein Ziel ist es, außerdem noch eine Ausbildung in der Filmbranche zu machen.*

* * * * *

HEIMFRIED FURRER wurde 1948 in Karlsruhe geboren. In Freiburg schrieb er
sich zunächst für das Fach Jura ein,
später studierte er Englisch und Geografie für das Lehramt. Ab Mitte der
1970er-Jahre arbeitete er als Lehrer
am Max-Planck-Gymnasium.

HUTHIFA AL SAADY wurde 1991 in der
irakischen Hauptstadt Bagdad geboren. Nach seinem Schulabschluss
an einem Gymnasium studierte er
drei Jahre lang Jura, floh aber vor
dem Abschluss seines Studiums nach
Deutschland. Neben seiner Muttersprache Arabisch spricht er sehr gut
Englisch; in Deutschland machte er
unter anderem ein B1-Sprachzertifi-
kat in Deutsch. Seit mehreren Jahren
widmet er sich intensiv dem Thema
Fotografie.

239

Gesagt, getan

Hanne Kaiser-Munz

Besser reparieren als wegwerfen

Ich möchte das Motto »Gesagt – getan« um ein Wort erweitern zu: »Gedacht – gesagt – getan«. Zwischen diesen drei Wörtern liegt oft eine sehr lange Strecke vom Gedanken bis zur Verwirklichung. Bei mir waren es zwei lange Jahre.

Vor zwei Jahren sah ich einen Fernsehbericht über ein Repair Café in einer Großstadt. Wer Dinge zum Reparieren hat, seien es Elektrogeräte, Möbelstücke, Fahrräder oder Schmuck, kann dorthin gehen. Sachkundige Ehrenamtliche begutachten das Mitgebrachte und reparieren, wo es möglich und noch sinnvoll ist. Wenn es gelingt, gehen viele Menschen glücklich nach Hause, denn die Reparatur ist kostenlos, das gute Stück ist wieder heil und wurde nicht einfach weggeworfen.

Mir gefiel diese Idee und ich dachte, dass ich so ein Repair-Café auch gerne in Lahr oder in der Umgebung hätte. Es gab mehrere Gründe für diesen Wunsch: Erstens habe ich mich, wie sicher auch viele andere Mitmenschen, geärgert, wenn etwas, das ich schon lange hatte und mir lieb geworden war, kaputt ging, und niemand zu finden war, der es reparieren konnte. Zweitens hat es mich schon immer umgetrieben, dass wir gezwungen sind, in einer Wegwerfgesellschaft zu leben, denn ich persönlich würde gerne anders leben, aber kann es oft nicht, und das fand ich nicht gut.

Der Gedanke verschwand dann eine Weile, blieb aber im Hinterkopf.

2014 wurde ich zur Sprecherin des Seniorenbeirats der Stadt Lahr gewählt und unser Gremium überlegte sich Themen für die Seniorenarbeit. Ich warf den Vorschlag des Repair Cafés in die Runde und stieß auf großes Interesse, aber wir wussten noch zu wenig, um anfangen zu können. Bei einer Recherche im Internet fand ich sehr viel Interessantes über Repair Cafés in Süddeutschland und erfuhr, dass es diese Einrichtungen schon in Offenburg und Kehl sowie in Emmendingen und Freiburg gibt – also ganz in unserer Nähe. Gemeinsam mit Edwin Fischer vom Bürgerzentrum Treffpunkt Stadtmühle nahm ich Kontakt mit Günter Schulz, dem Initiator des Repair Cafés in Offenburg, auf. Er zeigte sofort Interesse und bot an, uns in der Anfangsphase zu unterstützen.

Wir erfuhren, dass Ulrich Sand von der Ortsgruppe des BUND in Lahr auch schon Interesse gezeigt hatte, ebenso wie Manfred Kaiser von der Stabstelle Umwelt bei der Stadt Lahr. Zusätzlich stieß auch noch Carmen Wenkert zu uns, die Leiterin der Volkshochschule Lahr. Somit waren wir schon eine Gruppe mit dem gleichen Ziel. Das war natürlich ein Glücksfall, und ich war mir sicher, dass nun nichts mehr schiefgehen konnte. Im Dezember 2015 besuchte ich das Repair Café in Offenburg und von da wusste ich, dass so eine Einrichtung auch in Lahr möglich ist.

Am 25. Februar 2016 trafen wir uns zum ersten Mal und klärten viele Fragen: Wo gibt es Räume für das Repair Café? Welche Termine sollen wir anbieten? Woher nehmen wir die ehrenamtlichen Reparateure? Wer übernimmt die Trägerschaft wegen der Haftung? Wie nennen wir uns?

Der Ort war schnell gefunden, und zwar im Bürgerzentrum Treffpunkt Stadtmühle in Lahr, sehr geeignet für unsere Bedürfnisse und Vorstellungen. Mit zukünftigen Helfern trafen wir uns Mitte Mai. Es kamen wirklich viele interessierte Menschen, und auf Anhieb fanden sich 14 Menschen, die sich bereit erklärten, Reparaturen auszuführen. Die meisten stammten aus dem Elektrobereich, zwei konnten Fahrräder reparieren, im Textilbereich erklärten sich einige bereit, mit Nähmaschinen zu kommen. Auch gab es Leute für Schmuck und Möbel sowie Hobbybastler. Letztlich waren alle Bereiche abgedeckt.

Am 25. Juni wurde das Repair Café in Lahr feierlich eröffnet, also nur vier Monate nach unserem ersten Treffen.

Im Laufe der Zeit kamen dann immer mehr Helfer dazu, sodass wir jetzt einen Stamm von 30 Ehrenamtlichen haben, von denen manche bei jedem Termin des Repair Cafés anwesend waren. Bei der Namensgebung gab es eine lange Diskussion, weil wir nach einem deutschen Begriff suchten. Da aber das Logo für alle Repair Cafés das gleiche ist und wir es auch verwenden wollten, haben wir uns doch für diesen Namen entschieden. Die Trägerschaft übernahm der BUND Lahr mit dem Vorsitzenden Ulrich Sand. Durch Mund-zu-Mund-Propaganda und über die Presse wurden wir schnell bekannt, außerdem haben wir Plakate mit dem Logo und Fotos von unserem Café mit helfenden und suchenden Personen gefertigt.

Im Juli 2016 fand der zweite Reparaturtermin und nach der Sommerpause im September der dritte statt. Wir konnten jedes Mal über 40 hilfesuchende Besucher begrüßen. Seitdem haben wir feste Termine: Das Repair Café öffnet an jedem ersten Samstag im Monat von 14 bis 17 Uhr.

Unser Motto heißt: Alles, was man unter dem Arm tragen kann, darf man zum Reparieren mitbringen. Und das funktioniert dann so: Zwei Ehrenamtliche notieren am Empfang Name, Wohnort und das Anliegen des Besuchers. Die mitgebrachten Gegenstände werden gewogen. Das Gewicht aller Gegenstände, die repariert werden konnten, wird addiert, und so wissen wir am Ende des Tages, wie viel Müll wir vermieden haben. Die Laufzettel kommen in verschiedene Fächer. Dann werden unsere Besucher gebeten die Wartezeit im Café zu überbrücken. Wenn ein Helfer sich den Laufzettel holt, wird die entsprechende Person aufgerufen und geht mit ihm zum Reparieren und bleibt solange dabei, bis der Fehler gefunden wurde oder der Gegenstand repariert werden konnte. Ersatzteile müssen die Hilfesuchenden mitbringen, Werkzeuge sind vorhanden. Wenn sich beim Reparieren herausstellt, dass etwas fehlt, kann man diese Dinge am Samstagnachmittag oft noch besorgen und es kann repariert werden – oder die Reparatur wird auf das nächste Mal verschoben. Zum Schluss geht man zurück zum Empfang, gibt den Laufzettel ab und vielleicht noch eine Spende, da alles umsonst und ehrenamtlich erledigt wurde. Die eingesammelten Laufzettel werden von uns ausgewertet, um weiter erfolgreich im Repair Café arbeiten zu können.

Ich möchte mich bei allen Mitstreitern rund um die Entstehung des Repair Cafés bedanken, ebenso wie bei allen Ehrenamtlichen des Repair Cafés und bei allen Menschen, die ihre kaputten Gegenstände vertrauensvoll zu uns bringen. Ich bin stolz darauf, dass ich das Repair Café in Lahr ins Leben gerufen habe, ohne Mitdenker und Mitstreiter wäre dies aber sicher nicht so schnell geglückt. Vielleicht habe ich dem einen oder anderen Mut gemacht, auch seine Idee in die Tat umzusetzen. Mir jedenfalls hat es viel Freude gemacht. In diesem Sinne möchte ich allen unser Motto ans Herz legen: Lieber gemeinsam reparieren als alleine wegwerfen.

HANNE KAISER-MUNZ, geborene Kaiser, kam 1950 in Ettenheim auf die Welt. Sie arbeitete als Grundschullehrerin. 2013 ging sie in Pension, was sie nicht davon abhält ihre Ideen in die Tat umzusetzen.

Ulrike Karl

Die Stadt wird eine andere sein

Gesagt – getan. Nicht ich, sondern andere haben etwas für mich gesagt und getan. Lange Zeit war ich mir nicht sicher, ob ich es auch tun möchte. 2008 wechselte ich vom Landratsamt Offenburg zur Stadt Lahr, wo ich das Rechnungsprüfungsamt leitete. Diese Arbeit hat mir sehr viel Freude gemacht, obwohl viele sicher denken, dass diese Tätigkeit langweilig sei. Aber nein: Es ist wirklich ein toller Job und man kann sich dort richtig wohlfühlen. Das habe ich auch.

Dann erhielt die Stadt Lahr 2009 den Zuschlag zur Landesgartenschau im Jahr 2018. In Lahr wurde ein Koordinationsteam gebildet, das sich in der Vorbereitung in einer sehr frühen Phase um die Landesgartenschau kümmern sollte. In diesem war ich ein ganz normales Mitglied. Eines Tages klingelte das Telefon. Man fragte mich, ob ich mir vorstellen könnte, Geschäftsführerin der Landesgartenschau Lahr 2018 GmbH zu werden. Mein erster Reflex war – nein, denn ich hatte mich ja gerade so gut im Rechnungsprüfungsamt eingelebt. Wahrscheinlich war es auch die Angst vor dieser großen Aufgabe. Ich hatte dann das große Glück, dass ich ein zweites Mal und auch ein drittes Mal gefragt wurde. Nach langen Gesprächen mit meinem Mann sagte ich zu.

Für mich war es eine sehr schöne Bestätigung, dass ich nicht nur von einer Person gefragt wurde, sondern von mehreren. Außerdem hatte ich großen Rückhalt im Gemeinderat. Mir war damals sicher nicht bewusst, was es bedeutet Geschäftsführerin der Landesgartenschau Lahr 2018 GmbH zu werden und was diese Aufgabe alles mit sich bringt. Ich sah natürlich die Pläne, sah das große Gelände und hatte Respekt vor der Verantwortung. Um mich zu informieren, besuchte ich andere Gartenschauen. Man hat mich schon mehrmals gefragt, ob ich es be-

reut habe, dieses Amt übernommen zu haben. Natürlich
bereut man so eine Entscheidung zwischendurch auch
einmal. Das liegt einfach daran, dass man etwas Neues
wagt und vermutlich auch ein bisschen Angst davor hat.

Was bedeutet es eigentlich, wenn man den Zuschlag
zur Landesgartenschau bekommt und ein solches Unternehmen gegründet wird? Als ich zum ersten Mal auf dem
Gelände war, gab es dort nur Maisfelder. Sieht man es
jetzt, erkennt man, dass dort inzwischen relativ viel passiert ist. Aber nichts fällt vom Himmel, alles muss gründlich geplant werden. Es hört sich sehr einfach an, wenn
man sagt: »Jetzt gründen wir mal ein Unternehmen.«
Vorher sind allerdings viele Kleinigkeiten zu organisieren. Zuerst braucht man ein Bürogebäude. Wir hatten
großes Glück, denn wir sind im Nestler Carrée unterge-
kommen, in der alten Nestler-Villa. Als ich das Gebäude
betrat, dachte ich, hier möchte ich gerne arbeiten. Der
Mitgeschäftsführer und ich hatten zunächst 300 Quadratmeter ganz allein für uns zur Verfügung. Zu diesem
Zeitpunkt befand sich noch ein Künstleratelier in dem
Gebäude. Der Künstler hatte gerade seine »Damenbrust-
phase«, das ganze Treppenhaus hing voller Damenbrüste.
Da brauchte man schon eine gute Vorstellungskraft, wie
es ohne diese aussehen könnte.

Zunächst mussten wir die gesamte Ausstattung kaufen,
von Bürostühlen über Computer und Fahrzeuge – einfach alles. Wir mussten feststellen, dass in diesem Land
eine Unternehmensgründung ohne Stempel schier unmöglich ist. Wir hatten wohl den Handelsregistereintrag,
aber für die Unterzeichnung des Gesellschaftervertrages
keinen Stempel.

Als die GmbH gegründet wurde, waren wir zwei Personen: Der Mitgeschäftsführer und ich. Es war nicht ganz
einfach, Mitarbeiter zu finden. Auch das war mir am
Anfang nicht bewusst. Heute, im Februar 2017, sind es
18 Mitarbeiter mit befristeten Arbeitsverträgen, denn uns
gibt es ja nur bis Ende 2018. Aber alle Mitarbeiter sind mit
wirklichem Engagement dabei, weil sie die Idee und den
Gedanken der Landesgartenschau in ihrem Herzen tra-

gen. Bei dem Motto »Gesagt – getan« ist es am wichtigsten, dass man etwas wirklich aus ganzem Herzen macht. Wenn ich die Landesgartenschau mit halbem Herzen und mit halbem Einsatz machen würde, dann würde es wahrscheinlich nicht funktionieren. Ich bin auch deshalb mit dem ganzen Herzen dabei, weil ich überzeugt bin, dass diese Stadt die Landesgartenschau verdient hat.

Nachdem ich »Ja« gesagt hatte, drehte sich mein ganzes Leben plötzlich nur noch um die Landesgartenschau. Dazu gehört, dass man plötzlich sehr garten- und pflanzennah ist. Als Rechnungsprüfungsamtsleiterin ist man ja relativ weit weg von den Themen Garten und Landschaftsbau. Als ich »Ja« gesagt habe, wusste ich, wo das Gelände ist, und auch, wie groß es ist, aber ich bin es nie abgelaufen. Wenn ich das damals gemacht hätte, wäre ich von der Aufgabe vermutlich noch beeindruckter gewesen.

Was mir auch nicht klar war: Als Geschäftsführerin einer Landesgartenschau bin ich auf einmal eine öffentliche Person. Kürzlich war ich bei einem Arzt. Die Untersuchung dauerte so lange, bis ich die ganze Gartenschau beschrieben hatte. Man muss sich daran gewöhnen. Meine Schwiegereltern, die weit über 80 Jahre alt sind, sagen immer wieder, sie sähen mich öfter in der Zeitung als persönlich. Das ist natürlich sehr schade. Dieser Job erfordert ein sehr großes zeitliches Engagement. Man kann eine solche Aufgabe nur schaffen, wenn es Menschen gibt, die zu einem stehen. Dazu gehören viele Freunde, die einem den Rücken stärken, und die Familie, die einen unterstützt.

Ich bin froh, dass ich gefragt wurde, und dass ich den Schritt gewagt habe, den Arbeitsplatz zu wechseln. Jetzt im Februar 2017 haben wir noch ein gutes Jahr vor uns, bis die Gartenschau eröffnet wird. Ich bin mir sicher, dass die Stadt Lahr nach dem Jahr 2018 eine andere sein wird. Auch ich werde eine andere sein.

*****

ULRIKE KARL wurde 1967 in Lörrach geboren, machte nach der Mittleren Reife eine Ausbildung und studierte dann auf dem zweiten Bildungsweg Verwaltungswissenschaften in Kehl. 1989 kam sie nach Lahr.

Alexander Hugenberg

Fast schon eine Lebensaufgabe

Es ist eine Immobilie, die mich nach Lahr geführt hat. Ich war zwölf Jahre lang in München bei einer US-ameri-kanischen Bank tätig. Nach der Finanzkrise war ich dort noch bis Ende 2012 beschäftigt, um das Portfolio abzu-wickeln. Dann wurde die Abteilung geschlossen und ich musste mich beruflich neu orientieren. Aus dem Jura-studium war ich lange heraus und ich wollte auch nicht unbedingt als Rechtsanwalt arbeiten. Mein Interesse galt der Wirtschaft, sodass ich berufsbegleitend noch ein EMBA-Studium absolvierte. Während der Zeit in der Bank hatte ich außerdem sehr viel mit Immobilienfinan-zierungen und -investitionen zu tun, sodass ich auch mit deren Risiken bestens vertraut war.

Während meines Jurastudiums in Hamburg hatte ich einen Kommilitonen kennengelernt, der aus Lahr kommt. Später besuchte ich ihn dort gelegentlich mit meiner Frau und Familie. Wir sind beide städtebaulich interessiert und fanden es schade, dass immer wieder das eine oder andere Haus in Lahr abgerissen oder auch ka-puttsaniert wurde. Im April 2013 spazierten wir wieder einmal durch die Stadt. Dabei entdeckten wir ein Ver-kaufsexposé als Aushang einer lokalen Bank. Es han-delte sich um das Anwesen in der Kaiserstraße 62, das offenbar lange im Dornröschenschlaf gelegen hatte. Der aufgerufene Kaufpreis für das rund 2 000 Quadratmeter große Grundstück in relativ stadtnaher Lage klang ver-tretbar. Die Substanz der Immobilie war auch nicht allzu schlecht. Mich faszinierte dieses Anwesen und es schien mir kein allzu großes Risiko zu sein, es zu kaufen.

Obwohl es aus Münchener Sicht etwas fern liegt, habe ich mich relativ schnell zum Kauf entschlossen. Dabei spielte auch meine berufliche und private Lebenssitua-tion eine Rolle. Meine Frau und ich kommen ursprünglich vom Land. Wir hatten genug von unserem bisherigen Großstadtleben. Es war auch unser Wunsch, unsere Kinder nicht in einer Großstadt aufwachsen zu lassen. Lahr hat für unsere junge Familie die richtige Größe. Ich befasste mich außerdem mit der Lahrer Geschichte und der Zeit mit den Kanadiern. Dabei wurde mir klar, dass Lahr gute Zukunftschancen hat. Wir griffen deshalb optimistisch zu und beschlossen, dass Lahr unsere neue Heimat wird. Ein weiterer Aspekt für den Erwerb dieses Objekts war das Wohnen und Arbeiten an einem Ort. Mein Wunsch nach Selbstständigkeit war sehr groß. Ich stamme aus einer Familie mit vielen Selbstständigen und habe es vermutlich nur deshalb zwölf Jahre in der Bank ausgehalten, weil es dort recht großzügig zuging, mit lockeren Umgangsformen und flachen Hierarchien. Bei einer deutschen Bank hätte ich es vielleicht nicht so lange geschafft.

Natürlich war es nicht ganz einfach, als Privatperson eine Kreditfinanzierung für ein solches Projekt auf die Beine zu stellen. Ich gründete für den Erwerb eine Firma. Es war nicht nur der Kaufpreis zu finanzieren, sondern vor allem auch die Sanierung des Objektes. Die gesamte Planung benötigte eine lange Vorlaufzeit. Will man eine Immobilie richtig sanieren, dann kommt man meist nicht umhin, den vorhandenen Mietern zu kündigen. Wir ließen uns damit zwei Jahre Zeit. Die brauchten wir auch – um die Mieter ohne großen Druck und den Vorschriften des Mieterschutzes entsprechend aus dem Haus zu bekommen.

Nach der Hürde mit der Kreditfinanzierung kam die Baugenehmigung. Laut Gesetz sollte eine Baugenehmigung innerhalb von zwei Monaten und eventuell einer Verlängerung um einen weiteren Monat vorliegen. Ich habe auf die erste Genehmigung zwölf Monate gewartet. Nach einer Umplanung auf die zweite Genehmigung weitere neun Monate. Es war dann immer noch nicht alles genehmigt, es handelte sich nur um eine Teilbaufreigabe. Ich möchte das gar nicht bewerten, sondern nur darstellen. Es lag wahrscheinlich an Personalknappheit in der Behörde.

Eine weitere Erschwernis war und ist die überhitzte Baukonjunktur. Die günstigen Zinsen führen dazu, dass viele jetzt investieren wollen und es auch tun. Die Firmen können sich vor Aufträgen kaum retten und sind sehr wählerisch. Eine Altbausanierung ist zudem nicht so einfach wie ein Neubau. Deshalb ist es schwierig, Firmen zu finden, die das Geplante umsetzen können und wollen. Ausschreibungen machen fast keinen Sinn. Wettbewerb gibt es aktuell nicht unter den Baufirmen. Hohe Preise sind die Folge.

Mein persönliches Ziel ist eine denkmalgerechte Sanierung. Das ist in der Ausführung nicht ganz einfach. Wie bei vielen Gebäuden in der Region handelt es sich bei unserem Objekt um ein Fachwerk, das im Erdgeschossbereich auf Sandstein steht. Sandstein ist wie ein Schwamm. An vielen Stellen ist er mit Farbe übertüncht. Das ist nicht gerade sinnvoll, denn die Feuchtigkeit muss ja wieder heraus aus dem Mauerwerk. Das Fachwerk ist nur 13 Zentimeter dick. Wir wohnten zwei Jahre lang in dem Haus, als es noch nicht saniert war, und es war recht »frisch«. Eine denkmalgerechte Sanierung lässt nur eine Innendämmung zu. Diese hat automatisch Tauwasser im Fachwerk zur Folge. Also muss man sehr genau vorgehen. In der Vergangenheit waren viele Fehler in dem Gebäude gemacht worden, oft auch durch Mieter, die einfach Styropor aus dem Baumarkt innen an die Außenwände angebracht haben. Die Folge waren Schimmel und zerstörtes Holz.

Für mich hängt eine denkmalgerechte Sanierung auch mit einer stilgerechten Modernisierung zusammen. Ich bin ein Verfechter vom Rückbau in den ursprünglichen Stil und möchte, dass sich das Neue dem Alten unterordnet und nicht etwa gleichwertig neben dem Alten steht. Mein Ziel ist es, Neues so weit wie möglich verdeckt zu installieren. Es soll ein Denkmal entstehen, in das man reingeht und in dem man die alte Zeit und den alten Stil – das ist bei uns der Klassizismus im frühen 19. Jahrhundert – wieder etwas spürt. Zudem versuche ich einen Beitrag zum Erhalt des Stadtbildes zu leisten. Wir haben einen großen Garten hinter dem Haus, fast 1 000 Quadratmeter groß. Alle Mitbewerber beim Erwerb hatten es vor allem darauf abgesehen, diesen mit Mehrfamilienhäusern zu bebauen. Das ist nicht unser Ziel. Wir kommen aus der Großstadt, haben Kinder und wollten einen Garten haben. Ein bisschen Eigennutz ist dabei, aber wir wollen letztlich auch das Stadtbild erhalten.

Um den Ertrag des Objektes zu maximieren, entschlossen wir uns, auch gewerblich zu vermieten. Das bedeutete eine weitere Existenzgründung. Von den 17 herzustellenden Wohnungen wollen wir zwölf gewerblich vermieten, an Touristen oder an Lahrer, die ihre Gäste unterbringen wollen. Wir versuchen, möglichst viele Interessenten zu bekommen und benötigen eine hohe Auslastung, damit alles funktioniert. Es ist wohl ein betriebswirtschaftliches Risiko, aber meine Frau und ich trauen es uns zu, neben der Sanierung eine weitere Existenzgründung zu meistern.

Im Anwesen wird es außerdem Gemeinschaftsflächen geben. Wir haben im Haupthaus einen großen Gewölbekeller, über 200 Quadratmeter groß. Unter dem einen Seitenflügel befinden sich weitere drei Gewölbekeller. Außerdem haben wir ein historisches Gartenhaus, das zwischen 1850 und 1860 gebaut worden ist, und den erwähnten Garten. Wir sind bereit, all diese Flächen mit unseren Gästen zu teilen. Wenn jemand ein Fest veranstalten will, kann er sich gerne an uns wenden. Zurzeit haben wir eine Anfrage von Musikern, sie möchten eventuell im Keller Musikveranstaltungen durchführen. Wir hoffen auf Kulturveranstaltungen, Ausstellungen, Familienfeiern und auch darauf, Lahrer dafür begeistern zu können, ihre Hochzeit bei uns zu feiern und ihre Gäste bei uns unterzubringen.

Mit diesem Projekt ist eine ganz persönliche Leidenschaft von mir verbunden, das ist die Historie. Ich habe die Geschichte des Hauses im Stadtarchiv ergründet, bis zur Erbauung und sogar etwas weiter zurück zum Vorläuferhaus. Zudem erforsche ich die Biografien aller bisherigen Eigentümer. Ich habe vor, ein kleines Büchlein mit Fotos über die Gründungs- und Sanierungsgeschichte des Hauses herauszubringen. Ich tue dies für dieses Haus beziehungsweise für die Familien, die es besaßen, und ich bin sicher, es »füllt« das Anwesen mit Charisma und Seele.

Wir wollen uns hier ein neues Zuhause schaffen, auch eine Heimat für unsere Kinder. Wir finden, Baden ist eine wundervolle Region und Lahr ist eine tolle Stadt. Wir lieben die Vielfalt in der Geografie mit dem Schwarzwald und der Rheinebene, insbesondere den Grenzstreifen zwischen beiden. Wir lieben den Wein und das gute Essen, das es hier gibt. Ein Projekt zu stemmen, das man nur einmal im Leben verwirklicht, ist auch eine persönliche Befriedigung, und wir müssen durchhalten. Derzeit haben wir ungefähr Zweidrittel der Zeit, die wir eingeplant haben, hinter uns. Wenn wir gut sind, schaffen wir es, bis Ende März 2018 eingezogen zu sein. Wir müssen dafür allerdings noch einige Hürden nehmen.

*****

ALEXANDER HUGENBERG kam 1969 in Rinteln an der Weser auf die Welt. Nach dem Abitur machte er eine Banklehre. Dann schloss sich ein Jurastudium und Referendariat in Trier, Lyon und Hamburg an. 2013 kam er mit seiner Familie nach Lahr.

Gregor Grüb

Eine alte Tradition gerettet

Ich bin in Lahr groß geworden und lebte hier bis zu meinem 19. Lebensjahr. Der Fokus in dieser Zeit lag auf Schule, Freunden, Sport – aber auf keinen Fall auf Zigarren. Dass es die Firma Roth-Händle gab, war mir bekannt, aber dass wir hier eine derart traditionsreiche Region mit Hunderten von Jahren Erfahrung im Tabakanbau und in der Tabakverarbeitung haben, das wusste ich damals nicht.

2010 kam ich nach Lahr zurück, und wie das so ist, man trifft ein paar alte Bekannte wieder und landet unweigerlich auf irgendeinem Grillfest. Dort kam ich mit einem Mann ins Gespräch, dessen Familie über Jahrzehnte im Tabakgeschäft tätig gewesen war. Was er aus dieser Zeit erzählte, hat mich fasziniert und nicht mehr losgelassen. Ich fing an, im Internet zu recherchieren und stieß dabei auf Familie Lehmann in Seelbach. Zu diesem Zeitpunkt war das Ehepaar Lehmann um die 80 Jahre alt. Sie waren die letzten in unserer Gegend, die Zigarren von Hand herstellten. Selbst wenn man deutschlandweit sucht, findet man nicht mehr viele Menschen, die das beherrschen. Mit meinem Freund Klaus Harisch fuhr ich zu ihnen. Wir wurden gleich in den Keller geführt, und dort saß Herr Lehmann und rauchte einen Stumpen. Trotz des Rauchs war es für mich eine Idylle, einfach faszinierend, das zu sehen und zu erleben. Wir waren von dieser Tradition angetan, obwohl wir keine Ahnung von der Materie hatten. Wir informierten uns weiter, fuhren immer wieder nach Seelbach zu Herrn Lehmann und erfuhren dann, dass er und seine Frau aufhören würden, und dass wir uns ranhalten müssten, wenn wir etwas unternehmen wollten. Sie wären jetzt 80, hätten ihr ganzes Leben mit Zigarren und Tabak verbracht und jetzt keine Lust mehr weiter zu machen.

Es war uns klar, dass etwas passieren musste, wenn diese Tradition nicht aussterben sollte. Wir hatten den Eindruck, dass in Zeiten, in denen Handys klingeln, E-Mails reinrasseln und die Zyklen immer kürzer werden, Menschen immer mehr auf der Suche nach kleinen Oasen sind. Sei es, dass man sich etwas Gutes zu essen gönnt, mehr Zeit mit der Familie verbringen möchte, mit Freunden wandern geht – irgendetwas in dieser Art. Wir dachten an die Zigarren, die man nicht einfach raucht, sondern genießt, und meinten, dass auch dies etwas sein konnte, um sich etwas Freiraum zu verschaffen.

Uns war klar, dass wir etwas finden mussten, das eigenständig funktionieren konnte, denn schließlich hatten Klaus Harisch und ich einen Hauptberuf. Wir suchten nach einem Herstellungsmerkmal, das uns von anderen unterscheidet. Natürlich mussten die Zigarren von Hand gefertigt werden, und der Tabak musste aus unserer Gegend sein. Wir packten also unser kleines Konzept ein und marschierten zu den Lehmanns. Zuerst haben sie uns nicht ernst genommen. Sie dachten, da kommen zwei Glücksritter und wollen das, was sie schon seit Jahrzehnten in ihrer Familie machen, einfach weiterführen. Das konnte in ihren Augen nicht funktionieren. Wir waren auf diese Reaktion vorbereitet und fuhren ein zweites und ein drittes Mal zu ihnen. Irgendwann haben sie gesagt, dass sie uns glauben und uns vertrauen, und dass sie meinten, wir könnten es schaffen. Das war im April 2014.

Wir lernten viel in dieser ersten Zeit und erhielten auch gleich einen Nackenschlag: Nach unserem Konzept sollten die handgefertigten Zigarren nur mit Tabak aus der Region Ortenau, Schwarzwald und Baden hergestellt werden. Nun wurde uns erklärt, dass der badische Zigarren-Tabak, der für uns am wichtigsten war, nicht mehr angebaut werden würde. Der letzte Abnehmer hatte den Vertrag gekündigt. Es würde nur noch Virginia-Tabak angebaut, der für Zigaretten oder Shishapfeifen verwendet wird und für Zigarren nicht geeignet ist. Wir machten aus der Not eine Tugend, nahmen mit dem Landesverband für Tabakpflanzer Kontakt auf und fanden schließlich zwei Tabakpflanzer, die exklusiv für uns den sogenannten Badischen Geudertheimer Tabak anbauen wollten. Aus Marketingsicht ist das ein Traum, denn nun hatten wir ein Alleinstellungsmerkmal. Wir hatten keine Ahnung von dem »Zeug« und mussten alles – vom Samen bis zum fertigen Produkt – irgendwie heranschaffen. Als ich, der Grünschnabel, zum ersten Mal vor den Tabakpflanzern stand, die seit Jahrzehnten nichts anderes gemacht hatten als Tabak anzubauen, sagte ich ihnen, dass sie nur einmal die Chance hätten, mich über den Tisch zu ziehen, denn beim zweiten Mal würde es nicht mehr klappen. Sie haben mich aber gleich glimpflich davonkommen lassen und mich fair behandelt.

Jetzt begann die Phase 2: der Aufbau. Aufbau – das bedeutet Firmengründung, und dazu braucht man einen Gewerbeschein. Wir gingen also in Lahr auf das entsprechende Amt und füllten die nötigen Anträge aus. Der dort zuständige Beamte zog nach einem kurzen Blick auf unsere Formulare aus seinem Geldbeutel eine kleine Bauchbinde einer Zigarre heraus, die er aus einem Urlaub mitgebracht hatte. Das betrachteten wir als ein gutes Omen.

In unserer Gegend hat das Tabakgeschäft eine lange Tradition, aber da die guten Zeiten doch schon länger vorbei sind, gibt es kaum noch Menschen, die das Zigarrendrehen beherrschen. Die meisten sind zu alt oder krank oder haben keine Lust mehr. Mit dieser Herausforderung hatten wir nicht gerechnet, und auch auf unsere Annoncen hin klappte es nicht so, wie wir uns das gedacht hatten. Erst nach langem Suchen fanden wir schließlich einige Personen, die zum Teil heute noch bei uns arbeiten.

Dann ging es um die Administration. Über das Thema Bürokratie in Deutschland könnte man ein ganzes Buch schreiben. Wenn man ins Tabakgeschäft einsteigen will, wird man irgendwo zwischen Diktator und Drogenhändler, vielleicht noch als Zuhälter, eingeordnet. So ist es auch uns widerfahren. Von den Hauptzollämtern, die dafür zuständig sind, bekamen wir Stapel von Papieren, die wir ausfüllen sollten. Wir sollten Herstellungsprozesse darstellen und Qualitätssicherung betreiben, um zu beweisen, dass nichts geschmuggelt wird. Irgendwann haben wir angerufen und gesagt, dass dies alles für uns unmöglich sei. Tatsächlich bekamen wir eine Art »Welpenschutz«. Alle waren sehr nett zu uns, wir sollten zunächst einmal erklären, was wir eigentlich machen wollten.

Dann ging es um die Namensgebung. Die Familie aus Seelbach hieß Lehmann, und da keines der Kinder das Geschäft weiterführen wollte, sollte wenigstens der Name erhalten bleiben. Wir hatten uns überlegt, dass der Name für Bodenständigkeit, Ehrlichkeit und für diese Region stehen sollte und fanden, dass der Name »Herr Lehmann« auf all dies zutrifft. Das gleichnamige Buch von Sven Regener und die positive Assoziation damit bestärkten uns in dieser Meinung.

Als nächstes kam das Marketing, die Sache, die mir am meisten Spaß macht. Bei Lehmanns gab es in dieser Hinsicht nichts außer einem Schild an der Haustür. Wenn man klingelte, wurde aufgemacht oder auch nicht. In der Tabakbranche darf man ja kaum Werbung machen und das war für mich eine echte Herausforderung, die mir gefiel.

Schließlich kam die Phase 3: Von Mitte 2014 bis zum Ende des Jahres haben wir nur geübt. Wir hatten zwar einen kurzen Crashkurs von Herrn Lehmann und seiner Frau erhalten, der reichte aber nicht aus. Das war verständlich, denn wer so lange mit Tabak gearbeitet hat und nun abgeben muss, will irgendwann nichts mehr davon wissen. Also mussten wir uns den Rest selbst beibringen, bevor wir uns sicher genug fühlten. Wir hatten Glück, dass wir – zunächst temporär – in der Marktstraße das Ladengeschäft benutzen durften. Da man verschiedene Bereiche braucht, um Zigarren herzustellen – in einem wird befeuchtet, im anderen gerollt und im dritten verkauft –, passte der Laden sehr gut.

Als wir mit dem Verkauf anfingen, zeigte sich, dass die Menschen dem Regionalen gegenüber sehr aufgeschlossen sind. Andauernd kamen interessierte Leute ins Geschäft und erzählten uns Familiengeschichten, von Omas, Opas und Vätern, die früher »in Tabak gemacht« hatten. Zwischendurch kamen wir auch manchmal zum Arbeiten. Wir mussten nicht viel tun, um bekannt zu werden, und bald wurden die Medien auf uns aufmerksam. Wir fanden das alles fantastisch. Im ZDF-Mittagsmagazin wurde an einem Freitag um 14:30 Uhr ein Bericht über uns gesendet, den wir gar nicht gesehen hatten. Als ich mich an diesem Nachmittag an meinen Rechner setzte, dachte ich, er sei abgestürzt oder kaputt, weil der Posteingang mit Mails überquoll. Dann merkte ich, dass dies alles Bestellungen waren. Wir hatten bis dahin gar keinen Onlineshop, aber die Leute wollten bestellen und zusätzlich alles Mögliche von und über uns wissen. Wir waren am Rotieren, aber haben auch daraus gelernt. Beim nächsten Fernsehbeitrag waren wir vorbereitet.

Es gibt kaum noch Zigarrendreher, weil es ein hartes Geschäft ist, von dem man nicht leben kann. Das wurde uns schnell klar, und so fingen wir an, zusätzlich zu der jährlichen Chrysanthemen-Zigarre passende Produkte rund um die Zigarre zu suchen. Sie sollten auf Tabak und auf unsere Gegend abgestimmt sein oder zumindest aus einem besonderen Herstellungsverfahren kommen. Als wir uns für Whisky entschieden, blieben wir auch da regional und wurden in Oberkirch bei einem passionierten Obstbrenner fündig.

Unser Ziel ist, dass sich unser Geschäft selbst trägt. Es soll kein kurzzeitiges Projekt sein, sondern ist langfristig angedacht. Wir werden sicher auch an der überregionalen Bekanntheit arbeiten. Aber wohin auch immer unsere Zigarren eine Botschaft aus Lahr in die Welt hinaustragen, das Wichtigste ist die Manufaktur. Der Charakter der Manufaktur soll erhalten bleiben, damit wir gewährleisten können, dass jede unserer Zigarren ein Unikat ist.

*****

GREGOR GRÜB wurde 1974 in Düsseldorf geboren. Als er sechs Jahre alt war, zog die Familie nach Lahr, wo er die Schule besuchte und Zivildienst machte. Anschließend studierte er BWL und arbeitete in verschiedenen Konzernen im In- und Ausland. 2010 kehrte er in den Familienbetrieb Oscar Weil nach Lahr zurück, der sich in der fünften Generation dem Thema Stahlwolle widmet.

Von der Muse geküsst

Ariane Mathäus

Von Musik umgeben und geprägt

Als ich den Veranstaltungstitel »Von der Muse geküsst« hörte, musste ich zuerst schmunzeln. Dann überlegte ich und stellte fest, dass ich eigentlich den ganzen Tag von Musik umgeben bin. Das ist so selbstverständlich, dass man sich der Tatsache gar nicht mehr bewusst ist, Tag für Tag in der und für die Kunst zu leben. Wenn ich höre, was meine Schüler in jungen Jahren aus ihrer Geige Schönes hervorbringen, bin ich sehr berührt, und mir wird klar, dass es etwas Besonderes ist, was ich täglich erleben darf.

Im »Haus zum Pflug«, in dem früher die Lahrer Musikschule untergebracht war, habe ich sehr viel Zeit verbracht, dort liegen die Anfänge meiner Ausbildung und meines musikalischen Werdegangs. Im Alter von vier Jahren erhielt ich in der Musikschule von Gesa Ruprecht meinen ersten Geigenunterricht. Später kamen Klavierunterricht, Kammermusik und Orchester hinzu. Ich habe eine sehr intensive Ausbildung in der Musikschule erhalten und bin vier Mal in der Woche in den Pflugsaal marschiert. Vor 15 Jahren spielte ich dort zum letzten Mal einen Violinabend.

Neulich habe ich mit Klaus Matakas gesprochen, der viele Jahre Leiter der Musikschule war und der sie zu einer der führenden Institutionen Deutschlands gemacht hat. Wir haben hin und wieder Kontakt und unterhielten uns darüber, wie intensiv und effektiv die Ausbildung in Lahr war. Immer wieder treffe ich Ehemalige aus der Lahrer Musikschule, die in der ganzen Welt verstreut als anerkannte Musiker tätig sind. Wir alle schätzen es sehr, wie umfangreich wir gefördert wurden und wie dadurch die Grundlagen für unseren künstlerischen Beruf geschaffen worden sind. Man kennt Tabea Zimmermann und die Familie Breuninger – letztere sind wegen des guten Rufs der Musikschule sogar von Stuttgart für ihre hochbegabten Kinder nach Lahr gezogen. Alle vier Kinder sind exzellente Musiker geworden.

Als Kind fand ich es immer seltsam, wenn jemand kein Instrument spielen konnte. Von den Kindern aus meiner Straße in Lahr sind acht Musiker geworden. Diese Tatsache hat mich bis heute bestärkt, dass Kinder von Natur aus gerne musizieren und es ihre Persönlichkeitsentwicklung stärkt. Sich musikalisch durch ein Instrument ausdrücken zu können, ist ein Privileg.

Ich habe Geige und Klavier gespielt, mein Bruder lernte Schlagzeug und im Haus gegenüber gab Frau Lörcher Flötenunterricht. Alle Kinder liefen mit Instrumenten herum, und als ein Straßenfest stattfand, spielten wir die *Kleine Nachtmusik* und sammelten Geld. Davon wurde eine Tischtennisplatte aus Stein für den Spielplatz gekauft. Die gibt es noch heute. Es gab auch Auftritte in Kirchen und in Seniorenheimen. Wir waren viel in Lahr unterwegs und hatten zahlreiche Auftrittsmöglichkeiten. Wir wurden immer professioneller und beteiligten uns regelmäßig am Wettbewerb »Jugend musiziert«. Dort habe ich sehr gut abgeschnitten, bekam Preise und eine besondere Förderung.

Wir hatten damals in der Lahrer Musikschule drei Orchester, ein kleines, ein mittleres und ein großes Sinfonieorchester, es konnte also jeder irgendwo mitspielen. Manchmal gab es Probleme bei Kindern, die auf dem Dorf wohnten und deren Eltern sie nicht problemlos zu den Proben bringen konnten. Klaus Matakas hat sie dann selbst abgeholt und wieder nach Hause gefahren. Die Kunst muss an die Menschen herangetragen werden, und so fahre auch ich oft mit meinen Schülern zu Konzerten zum Beispiel nach Chemnitz oder Rom, integriere sie alljährlich in meine Festivals, wie das Marschner Festival Hinterzarten und das Beethoven Festival in Sutri/Italien, und nehme sie zu Kursen mit, um sie zusätzlich zum normalen Unterricht an das anspruchsvolle Konzertleben heranzuführen. Sie sollen sich früh international orientieren und optimal entfalten können.

Als junger Mensch habe ich diese hervorragende Musikerziehung als selbstverständlich empfunden. Heute leite ich selbst die Pflüger Stiftung Freiburg, eine Schule für junge begabte Geiger, und kann deshalb umso mehr schätzen, was in Lahr geleistet wurde. Es freut mich besonders, dass die Lahrer Musikschule weiterhin wächst und erfolgreich ist.

Entscheidend beeinflusst hat mich später die Deutsche Spohr Akademie. Die Musikschule veranstaltete Sommerkurse und lud international bekannte Musiker ein. Diese führe ich jetzt in Freiburg in einer etwas anderen Form weiter. Wolfgang Marschner hat diese Akademie zusammen mit Klaus Matakas gegründet. So wurde zum Beispiel George Neikrug aus den USA eingeladen, ein sehr bekannter Cellist. Auch der polnische Geiger und Pädagoge Zenon Brzewski war dabei. Dieser gründete mit Marschner ein Festival in Polen, zu dem ich heute noch regelmäßig fahre und bei dem ich seit 20 Jahren selbst Kurse leite. Damals wohnte Professor Brzewski bei uns als Gast zu Hause. Er übernachtete in meinem Kinderzimmer und ich zog in das Zimmer meines Bruders. Aus diesem frühen Kontakt ist eine langjährige Zusammenarbeit und Freundschaft mit seinen Nachfolgern entstanden.

Die Deutsche Spohr Akademie (Louis Spohr war ein berühmter Geiger, Komponist, Dirigent und Pädagoge) war vor 40 Jahren die erste ihrer Art in Deutschland und von sehr großer Bedeutung. Es kamen bis zu 100 Teilnehmer zu den Kursen, besonders auch Geiger aus der damaligen DDR, Russland und Bulgarien, die nur ausreisen durften, wenn sie an internationalen Wettbewerben teilnahmen. Mittlerweile sind von den Teilnehmern viele Konzertmeister in bekannten Orchestern von Chicago bis Paris. Wir hörten die Crème de la Crème der besten Geiger und hatten somit Unterricht bei erstklassigen Professoren und durften sogar mit ihnen zusammen konzertieren. So haben wir jungen Musiker schnell und ohne Umwege den Weg ins professionelle Musikerleben gefunden.

Früher ging ich in meiner Freizeit oft ins Schwimmbad. Als ich aber mit elf, zwölf Jahren von der Akademie hörte, wie lange andere Jugendliche übten und wie toll sie spielten, wollte ich auch unbedingt dort teilnehmen und übte plötzlich meine vier bis fünf Stunden am Tag. Von da an ging ich nicht mehr so oft ins Schwimmbad. Auf der Geige allerdings erreichte ich ein viel höheres Niveau. Einmal fehlte bei der Akademie ein Bratschist im Ensemble, ich musste einspringen und plötzlich Bratsche spielen. Die Probe fand gleich am nächsten Tag beim spanischen Professor Marcel Cevera statt und ich wusste eigentlich gar nicht, wie man den Bratschenschlüssel liest. Die halbe Nacht hindurch übte ich Bratsche und am nächsten Tag spielte ich Dvoraks Klavierquintett. Man wurde ins kalte Wasser geworfen, nahm die Herausforderung an und lernte vieles, mit dem man sonst nicht in Berührung gekommen wäre. Das war fantastisch!

Dort machte ich dann auch die Bekanntschaft von Wolfgang Marschner, der mein Lehrer wurde und bei dem ich studiert habe. Mit 14 wurde ich Stipendiatin an der Pflüger-Stiftung Freiburg, wurde danach in die Vorklasse der Musikhochschule Freiburg aufgenommen, wo ich später studierte und meinen Abschluss machte. Anschließend habe ich viel im In-und Ausland konzertiert, spielte häufig mit namhaften Orchestern, zum Beispiel in der Philharmonie St. Petersburg, in Warschau oder Kairo und gab zahlreiche Violinabende. Besonders beeindruckend war ein Konzert zum Wiederaufbau der Frauenkirche in Dresden. Ich spielte in der Unterkirche und über mir waren nur Trümmer. Gerade im Osten hat man mich sehr unterstützt und ich hatte viele Möglichkeiten mit Orchestern große Teile des Violinrepertoires aufzuführen.

Es ist fast unmöglich, alleine eine Karriere aufzubauen. Ohne die Hilfe meiner Familie und Lehrer, die mir Ziele steckten, Konzerte organisierten, mich in Festivals integrierten und mit bedeutenden Persönlichkeiten in Verbindung brachten, hätte ich nicht so eine vielseitige künstlerische und geigerische Entwicklung gemacht. Die Tourneen und Wettbewerbe in meiner Ausbildung waren wichtige Lernprozesse. Als ich beim »Internationalen

Jugendwettbewerb Lahr« den ersten Preis gewann, war das eine tolle Starthilfe und ich bekam dadurch viel mehr Konzerteinladungen.

Seit meinem 19. Lebensjahr unterrichte ich an der Pflüger-Stiftung Freiburg. Es war für mich sehr wichtig, pädagogische Erfahrungen zu sammeln und zu lernen, wie man Wissen weitergeben kann. Ich habe schon immer mit großer Freude mit Kindern und Jugendlichen gearbeitet und nehme gerne Einladungen als Jurorin zu nationalen und internationalen Wettbewerben an. Außerdem unterrichte ich drei bis vier Kurse pro Jahr in Polen, in der Schweiz, Russland, Italien und bei »Stringtime Niederrhein« in Goch und an den Landes-und Bundesakademien. Dort treffen sich Musiker, Schüler und Lehrer für zwei Wochen, erarbeiten Programme, geben Konzerte, diskutieren und konzertieren auch gemeinsam. Es ist wichtig, dass ein solcher Austausch stattfindet, denn gerade in der klassischen Musik gibt es stilistisch und kulturell große Unterschiede.

Kinder können heute problemlos Stücke im Internet anhören und dabei feststellen, wie einzelne Künstler das gleiche Stück auf ganz unterschiedliche Art spielen und interpretieren. So etwas gab es zu meiner Zeit noch nicht, aber auch ich erkannte sofort, wenn ein Russe »russisch« spielte. Ich bemühe mich bei meinen Schülern sehr um deren eigene musikalische »Handschrift«, und ich spüre auch, wie die jungen Menschen und ihre Eltern danach suchen und die Gefahren der Verflachung erkennen und diesen entgegenwirken wollen. In diesem Sinne wurde auch ich erzogen, und so ist eine ganz spezielle geistige Linie entstanden. Auch im späteren Studium gab es dieses Streben nach der Identität der deutschen und europäischen Musiktradition. So kann ich »Handschriften« bei Künstlern entdecken, die aus anderen Ländern kommen – das macht die Sache so interessant!

Meine Hauptarbeit ist heute pädagogischer Natur, aber ich bin immer noch viel unterwegs. In Italien gründete ich im Jahre 2001 mit meinem Klaviertrio, dem Reger Trio Rom, in Sutri das Beethoven Festival und dort auch die Internationalen Meisterkurse. Vor einigen Jahren legte mir Wolfgang Marschner die künstlerische Leitung seines Festivals in Hinterzarten ans Herz. Zum Marschner Festival Hinterzarten lade ich gerne ehemalige Schüler ein und so bleibt der Kontakt lebendig.

Das Schöne am Musikerleben ist, viele Einblicke in fremde Kulturen zu bekommen. Konzertreisen wie zum Beispiel zur Kairoer Oper oder nach Odessa sind mir noch in lebhafter Erinnerung. Es erfordert allerdings auch viel Kraft und Energie. Mit 25 Jahren, als meine beste Freundin Kinder bekam, war es für mich unvorstellbar, wie ich je eine Familie gründen sollte. Ich war wochenlang unterwegs und hätte das alles nicht miteinander verbinden können. Irgendwann habe ich gemerkt, dass Konzerte geben für mich problematischer wurde: Man gibt alles an einem solchen Abend, geht nach Hause und empfindet eine gewisse Leere. Beim nächsten Konzert fängt das wieder von vorne an. Inzwischen habe auch ich Kinder und befinde mich in einer neuen Lebensphase. Beim Unterrichten und auch mit den eigenen Kindern schafft man etwas Bleibendes, das weitergetragen wird, und es kommt viel zurück. Ich kann auf dem Weg meiner Schüler den einen oder anderen Puzzlestein legen, der wichtig für ihr Leben sein wird.

ARIANE MATHÄUS wurde 1970 in Lahr geboren, wo sie im Alter von vier Jahren ihren ersten Musikunterricht erhielt. Heute lebt und arbeitet sie in Freiburg im Breisgau.

Sandro De Lorenzo

Ein unmusikalischer Musiker

Ich bin ein unmusikalischer Musiker – das klingt erstmal wie ein Widerspruch in sich. Ich bin über den Hip-Hop zur Musik gekommen. Was mich an dieser Art von Musik von Anfang an faszinierte, war die Möglichkeit, viel Text zur Verfügung zu haben und Dinge über Sprache auszudrücken. Der durchschnittliche Popsong hat rund 20 Zeilen; das ist im Hip-Hop nur eine Strophe, und danach folgen dann noch weitere zwei Strophen – also viel mehr Text. Außerdem braucht man keine herausragende Singstimme, Hip-Hop ist somit auch für unmusikalische Leute zugänglich und interessant.

Mit 14 Jahren habe ich in Lahr mein erstes Konzert gegeben. Ich bin also schon eine ganze Weile in dieser Welt zu Hause. Ich suchte damals Gleichgesinnte, ziemlich unbedarft experimentierten wir mit Musik, Sounds und neuen Techniken. Die Digitalisierung hatte gerade angefangen, es gab neue, erschwingliche Möglichkeiten, Musik zu machen: Man konnte einfach Soundfetzen von alten Schallplatten nehmen und diese neu zusammenbasteln, über diesen Beat drüber sprechen und so quasi Musik herstellen. Das macht Hip-Hop eigentlich aus: Es ist Sprechgesang. Weil die Szene in der Region noch recht jung war, sind wir früh relativ viel herumgekommen und haben auf dem lokalen Level einen gewissen Bekanntheitsgrad erreicht. Mit 16 oder 17 Jahren hatten wir eine Band und bekamen erste Gagen. Plötzlich sah ich die Möglichkeit – zumindest theoretisch –, dies auch beruflich zu machen. Getrieben von dieser Aussicht, begann ich nach dem Abitur Germanistik zu studieren. Ich wollte, fasziniert von diesem speziellen Umgang mit der Sprache, wissen, wie Sprache funktioniert, wo man bestimmte Wörter in einem Satz oder einer Zeile einsetzen muss, um die gewünschte Wirkung zu erzielen. Nach Abschluss des Studiums stand ich vor der Frage: Und was mache ich jetzt? Ich hätte anfangen können, Geld zu verdienen, aber ich wählte einen etwas riskanteren Weg: Ich fuhr mit einem VW-Bus von Bühne zu Bühne und machte Musik.

Obwohl wir mit unserer Musik nie richtig Geld verdienen konnten und das Publikum immer ein Nischen-Publikum blieb, habe ich mich für diesen Weg entschieden. Nachdem wir uns vier Mal umbenannt hatten, hießen wir irgendwann »Rock Rainer«. Mit diesem Namen haben wir drei Jahre lang viele Konzerte gespielt und im deutschsprachigen Raum alles abgeklappert. Wir glaubten, »von der Muse geküsst« worden zu sein. Wo auch immer eine Bühne war, fuhren wir hin und präsentierten mit handgehäkelten Stirnbändern, schlechten Witzen und Neonröhren unsere Musik. Als wir schließlich beschlossen, alles auf eine Karte zu setzen und unsere Musik professionell zu machen, stellte sich schnell heraus, dass diese Herausforderung in finanzieller Hinsicht zu groß war. Wenn man mit 30 oder 32 immer noch nichts in die Rentenkasse eingezahlt hat, fängt man doch an zu überlegen, ob das wohl der richtige Weg ist.

Ich konnte mir ohnehin gut vorstellen, etwas anderem nachzugehen, und gründete dann eine Plattenfirma und einen Musikverlag. Dies machte ich auch aus einer gewissen Sturheit heraus, da uns selbst nach langem Suchen keine Plattenfirma nehmen wollte. Nach 15 Jahren Erfahrung im Musikgeschäft hatte ich das Gefühl, eine Menge an Wissen angehäuft zu haben. Die Firmengründung war schon etwas blauäugig, und wir mussten Lehrgeld bezahlen: Zwei Jahre lang sind wir durch die Bürokratie gewandert. Es ist verblüffend, wie viele Institutionen an einer Plattenfirma hängen: die GEMA, die Gesellschaft zur Verwertung von Leistungsschutzrechten und der Bundesverband der Musikindustrie, um nur ein paar zu nennen. Das hatten wir vollkommen unterschätzt.

Irgendwann hatten wir es geschafft und besaßen eine kleine Plattenfirma, mit der wir anfingen, Musiktitel von uns selbst und einigen Freunden herauszubringen. Diese Freunde und ihre Musik hatten wir über Jahre kennengelernt und fanden sie gut. Trotzdem dauerte es noch eine ganze Weile, bis ein paar Sachen verkauft wurden und wir das Gefühl hatten, dass unsere Idee vielleicht doch Sinn machte. Das Netzwerk um uns herum war gewachsen, außerdem erarbeiteten wir uns neue Möglichkeiten über das Internet und konnten so unsere Produkte verbreiten und vermarkten. Plötzlich und völlig unerwartet hatte einer unserer Titel Erfolg. Größere Plattenfirmen luden uns ein, um mit uns zu sprechen und zu verhandeln. Wir waren völlig überfordert und mussten nun plötzlich einen Anwalt nehmen, der uns bei den Verhandlungen unterstützte. Es klappte und wir konnten einige Fördermittel beanspruchen und ein paar sonstige Erfolge verbuchen. So ist unsere kleine Plattenfirma langsam immer größer geworden. Für einige Büroarbeiten, die uns zeitlich davon abhielten, unsere Musik zu machen, konnten wir nun Leute engagieren. Ich gründete eine neue Hip-Hop-Band mit dem Namen »Manfred Groove« und nahm mit ihnen vor drei Jahren ein erstes Album auf. Das zweite folgte im Jahr darauf, und seither funktioniert alles gut. Wir sind wieder viel unterwegs.

Parallel dazu ist noch etwas Überraschendes passiert: Wir verstanden inzwischen die Mechanismen des Internets. Dort findet heute die Promotion für Bands und Künstler statt. Man muss verstehen, wer an welchen Hebeln sitzt, welche Redakteure oder Internetzeitungen wichtig sind. Wir arbeiteten außerdem für unsere Plattenfirma viel mit Videofirmen zusammen, mit Internetprogrammierern, mit Animateuren, die 2-D- und 3-D-Animationen kreieren. Dieses Kennenlernen von vielen Leuten aus der Medienbranche war sehr hilfreich und trug zum Erfolg bei. Diese Zusammenarbeit am Anfang auch ohne Bezahlung hat sich gelohnt, da wir so ein stabiles Netzwerk aufbauen konnten.

Irgendwann zog ich nach Berlin in ein Büro mit meinen langjährigen Weggefährten und Freunden. Wir gründeten eine »badische Enklave« mit Lahrern und Heiligenzellern und ehemaligen Studenten aus Offenburg. Wir alle arbeiten zusammen und machen Videos, Video-Kunst, Fotografie, Webdesign und Animation. Das Netzwerk wurde immer stabiler, und als wir auf Youtube mit dem Kabarett-Satire-Kanal begannen, wurden die witzigen kleinen Videos völlig unerwartet ein großer Erfolg. Wenn im Internet bestimmte Verteiler oder bestimmte Leute auf einen aufmerksam werden, dann kann man davon ausgehen, dass diesen Kanal sehr viele Menschen sehen. Der Satiriker Jan Böhmermann war einer von ihnen. Mit ihm fing alles an – wir wurden »öffentlich«. Er hat unsere Sachen entdeckt, fand sie witzig und machte sie publik. Auf einmal kamen Anfragen von vielen verschiedenen Seiten, wir mussten liefern und Witze schreiben. Viele wollten auch mit uns zusammenarbeiten.

Inzwischen wird das Internet auch im öffentlich-rechtlichen Bereich als förderungswürdig erachtet, und es gibt ein offizielles ARD- und ZDF-Videoangebot. Auch dort entdeckte und förderte man uns, und so begannen wir, täglich ein Video zu veröffentlichen. Das ist eigentlich ein Vollzeitjob, aber da wir relativ schnell arbeiten, schaffen wir das als Halbzeitjob. Im Endeffekt beschäftigt sich unser Satirekanal durchweg mit Sprache, mit Sprachwitzen und Sprachformaten, die sich speziell für das Internet eignen. Der Bereich Parodie ist immer größer geworden und wir wachsen schnell. So ist es dazu gekommen, dass in Berlin in einem Großraumbüro ein Tisch steht um den lauter Lahrer sitzen, die sich zusammen Witze überlegen.

Ich bin immer noch Musiker, außerdem haben wir noch die Plattenfirma und bringen CDs heraus. Die Schwerpunkte wechseln allerdings etwas. Mal arbeite ich mehr in der Firma und mache dann weniger Musik, dann bin ich mit der Band zwei Monate auf Tour und arbeite am nächsten Album. Seit vier Jahren bin ich nun selbstständig und hatte manche Durststrecken zu überstehen. Ich habe gelernt, Ideen zu produzieren und die Chancen zu ergreifen, diese umzusetzen, wenn sich die Möglichkeiten auftun. Und ich weiß inzwischen, dass sich mal das eine, mal das andere bewegt.

*****

SANDRO DE LORENZO wurde 1980 in Lahr geboren. Er besuchte das Max-Planck-Gymnasium und studierte anschließend Germanistik in Freiburg. Er wohnt derzeit in Berlin und Lahr.

Steffen Siefert

Ermittler – im Berufsleben und privat

Ich bin ein Teil des Ermittlerduos Kreidlinger und Bäuerle – nicht im wahren Leben, sondern in der Fiktion. Mein Partner ist Alexander Dupps. Was wir machen, funktioniert nur als Duo. Die ausgedachten Kriminalfälle spielen zur Zeit der Badischen Revolution. Sie sind in die realen Geschehnisse von damals eingebettet. In den Geschichten geht es skurril und witzig zu. Das Ganze begann als Hörspiel. Mittlerweile produzieren wir Filme. Jedes Jahr wird ein Film erstellt. Traditionell findet die Premiere zur Weihnachtszeit im Schlachthof statt. Danach haben wir noch zwei bis drei weitere Vorführungen.

Wie kam es dazu? 1998 waren wir noch Schüler auf dem Max-Planck-Gymnasium. Kurz vor dem Abitur gab es die Jubiläumsfeiern zur Badischen Revolution. Alexander Dupps und ich waren beide geschichtlich interessiert. Und wir hatten Spaß daran, Geschichten zu erfinden. Wenn wir abends zusammensaßen, haben wir uns Personen aus unserem Umfeld, hauptsächlich Freunde und Bekannte, ausgesucht und diesen dann eine Rolle im Geschehen der Badischen Revolution zugedacht.

Die ersten Auftritte fanden im Jugendclub Ramsch in Lahr statt. Wir haben sie in eine Party eingebettet, sonst wäre überhaupt niemand gekommen. Dort haben wir unsere Hörspiele»vorgeführt. Hörspiele sind ein ganz spezielles Medium. Sie kamen erst in den vergangenen Jahren wieder in Mode. Aber als wir Ende der 90er-Jahre begonnen haben, waren speziell Jugendhörspiele eine Randsparte. Einen Film zu produzieren wäre damals undenkbar gewesen, auch, weil wir nur zu zweit waren. So haben wir es als eine Art Revival des Hörspiels für die Zuhörer gemacht. Wir dachten aber, man könne es keinem zumuten, nur zuzuhören. Deshalb zeigten wir exemplarisch auch Bilder über das Geschehen. Diese waren eher schlecht als recht und sorgten oft für allgemeine Erheiterung. Mitunter wurde dadurch auch das Stück selber in den Hintergrund gerückt.

Wie gesagt, wir waren nur zu zweit. Es wollte auch sonst niemand so recht bei uns mitmachen – vermutlich war es anderen einfach ein bisschen zu schräg. Als ich mich später bei der Polizei beworben habe, war meine größte Sorge, dass jemand herauskriegt, was ich so mache. Da konnte ich die Zurückhaltung gut nachvollziehen, denn die ersten Mitwirkenden waren schon skurrile Gestalten. Ich weiß gar nicht mehr, wo wir diese aufgegabelt haben, und aus welchem Grund wir sie dazu bringen konnten, mitzumachen. Schließlich, als sich alles ein bisschen etabliert hatte, wurde das Team größer. Es kamen dann auch mehr Zuschauer. Der Kulturkreis in Lahr, der im Stiftsschaffneikeller agierte, bot uns an, dass wir dort auftreten könnten. Das war der Sprung heraus aus dem kleinen eigenen Umfeld, hin zur öffentlichen Veranstaltung.

Der Anfang war sehr holprig. Wir mussten uns erst einmal daran gewöhnen, pünktlich zu sein. Wenn eine Veranstaltung um acht Uhr beginnt, dann kann man nicht erst gemütlich eintrudeln. Wir haben gleich beim ersten Mal Lehrgeld bezahlt, aber wir lernten auch schnell dazu. So hat sich unser Projekt immer mehr vergrößert und irgendwann kam dann der Tag, an dem wir Kontakte zu Menschen bekamen, die uns unterstützten. Etwa zum Tonstudio oder zu einer Regisseurin aus der Schweiz, die anbot, bei uns mitzumachen.

Unseren ersten Film drehten wir 2009. Mit wenigen Ausnahmen haben wir bis heute jedes Jahr einen Film nachgelegt. Mittlerweile erstellen wir die Filme komplett ohne Hilfe von außen. Alexander Dupps und ich schreiben das Drehbuch. Wir kümmern uns um die ganze Technik, die Beleuchtung und die Kameraführung. Es kann dann natürlich immer nur einer von uns beiden vor der Kamera stehen. Früher drückte man sie dann einfach jemandem in die Hand. Inzwischen aber wird die Kameraführung von Alexanders Frau übernommen. Sie hat sich mit unserem Hobby arrangiert und unterstützt uns großartig. Vor allem haben wir jetzt Amateure und Schauspieler, die gerne bei uns mitmachen, sich den Text aneignen und mit Freude dabei sind. Die Dreharbeiten dauern eine gute Woche, aber dann wirklich intensiv von früh morgens bis spät abends. Am Ende kommt die Arbeit mit dem Filmschnitt.

Auch die Musik machen wir komplett selbst. Alexander Dupps hatte mal eine Band, mit der er Beatmusik aus den 1960er-Jahren produzierte. Für die Musik ist deshalb hauptsächlich Alexander Dupps verantwortlich, sowie meine Frau, die Berufsmusikerin ist und uns unterstützt. So haben wir langsam ein Niveau erreicht, mit dem wir mit einigermaßen gutem Gewissen in der Öffentlichkeit auftreten können.

Unsere größten Fans sind eigentlich diejenigen, die kommen, um sich aufzuregen. Es gibt welche, die uns seit unseren ersten Auftritten 1998 oder 1999 die Treue halten und uns jedes Mal einen Vortrag darüber halten, wie schlecht das Ganze war. Darunter war auch ein Arbeitskollege von mir. Er kam jedes Jahr, sogar mit der ganzen Familie. Ich habe ihn dann einmal gefragt, warum er denn überhaupt noch kommt. Er sagte:»Was sollen wir denn sonst machen?«

Natürlich sind viele Freunde und Bekannte von uns beteiligt. Aber es sprechen uns auch Menschen an, die sagen, sie hätten Interesse daran, weil sie gerne schauspielern oder unser Projekt einfach gut finden. Bei uns ist jeder herzlich willkommen. Wir schaffen es auch, das Drehbuch an die Person anzupassen. Einmal hatte sich jemand auf unserer Homepage gemeldet, den wir nicht kannten und über den wir auch anhand seines Namens nichts herausfinden konnten. Er sagte, er hätte uns mal bei einem Auftritt auf der Lahrer Hütte gesehen und würde gerne mitmachen. Da kam dann einer mit Hosenträgern, einfach optisch ein Wahnsinnstyp, den wir sofort als Schießbudenbetreiber einsetzten. Ich denke jeder, der den Film gesehen hat, wird nicht glauben, dass das eine spontane Entscheidung war. Bei jeder professionellen Produktion hätte genau dieser Typ diese Rolle bekommen. Niemand bekommt Geld für sein Mitwirken. Jeder macht freiwillig mit und muss auch eine gewisse Portion Enthusiasmus mitbringen.

Sehr schön für uns war, dass sich uns ein paar lokale Prominente angeschlossen haben. Der Lahrer Oberbürgermeister hat mehrmals mitgemacht. Im letzten Film hatte er eine tragende Rolle. Oder auch Alfons Nowak oder Helmut Dold. Das erleichtert uns unter anderem die Suche nach Drehorten. Man kennt uns, zumindest vom Namen her, das erspart uns lange Erläuterungen.

Es ist schwierig, immer wieder kreativ zu sein und neue Geschichten zu erfinden. Das ist hauptsächlich mein Part. Dabei kann ich natürlich nicht auf mein Berufsleben als Kriminalpolizist zurückgreifen, sondern ich muss meine Fantasie walten lassen. Manchmal, ich mache da keinen Hehl daraus, habe ich mich – zumindest in Teilaspekten – aus alten Kriminalromanen bedient. Wir haben einmal eine Heinrich-Hansjakob-Novelle umgebaut. Das hat ganz gut geklappt, aber es hat schon seinen Grund, warum manche das als Beruf machen und ich nur als Hobby. Ein Drehbuch zu schreiben ist nicht so einfach.

Warum mache ich das Ganze? Es läuft bei mir natürlich nebenbei. Bei der Kriminalpolizei hat man keinen Achtstundenjob. Meine Frau ist beruflich ständig unterwegs. Wir haben außerdem ein Kind. So bin ich ziemlich gefordert. Insofern stellt man sich schon die Frage, ob es sich lohnt. Aber ich mache es einfach gerne. Und ich sehe, dass es denjenigen, die mitmachen, ebenfalls Spaß macht. Wenn man den Film fertiggestellt hat, dann hat man einfach das Gefühl, der Aufwand eines dreiviertel Jahres hat sich gelohnt. Wir freuen uns natürlich über positive Rückmeldungen, aber ebenso über Kritik, auch wenn man als Amateur da etwas übersensibel ist. Jedes Jahr wird unser Zuschauerkreis größer. Und wir beobachten, dass viele wiederkommen. Manche kommen sogar mehrmals. Das ist dann für uns ein Argument dafür, dass auch wir im nächsten Jahr wiederkommen.

*****

Steffen Siefert kam 1979 in Lahr auf die Welt; er besuchte das Max-Planck-Gymnasium und machte eine Ausbildung zum Kriminalbeamten.

Wir halten zusammen

Hilda Beck

Die Familie als Quelle der Kraft

Ich wurde 1954 in einem kleinen Dorf in Kasachstan geboren. In diesem Dorf lebten Kasachen, Russen und Russlanddeutsche. Wir Deutschen haben zu Hause Deutsch gesprochen, auf der Straße musste man Russisch sprechen. Daher kommt auch mein starker deutsch-russischer Akzent. Meine Eltern waren Wolgadeutsche. Deren Vorfahren sind ab 1763 dem Ruf der aus Deutschland stammenden Zarin Katharina II. nach Russland gefolgt. Sie hat ihren Landsleuten großzügig Grund und Boden versprochen, damit das große Land Russland bewirtschaftet werde. In der Folge ließen sich die Deutschen nicht nur an der Wolga, sondern auch in Moskau, St. Petersburg, in der Ukraine, auf der Krim und an verschiedenen anderen Orten nieder.

Meine Vorfahren siedelten sich an der Wolga an. Wie meine Mutter erzählte, war das Leben für die Wolgadeutschen sehr schwer und arbeitsreich, aber auch sehr schön. In der autonomen Wolgarepublik war die Amtssprache Deutsch. Schulen, Hochschulen, Geschäfte, Kirchen – einfach alles war deutsch. Die deutschen Traditionen wurden gepflegt und an die nachfolgenden Generationen weitergegeben. Dann kam der Zweite Weltkrieg und mit ihm am 22. Juni 1941 der Angriff der deutschen Wehrmacht auf die Sowjetunion. Stalin beschuldigte die Wolgadeutschen der Spionage. Sie würden auf ein Signal aus Deutschland warten, um durch Sabotageakte die deutschen Truppen zu unterstützen. Seit dieser Zeit gab es keine Autonomie mehr für die Wolgadeutschen. Am 28. August 1941 kam der Erlass, alle Deutschen »umzusiedeln«. Diese mussten innerhalb von 24 Stunden das Nötigste zusammenpacken und wurden in Viehwaggons unter menschenunwürdigen Bedingungen nach Sibirien, Mittelasien und an den Ural deportiert.

So kam meine Mutter mit meiner Oma und drei kleinen Kindern nach Kasachstan. Weil meine Mutter kleine Kinder hatte und meine Schwester Flora erst Anfang 1942 geboren worden ist, musste meine Mutter nicht – wie viele andere – in ein Arbeitslager. Wir hatten diesbezüglich Glück. Die Geburtsurkunden meiner drei Brüder Viktor, Johannes und Alexander, die vor dem Krieg im Wolgagebiet im Dorf Jagodnoje geboren worden waren, waren in deutscher Sprache verfasst, ebenso wie die Heiratsurkunde meiner Eltern. Mein Vater kam nicht mit nach Kasachstan, sondern sofort in ein Arbeitslager in Russland, in dem es wie im Konzentrationslager zuging. Als Kind dachte ich, im Dorf gibt es nur Frauen, den Grund dafür kannte ich aber nicht.

Das war die schlimmste Zeit für die Wolgadeutschen. Meine Eltern und die älteren Brüder erlebten in dieser Zeit Schreckliches. Ich selbst sowie eine Schwester und ein Bruder wurden ja nach dem Krieg geboren. Mein Vater kam 1947 nach fünf Jahren Arbeitslager zur Familie nach Kasachstan, als einer der sehr wenigen. Die beiden älteren Kinder Viktor und Johannes haben ihn erkannt, aber Alexander nicht. Er zeigte stolz ein Messer, das er »diesem Mann« entwendet hatte. Es hat natürlich alle amüsiert, dass er seinen eigenen Vater ausgeraubt hatte. Obwohl wir in Kasachstan Schlimmes erlebten, gab es dort auch viele Kasachen, die uns Wolgadeutschen geholfen haben und Vieles mit uns teilten. Meine Mutter hat immer sehr viel Geduld gehabt. Sie hat ihnen den Unterschied zwischen den Deutschen und dem Faschismus erklärt. Sie sagte immer, die Leute wollen uns nicht beleidigen, sie verstehen es nur nicht.

Unsere Familie hat immer sehr zusammen gehalten. Ein Bruder wohnte in Rostow am Don, eine Schwester in Kursk, große Städte in Russland. Wir anderen lebten in Kasachstan. Aber wir trafen uns alle jedes Jahr im Sommer in unserem Elternhaus. Das Haus hatte nur drei Zimmer, trotzdem hatten wir Platz für alle. Mein Vater fragte einmal, ob wir uns weiterhin dort treffen würden, auch wenn er nicht mehr da wäre. Wir haben unser Versprechen gehalten und haben uns auch nach seinem Tod nach 1974 jedes Jahr im Elternhaus gesehen.

Von 1941 bis 1956 war die deutsche Sprache offiziell verboten. Trotzdem sprachen wir Zuhause Deutsch, in der Öffentlichkeit durften wir das natürlich nicht. Was zur Folge hatte, dass wir unsere Muttersprache immer schlechter sprechen konnten. Ab dem Jahr 1972 durften sich die Deutschen wieder einen Wohnort nach Wunsch suchen, aber nicht in ihren früheren Siedlungsgebieten. Nach der Perestroika im Jahre 1985 konnten die Russlanddeutschen dann Ausreiseanträge nach Deutschland, in die Heimat ihrer Vorfahren, stellen. Natürlich ging es bei unseren jährlichen Treffen in Kasachstan auch immer um das Thema, ob wir nach Deutschland gehen sollten oder nicht. Wir waren uns einig: wenn, dann alle. Schließlich entschieden wir uns zu gehen. Im Jahr 1992 wurde in Kasachstan statt Russisch Kasachisch zur vorherrschenden Amtssprache erklärt. Ich war Juristin und hätte zur Ausübung meines Berufes Kasachisch lernen müssen. Für meinen Beruf musste ich schon immer viel kämpfen. Als ich meine Ausbildung beginnen wollte, gab es erst einen Widerspruch, denn als Deutsche haben sie mich nicht genommen, obwohl ich sehr gute Noten hatte. Auch sonst im Leben mussten meine Geschwister und ich beweisen, dass wir nicht schlechter sind, nur weil wir Deutsche waren. In den ersten Jahren in Deutschland wiederum mussten wir zeigen, dass wir eben als Russlanddeutsche auch nicht schlechter sind.

Ich denke oft mit Dankbarkeit an meine Eltern. Trotz des schweren Schicksals der Russlanddeutschen haben sie uns so viel Liebe geschenkt. Jemand hat mal gesagt, die Liebe ist das Einzige, was sich vermehrt, wenn man sie teilt. Das war bei meinen Eltern wirklich so. Sie haben uns so viel Gutes beigebracht und vorgelebt. Diese Erfahrungen haben wir an unsere Familien weitergegeben.

Meine Mutter ist gemeinsam mit mir nach Lahr gekommen. Sie war damals schon krank. Ich konnte nur deshalb arbeiten gehen, weil die anderen Geschwister zu mir kamen und sich abwechselnd um unsere Mutter kümmerten. Diesen Zusammenhalt haben wir an unsere Kinder weitergegeben. Auch sie treffen sich, genauso wie wir Älteren. Im vergangenen Jahr kam Helene, das jüngste Kind meines Bruders Viktor, zu uns nach Lahr. Plötzlich wurde ihr schlecht. Sie musste ins Krankenhaus nach Freiburg und dort operiert werden. Drei Wochen lag sie im künstlichen Koma und die Kinder haben sich sehr um sie gekümmert.

Mit meinen Geschwistern haben wir jetzt sogar einen gemeinsamen Garten. Wir haben deswegen noch nie Streit gehabt. Im Garten treffen wir uns. Wenn Flora Lust hat, kümmert sie sich um die Erdbeeren, meine Tochter Tamara um die Tomaten und mein Bruder Alexander um die Gurken. Die Schwester Frieda ist für die Blumen zuständig. Das ist eine sehr schöne Atmosphäre. Unsere Familientreffen geben mir viel Kraft und meinen Geschwistern auch. Wenn wir zusammen sind, sprechen wir nie schlecht über jemanden, auch das wurde uns so im Elternhaus vorgelebt. Natürlich gibt es Probleme in der Familie, gesundheitliche oder andere. Dann treffen wir uns direkt bei der betreffenden Person und fragen: Wie kann ich helfen? Wer kann was machen? Aber wenn wir alle zusammen sind, reden wir meist über lustige Sachen und lachen viel zusammen, das hilft.

Lahr ist meine neue Heimat geworden, und wir sind sehr glücklich hier in Deutschland. Viktor lebt in Rosenheim, Jakob in Rastatt, Johannes, Alexander, Flora, Frieda und ich sind hier. Ich arbeite im Amt für Soziales, Schulen und Sport bei der Stadt Lahr, mache zweisprachige allgemeine Sozialberatung und helfe den Menschen. Oft denke ich dabei an meine Mutter. Sie hat zu uns gesagt, wir müssten immer zusammen halten, denn wir seien wie Vögel, die aus einem Nest stammen. Ich bin außerdem viel ehrenamtlich tätig, bin erste Vorsitzende im Verein Bürger Aktiv Lahr und bin im Mieterbeirat. Was mir Kraft gibt, das sind meine Familie, meine Kinder, meine Enkel und die Lahrer. Die Lahrer haben mir sehr geholfen und mir ein Stück Heimat geschenkt.

*****

HILDA BECK, geborene Scheiermann, wurde 1954 in Kasachstan geboren. Gemeinsam mit ihrer Familie, ihrer Mutter und einer Schwester samt deren Familie kam sie 1993 nach Deutschland, wo sie sich in Lahr niederließ. Die anderen Geschwister zogen später nach.

Georg Szkopiak

Kondition, Durchhaltevermögen und Kampfgeist

Ich bin gebürtiger Lahrer. Meine Mutter war durch den Krieg heimatvertriebene Polin. Zusammen mit meiner älteren Schwester wohnten wir im Almweg in einer Einzimmerdachwohnung ohne Küche und Bad, danach in einer Einzimmerdachwohnung in der Schweickhardtstraße in Lahr-Dinglingen, mit Küche und Bad. 1966 konnten wir in der Flugplatzstraße in den neu erbauten Wohnblöcken eine Dreizimmerwohnung mit Küche und Bad beziehen. Das war für uns schon Luxus pur. Dort wohnte ich 42 Jahre lang.

Meine Mutter und meine Schwester sind inzwischen verstorben. Meinen Vater kenne ich nur von wenigen Fotos. Meine Mutter war unverheiratet, also alleinerziehend. Sie hatte es sehr schwer, wie alleinerziehende Mütter auch heute noch. Sie hat sich um ihre kleine Familie aufopfernd gekümmert und bestens für sie gesorgt.

Meine Frau lernte ich im Wohnviertel Flugplatzstraße kennen. Wir gründeten eine Familie und wohnten zusammen in der Flugplatzstraße 73, bis wir im Jahr 2009 nach Langenwinkel in das Haus unserer jüngsten Tochter zogen. Für ein besseres Verständnis des Wohngebiets Flugplatzstraße 59 bis 99 muss man die Historie kennen. Das Wohngebiet Flugplatzstraße im Gewann Eichert im nordwestlichen Stadtteil von Lahr war im »Dritten Reich« ein Reichsarbeitsdienstlager. Nach dem Zweiten Weltkrieg hat es die französische Besatzungsmacht als Internierungslager benutzt. In den 1950er-Jahren wurden in den nun leer gewordenen Holzbaracken Flüchtlinge aus den ehemaligen deutschen Ostgebieten untergebracht, außerdem einkommensschwache Familien aus Lahr und Umgebung. In den 1960er-Jahren ersetzte man diese

Holzbaracken durch Wohnblocks mit 126 sogenannten Einfachwohnungen. Diese hatten überwiegend drei Zimmer. In einiger Entfernung wurde ein Obdachlosenasyl mit 14 Wohneinheiten errichtet. Damit war wohnungspolitisch der Grundstein für die Entstehung eines sozialen Brennpunktes gelegt. Die Bewohner waren ghettoisiert, und wurden als Randgruppe auch stigmatisiert. Ihre soziale Teilhabe wurde dadurch sehr erschwert.

Damals lebten viele kinderreiche Familien sehr beengt in den Einfachwohnungen. Die Dreizimmerwohnungen hatten 47 Quadratmeter, die Fünfzimmerwohnungen 71 Quadratmeter Wohnfläche. Zum Heizen gab es nur Holzkohleöfen. Das ist bis heute so. Badewannen mit Badeofen gab es nur für einen Mietaufschlag von fünf Mark pro Monat.

Durch die beengten Wohnverhältnisse spielte sich ein Großteil des Lebens draußen vor den Häusern im Freien ab. Die Kinder wurden immer rausgeschickt. Abends saßen dann auch die Erwachsenen vor den Häusern. Bei schönem Wetter wurden Lagerfeuer angezündet, es wurde Karten gespielt und gesungen. Auch Trinkgelage bis spät in die Nacht gab es regelmäßig. Sie störten die Nachtruhe natürlich ungemein. Beliebteste Freizeitbeschäftigung abends war ein bocciaähnliches Wurfspiel. Dafür benutzte man nicht Eisenkugeln, wie man es kennt, sondern Steine, Eisenplatten oder auch Blechbüchsen.

Natürlich wurde auf den angrenzenden Wiesen und auf der Straße auch Fußball gespielt, weil kein Sportplatz vorhanden war. Der erste große Zusammenhalt in den 1960er-Jahren zeigte sich, als eine aus den Bewohnern bestehende Bürgerinitiative in Eigenleistung einen Bolz- und Spielplatz schuf. Dann wurden Freundschaftsspiele gegen andere Gruppierungen organisiert und veranstaltet, zum Beispiel mit Gastarbeitern, die aus Spanien oder Italien stammten und auch mit »Randgruppen« aus Offenburg und Karlsruhe. Der Versuch, einen Fußballverein zu gründen, scheiterte aber noch.

1971 erkannte die Stadt, dass etwas getan werden musste. In einer Fünfzimmerwohnung wurde eine städtische Spielstube eingerichtet. Diese wurde vormittags als Kindergarten und nachmittags für die Hausaufgabenhilfe genutzt. Im September 1973 wurde durch die Besetzung je einer Jahrespraktikantenstelle für Sozialarbeit beim evangelischen Gemeindedienst und dem Caritasverband Lahr die personelle Voraussetzung für soziale Arbeit in diesem Brennpunkt geschaffen. Seit 1974 sind Sozialarbeiter in diesem Wohngebiet tätig.

Großer Zusammenhalt zeigte sich auch 1975, als eine Bürgerinitiative einen Verein für Besseres Wohnen gründete. Das Ziel war, die Wohnverhältnisse zu verbessern, die Umgebung der Siedlung zu verändern, den Bolz- und Spielplatz weiter auszubauen und die Siedlung an den öffentlichen Nahverkehr anzubinden. Im gleichen Jahr gründete der Kioskbetreiber Joachim Buchberger in der Wohnsiedlung eine Stammtischmannschaft. Ich war damals aktiver Boxsportler bei Blau-Weiß Lahr und wurde als Trainer bestimmt. Ein Boxer als Fußballtrainer, geht das? Es funktionierte gut. Am Ball konnte ich wenig zeigen, aber ich konnte den Spielern Kondition, Durchhaltevermögen und Kampfgeist vermitteln. Das sind ja auch die elementaren Grundlagen für Erfolg.

Nach sehr vielen erfolgreichen Freundschaftsspielen hatte Buchberger die Idee, mal probeweise bei den Verbandsspielen des südbadischen Fußballverbandes eine Runde mitzuwirken. Damals wurden wir von allen belächelt. Keiner traute uns das zu, was wir nun schon seit 41 Jahren abliefern. Im April 1976 wurde formell der Verein FC Lahr-West gegründet, 1978 erfolgte seine Fusion mit dem Verein Besseres Wohnen. Denn dieser hatte Schwierigkeiten, Menschen zu finden, die den Verein und das Vereinsleben weiterführen konnten.

Buchberger hörte im Februar 1977 auf und kein anderer war bereit, sein Amt zu übernehmen. Ich ließ mich nur kommissarisch zum 1. Vorsitzenden wählen – und das war's dann. Aber bis heute bereue ich keinen einzigen Tag meines ehrenamtlichen Engagements. Es hat meine persönliche Entwicklung positiv gefördert. Ich erkannte aber auch schon früh den sozialen Wert der Vereinsarbeit. Die Sozialarbeiter bearbeiteten mich, doch eine Arbeitsstelle als Hausmeister für die Sozialstelle und die Städtische Wohnungsbaugesellschaft anzunehmen. Da dies für mich Lohneinbußen zur Folge gehabt hätte, habe ich ein halbes Jahr lang überlegt. Ich arbeitete noch als Blechner auf Montage und verdiente gutes Geld. 1980 entschied ich mich dann doch dafür, die Hausmeisterstelle anzunehmen. Ich musste nicht mehr auswärts arbeiten und hatte mehr Zeit für meine Familie.

Die Sozialarbeiter erkannten richtigerweise die Vereinsarbeit als wertvolles Medium für eine erfolgreiche Sozialarbeit. Sie sahen in mir eine Integrationsfigur, weil ich mich kooperativ zeigte. Infolge der hervorragenden Zusammenarbeit des Vereins mit den Sozialarbeitern ließ der Erfolg nicht lange auf sich warten. Die Begleitung und Unterstützung der Ehrenamtlichen durch Hauptamtliche war besonders wertvoll. Ausgesprochen positiv auf die Bewohner wirkte sich ihr Zugehörigkeitsgefühl zum Verein aus. Die Leute hatten eine Identität, sie konnten etwas vorzeigen und als Verein FC Lahr-West in der Öffentlichkeit auftreten. Wenn unsere Jugend-Spieler gewonnen haben, dann sind sie mit stolz geschwellter Brust am anderen Tag in die Schule gegangen. Man war wer.

Der große soziale Wert des FC Lahr-West in einem sozialen Brennpunkt besteht auch darin, dass viele Personen in verschiedenen Positionen gebraucht werden und tätig sind, um das Vereinsleben intakt zu halten. Diese Beteiligung schließt ganze Familien mit ein. Das ist wirklich sehr positiv. Hinzu kamen bis in die Mitte der 1990er-Jahre große sportliche Erfolge wie die errungenen Meisterschaften im Jugend-, Mädchen-, Damen- und Senioren-Spielbetrieb, Aufstieg bis in die Bezirksliga mit der Damen- und mit der Seniorenmannschaft. Es war beachtlich, dass wir als kleiner Verein im kleinen Wohnviertel einen solch sportlichen Aufstieg hatten. In einem Jahr spielten wir sogar in der Liga über der des Lahrer Traditionsvereins.

Mitte der 1980er-Jahre hatten wir in der Spitze elf Mannschaften im Spielbetrieb. Highlight war 1990 das gewonnene Relegationsspiel um den Aufstieg in die Bezirksliga gegen den SV Berghaupten – mit sagenhaften 1 700 Zuschauern im eigenen Stadion, mit Tribüne für Ehrengäste und dem Badnerlied, das der Musikverein Harmonie Dinglingen spielte. Noch vor dem SC Freiburg haben wir bei uns im Stadion das Badnerlied gespielt. Enorme Eigenleistungen beim Sportstättenbau, eine Flutlichtanlage für Bolz- und Trainingsplatz, der zweimalige Vereinsheimumbau, der Sportplatzneubau mit Biotop und eigener Kapelle und die Gartenanlage mit Stromversorgung steigerten die Anerkennung in der Öffentlichkeit und in der Kommune. Besonders beliebt waren die Zeltlager, die Sportwochen mit Festzelt, mit Tanz- und Live-Kapellen, zu denen viele Gäste von außerhalb kamen. Meine Frau und ich haben 22 Jahre lang Zeltlager mit jeweils 30 bis 40 Kindern auf der grünen Wiese veranstaltet. Viele, die damals dabei waren, sprechen uns noch heute darauf an, wie toll das war. Inzwischen sind diese Kinder selber schon Väter und Mütter.

Es gab Boxveranstaltungen mit der Boxstaffel Blau-Weiß Lahr und auch ein Konzert im Wohnviertel mit den bekannten Zillertaler Haderlumpen. Diese sehr umfangreichen Veranstaltungen konnten wir nur dank der vielen fleißigen Helfer bewältigen. Der Zusammenhalt war zu dieser Zeit enorm und erhielt überall lobende Anerkennung. Die damalige Sozialministerin, Barbara Schäfer, hatte uns Mitte der 1980er-Jahre besucht. Sie lobte unser Modell »Kooperation Sozialarbeit und Verein« als bundesweites Vorzeigemodell in den höchsten Tönen. Wir hatten sogar eine eigene Zeitung, *Flugplatzstraße Aktuell*, die wir mit über 1 000 Exemplaren im Stadtteil West kostenlos verteilten und die immer sehr begehrt war. Es fehlten nur noch eine eigene Währung, ein eigenes Autokennzeichen, ein eigener Grenzbaum und der »Freistaat Eichert« wäre entstanden.

Nachdem sich die Sozialarbeit mit der aktiven und personellen Unterstützung für den FC Lahr-West im Jahr 2001 zurückgezogen hat, wurde es für den Verein und für mich als Vorsitzenden sehr schwer. Bis heute muss ich in Personalunion mehrere Ämter von gewählten Vorstandsmitgliedern auffangen und bearbeiten. Es fehlen engagierte Funktionäre im Vorstand. Der Zeitgeist macht leider auch vor dem FC Lahr-West nicht halt. Zusätzlich machen uns die Fluktuation im Wohngebiet, der demografische Wandel und die Sterberate zu schaffen. Bei uns sind gute, treue und aktive Mitglieder leider sehr früh verstorben. Verantwortliche, kontinuierliche, engagierte Mitarbeit im Verein ist leider nicht mehr so angesagt, die Vorteile zu nutzen aber schon. Die Vereinsarbeit ist nur noch durch den Zusammenhalt weniger treuer Männer und Frauen zu bewältigen. Bedauerlicherweise haben viele andere Vereine die gleichen Probleme, es wurden schon einige aufgelöst. Wir schaffen es derzeit noch, eine 1. Senioren- und eine B-Jugendmannschaft im Spielbetrieb zu halten. Seit dem Frühjahr 2016 kommen Flüchtlinge aus Syrien, Afghanistan, Gambia und Nigeria zum Training.

Jetzt, nach über 40 Jahren ehrenamtlichem Engagement an vorderster Front in verschiedenen Bereichen, suche ich Hände, in die ich das sehr wertvolle soziale Projekt FC Lahr-West legen kann. Ohne den Rückhalt, die Unterstützung und das Verständnis, die Mitarbeit und den Zusammenhalt meiner Frau Monika sowie meiner Kinder mit ihren Familien wäre das alles nicht möglich gewesen.

*****

GEORG SZKOPIAK wurde im September 1950 in Lahr geboren. 1993 erhielt er für sein jahrzehntelanges soziales Engagement die Ehrennadel des Landes Baden-Württemberg und im Jahr 2000 das Bundesverdienstkreuz am Bande.

Angekommen –

angenommen?

Beate Schilling

Das besondere Leben mit einem besonderen Kind

Unsere Tochter Lisa Karolina hat im November ihren 29. Geburtstag gefeiert. Sie ist eine fröhliche junge Frau, doch durch eine Verzögerung in ihrer Entwicklung ist Lisa auf ihre Weise immer ein Kind geblieben. Angekommen – angenommen ist unser Thema. Wir könnten diesen Titel mit einem Fragezeichen versehen. Oder mit einem Ausrufezeichen. Bei mir steht eindeutig ein dickes Ausrufezeichen: Angekommen war klar. Angenommen war nie eine Frage. Lisa war, ist und bleibt willkommen. Wir, Eltern und ältere Geschwister, haben Lisa von Beginn an angenommen.

Ich wohne mit meiner Familie in Seelbach. Bis vor nicht allzu langer Zeit waren wir eine Mehrgenerationensippe. Neben unseren drei Kindern lebte meine Mutter bis zu ihrem Tod mit uns im Haus. Das war sehr gut. Omas sind eine tolle Erfindung.

Wir zogen im Mai 1981 von Göttingen nach Freiburg, wo mein Mann ein Angebot als Assistent in der Universitätszahnklinik erhalten hatte. Es war ein großes Abenteuer, denn wir waren gerade Eltern geworden und richteten uns mit dem sechs Wochen alten Moritz Sebastian in Gundelfingen ein. Wir hatten viel Glück, denn mit einem Baby ist es einfach, Kontakte zu knüpfen, und schon bald hatten wir einen festen Freundeskreis, der noch immer besteht. Moritz entwickelte sich zu einem wunderbaren kleinen Jungen, der nicht als Einzelkind aufwachsen sollte. So trat – 22 Monate nach ihm und lange erwartet – Anna Katharina in unser Leben. Vom ersten Tag an sind beide sehr eng miteinander verbunden gewesen. Wir haben sehr schöne Episoden geschwisterlicher Gemeinschaft und Zuneigung erlebt.

1984 beschlossen wir, eine eigene Zahnarztpraxis in Seelbach zu eröffnen. Wieder ein Wagnis, ein neuer Lebensabschnitt, neue Aufgaben, ein neues Tätigkeitsfeld, eine neue Umgebung, neue Menschen, eine große Unsicherheit. Aber auch große Vorfreude auf die Herausforderung und Lust auf die Zukunft.

Unser Start in Seelbach verlief ohne Probleme. Aber wir waren noch nicht komplett, und so purzelte – im wahrsten Sinne des Wortes – am 5. November 1985 Lisa Karolina in unsere Familie. Sie hatte es sehr eilig auf die Welt zu kommen. Statt wie geplant in Freiburg geboren zu werden, zog sie Lahr als Geburtsort vor. Klein, zart, rosig und sehr hübsch kam sie zu uns. Sie war ein sehr friedliches und zufriedenes Baby. Moritz und Anna kümmerten sich rührend um ihre kleine Schwester.

Dann kam der Tag, an dem sich unser Leben veränderte. Im Alter von zwei Wochen bekam Lisa einen Leistenbruch mit Verdacht auf Darmverschluss. Das bedeutete eine sofortige Einlieferung in die Uniklinik Freiburg, wo Lisa noch in der Nacht einer Notoperation unterzogen wurde. Es ging ihr auch Tage nach dem Eingriff nicht gut. Sie verlor an Gewicht und erholte sich sehr langsam. Ihr Geburtsgewicht erreichte sie erst Anfang Januar wieder. Da war Lisa bereits acht Wochen alt. Aber sie war sehr unruhig, schlief wenig und war zu schwach, um an der Brust zu trinken. Wir hatten das Gefühl, dass ihre Entwicklung stagnierte.

Bei den Vorsorgeuntersuchungen bestätigte der Kinderarzt unsere Vermutung, erklärte aber, Lisa brauche noch mehr Zeit, um sich zu erholen. Wir als Eltern sollten nicht so ungeduldig sein. Trotzdem blieben wir beunruhigt, denn wir hatten Moritz und Anna als Vergleich für eine gesunde Entwicklung und Lisa wich immer weiter davon ab. Zum Beispiel war sie im Alter von sieben Monaten nicht in der Lage, einen Keks zum Mund zu führen, weil sie ihren Mund nicht fand. Und das, obwohl sie Kekse liebte.

Ich machte mich schließlich alleine auf die Suche nach Unterstützung in Form von Frühförderung und wurde in Offenburg bei der Lebenshilfe fündig. Die dortigen Mitarbeiter wunderten sich und erklärten, dass die Lahrer Frühförderungsstelle in der Georg-Wimmer-Schule (GWS) zuständig sei. Diese Schule ist eine Einrichtung des Landkreises für Kinder mit einer geistigen Behinderung. Es war eine große Hemmschwelle, durch diese Tür zu gehen: Berührungsängste, Sorgen wegen der Stigmatisierung, Angst vor der Tatsache, dass Lisa anders ist. Endlich auch: Lisa hat eine Behinderung. Aber unsere Tochter benötigte Hilfe, und mit ihr auch die Familie.

Aber, wie so oft davor und danach, hatten wir großes Glück. Die Pädagogen in der GWS haben es mir sehr leicht gemacht und uns sofort das Gefühl gegeben, willkommen zu sein. Und jetzt, fast 30 Jahre später, sprechen wir, obwohl Lisa längst nicht mehr zur Schule geht, noch immer von »unserer Schule«. Von nun an gingen wir im 14-tägigen Rhythmus zu Treffen mit anderen Familien in die Schule. In der folgenden Woche kam eine Sonderpädagogin zur Einzelförderung zu uns nach Hause. Denn mittlerweile standen auch Fragen im Raum: Was fehlt Lisa denn eigentlich? Was können wir als Familie machen? Welche Therapien sind notwendig? Es setzte ein Marathon an Untersuchungen ein: Epilepsie-Zentrum Kehl-Kork, Kinderzentrum Maulbronn, Kinderzentrum München. Nach drei Jahren intensiver Suche hatten die Ärzte keine konkrete Diagnose für Lisas Auffälligkeiten. Eine erste Aussage des Professors Kruse aus Kork ist mir im Gedächtnis geblieben: Bei 80 Prozent der entwicklungsverzögerten Kinder liegt die Ursache im Dunklen.

Wir Eltern haben unsere Aufmerksamkeit darauf gerichtet, Lisa immer dort abzuholen, wo sie gerade ist: Sie begann zu krabbeln und wir unterstützten sie mit Krankengymnastik. Als sie zu sprechen anfing, bekam sie Hilfe mittels Logopädie. Hatte sie Probleme mit dem Gleichgewicht, stand Reittherapie auf dem Programm. Und so weiter. Wir haben uns dabei immer bemüht, Lisa nicht zu sehr zu therapieren. Es galt, das richtige Maß zwischen Hilfe und einem »normalen« Leben zu finden. Es waren ja drei kleine Persönlichkeiten in der Familie – mit glei-

chen Rechten auf Zuneigung, Aufmerksamkeit und Zeit.
Ab und zu war das sicher ein Spagat für uns als Eltern,
aber im Rückblick war es eine schöne und intensive Zeit.
Mit einem besonderen Kind wie Lisa ist das Leben ein
wenig turbulenter, unvorhersehbarer, anstrengender –
und aufregender. Einmal, Lisa war ungefähr acht Jahre alt, klingelte es an der Tür und ein uns unbekannter
Mann sagte: »Da sitzt ein Mädchen im Auto und will los-
fahren. Darf sie das?« In dem Moment rollte das Auto
mit Lisa auf dem Fahrersitz schon sanft die Einfahrt hinunter und landete an Nachbars Gartenzaun. Ein großer
Schreck, aber nur eine kleine Beule am Heck. Ein »mittleres Donnerwetter« folgte – und dann die große Erleich-
terung, dass nichts passiert war. Ein einmaliges Erlebnis?
Weit gefehlt. Fünf Monate später erlebten wir die gleiche
Situation, die gleiche Schrecksekunde, samt einer Beule im Auto an der gleichen Stelle. Es folgte ein größeres
Donnerwetter, mit der unendlichen Dankbarkeit, dass in
beiden Fällen niemand zu Schaden gekommen war. Wie
Lisa es geschafft hat, den Autoschlüssel zu finden, und
die Handbremse zu lösen, kann keiner sagen. Wir haben
seitdem eine sichere Sperre in unsere Einfahrt eingebaut.
Im Laufe der Jahre haben wir nicht nur im Haus Schilling
den Einsatz der Schutzengel einige Male erleben dürfen.
   Im Alter von drei Jahren begann auch für Lisa die Kindergartenzeit. Wir haben uns für den Kindergarten der
Georg-Wimmer-Schule entschieden, obwohl schon 1988
Inklusion, damals noch Integration genannt, eine interessante Möglichkeit gewesen wäre. Natürlich hätten
wir Lisa mit einigem Aufwand in den Regelkindergarten
geben können, den auch Moritz und Anna besuchten.
Doch wir entschieden uns für die sonderpädagogische
Einrichtung. Eine durchaus richtige Entscheidung, zumal
die schulische Laufbahn vorgegeben war, eine Wahlmög-
lichkeit gab es zu dieser Zeit noch nicht. Wir waren und
sind sicher, dass unsere Tochter in der Georg-Wimmer-
Schule dank kleiner Gruppen die größtmögliche Aufmerksamkeit sowie durch das Lernen im eigenen Tempo
eine individuelle Förderung erhalten hat. Lisa ist mit der

Unterstützung ihrer Lehrer zu einer Persönlichkeit geworden, die mit viel Freude, mit Fröhlichkeit und Liebe zu den Menschen, aber auch mit großem Hilfebedarf durch das Leben geht.

Noch immer besteht bei Lisa eine große Diskrepanz zwischen aktiver Sprache und Sprachverständnis. Ihr Wortschatz umfasst sieben Wörter, sie kommuniziert hauptsächlich über eine lautbegleitende Gebärdensprache. Seit einigen Jahren besucht sie die Lahrer Werkstätten der Johannes-Diakonie Mosbach. Nach einigen Anläufen im Arbeitsbereich hat sie dort im Förder- und Betreuungsbereich ihre Aufgabe gefunden und kann ihren sozialen Neigungen und ihrer Hilfsbereitschaft Schwächeren gegenüber Ausdruck geben.

*****

Beate Schilling, geborene Brüßler, kam 1954 in Kassel auf die Welt. Nach dem Schulbesuch machte sie eine Ausbildung zur Pharmazeutisch-technischen Assistentin. 1984 zog die Familie nach Seelbach. Seit 1997 ist sie erste Vorsitzende der Lebenshilfe für Menschen mit einer geistigen Behinderung KV Lahr e.V.

Sana Ahmad-Hossein Alyaaqubi

Das Leben lag in den Händen
eines Schleppers

Ich kam in Kirkuk im Irak zur Welt, ging dort zur Schule und studierte nach dem Abitur Sozialpädagogik und Literatur. Nach meinem Abschluss arbeitete ich acht Jahre lang als Lehrerin für arabische Grammatik und Geschichte in Kirkuk.

Ich hatte ein gutes Leben dort: Vom Krieg mit dem Iran war nur wenig zu spüren, da er sich hauptsächlich an den weiter entfernten Grenzen abspielte. Damals kannte ich auch meinen Mann noch nicht, der in diesem Krieg kämpfen musste und verwundet wurde. Als Tochter eines Generals und als Lehrerin lebte ich in gesicherten Verhältnissen. Unter Saddam Hussein war der Irak ein relativ liberales Land. Die Angehörigen der verschiedenen Religionsgemeinschaften, auch die Christen und die Jesiden, genossen Religionsfreiheit und wurden gleich behandelt. Es war unwichtig in der Gesellschaft, zu welcher Religionsgemeinschaft man gehörte. Das Tragen von Burka und Kopftuch war in den meisten Ämtern verboten. Viele neue Schulen wurden gebaut, die Nichtbeachtung der Schulpflicht wurde streng bestraft. Saddam Hussein war auch die Wertschätzung der Frau wichtig. Ich erinnere mich an seinen Leitsatz: »Frauen sind die halbe Gesellschaft.« In seinem Kabinett besetzten auch Frauen Ministerposten.

Mit dem Zweiten Golfkrieg, der im August 1990 begann, veränderte sich unser gutes Leben schlagartig. Das ganze Land litt unter dem weitreichenden Embargo der USA gegen den Irak. Lebensmittel, Baumaterial und viele andere Dinge wurden rar, die medizinische Versorgung verschlechterte sich rapide. Ich verlor mein neugeborenes Kind, weil ich die notwendige medizinische Versorgung nicht erhielt. Nachdem ein Bruder meines Mannes wegen Militärdienstverweigerung ins Gefängnis gekommen war und auch mein Mann politisch angefeindet wurde, entschloss sich mein Mann zur Flucht aus dem Irak. Er wollte auf keinen Fall erneut zum Militärdienst eingezogen werden. Sein Ziel war Großbritannien, denn als Ingenieur beherrschte er die englische Sprache.

Ich wollte eigentlich nicht fliehen. Aber wir hatten zwei Kinder und ich sehnte mich danach, wieder als Familie mit meinem geliebten Mann zusammenzuleben. So entschloss auch ich mich zur Flucht. Nur meinen Schwager weihte ich ein, als ich mich mit den Kindern einem Schlepper anvertraute. Der Schlepper besorgte mir gefälschte Pässe und brachte uns mit einem Pick-up in die Türkei. Dort, nach einer kurzen Zeit in einer Wohnung mit vielen Menschen verschiedener Nationalitäten, wurden uns diese Pässe wieder abgenommen. Zusammen mit etwa 25 anderen – Männer, Frauen, Kinder – wurden wir in einem geschlossenen Lkw sieben Tage und Nächte quer durch Europa gefahren, ohne das Tageslicht zu sehen. Ich weiß nicht, welche Route der Lkw nahm und durch welche Länder wir fuhren. Wir durften nur eine kleine Zahl von Plastiktüten dabeihaben, gefüllt mit etwas Verpflegung und Hygieneartikeln. Den Inhalt der Konservendosen aßen wir kalt mit Brot, das Obst war schnell aufgebraucht. Zu Trinken hatten wir ausschließlich Wasser. Nach sieben Tagen hielten wir auf einem Feld und durften aussteigen. Die Sonne war so grell, dass unsere Augen nach der langen Zeit in der Dunkelheit richtig schmerzten. Die Reise, für die wir 20 000 DM bezahlt hatten, war hier zu Ende.

Wir bekamen die Richtung zu einer Flüchtlingsaufnahmestelle gezeigt und liefen los. So kamen wir in Karlsruhe an und welch wunderbarer Zufall – dort traf ich auf meinen Mann! Auch er war nach Karlsruhe gebracht worden und wohnte nun in Achern. Bald konnten wir zusammen in eine Flüchtlingsunterkunft in Offenburg ziehen. Der Blick in den Raum, der für uns vorgesehen war, schockierte mich: Mit seinen Doppelstockbetten und der blaukarierten Bettwäsche sah er wie ein amerikanisches Gefängnis aus. Und doch – wir waren glücklich, wieder zusammen zu sein. So wurde der gefängnisähnliche Raum für uns zu einem Paradies, in dem wir ein gutes Jahr lebten.

Mein Mann fand schnell Arbeit bei einer Baufirma und konnte nur an den Wochenenden bei uns wohnen. Die Jungen, sechs und sieben Jahre alt, gingen zur Schule. Und ich, entsetzt über die hygienischen Bedingungen in der Flüchtlingsunterkunft, verwendete viel Zeit darauf, sie durch Putzen und Desinfizieren wohnlicher zu gestalten. Ich hatte immer einen Eimer mit Wasser und Desinfektionsmittel bereitstehen und jedes Mal, wenn die Kinder auf die Toilette oder unter die Dusche gingen, putzte ich vorher den ganzen Raum. Dieses Beispiel machte Schule und so organisierte ich mit den anderen Frauen einen richtigen Putzdienst in unserer Unterkunft.

Die Verständigung mit den anderen Neuankömmlingen war schwierig, es gab oft Missverständnisse. Einmal kam meine georgische Nachbarin mit einem ganzen Teller voller Fleisch als Geschenk zu uns und es brauchte Zeit, bis ich ihr mit Gesten und Tierlauten und unter viel Gelächter klarmachen konnte, dass wir Muslime kein Schweinefleisch essen. Damals gab es noch kein Recht darauf, an Deutschkursen teilnehmen zu können. So fieberte ich voller Freude darauf, beim Deutschkurs einer Krankenschwester, die ehrenamtlich als Lehrerin arbeitete, die Sprache unserer neuen Heimat zu erlernen.

Irgendwann fanden wir eine Wohnung in Lahr. Hier wurde 2003 unser dritter und 2004 unser vierter Sohn geboren. Ich bin glücklich, hier zu leben und mit meiner Freude und Hilfsbereitschaft konnte ich schon vielen Menschen helfen. Ich habe viele Freunde gefunden und engagiere mich für andere Menschen. Ich gebe als Dozentin an der Volkshochschule Kurse in Arabisch sowie Kochkurse und arbeite als Übersetzerin im Lahrer Dolmetscherpool. Dass ich durch meinen turkmenischen Mann auch fließend Türkisch spreche, dazu Englisch und nun auch Deutsch, ist dabei sehr wertvoll. Ich bin aktiv im Freundeskreis »Flüchtlinge für Lahr«, arbeite bei verschiedenen Integrationsprojekten mit und bin Mitglied im Interkulturellen Beirat der Stadt.

Meine Motivation ist: Erfahrungen weitergeben zum Wohle meiner Mitmenschen.

*****

SANA AHMAD-HOSSEIN ALYAAQUBI wurde 1971 im Irak in der Stadt Kirkuk geboren. Anfang der 1990er-Jahre flüchtete sie aus dem Irak, heute lebt sie mit ihrer Familie in Lahr.